*Farming life*
*in another world.*

*Presented by*
*Kinosuke Naito*
*Illustrated by Yasumo*

Farming life
in another world.

Presented by
Kinosuke Naito
Illustrated by Yasumo

アサ
（マーキュリー種）
Asa / Mercury
フタ
（マーキュリー種）
Futa / Mercury
Farming life in another world. Volume 07

「アサ、フタ、ミヨです」
ミヨ
（マーキュリー種）
Miyo / Mercury

『剣聖を名乗らせていただいております』
ピリカ＝ウィンアップ
（人間）
Pirika-Winup / Human

「転移門を
開きます」
Farming life in another world. Volume 07

「奇麗な花、美味い食べ物、
Farming life in another world. Volume 07

「美味い酒」
「ジョッキが大きすぎた……」

異世界のんびり農家

Farming life in another world.

Presented by Kinosuke Naito

Illustrated by Yasumo

異世界のんびり

著 内藤騎之介
イラスト やすも

*Farming life*
*in another world.*

異世界のんびり農家

Farming life in another world.

# Prologue

*Presented by*
*Kinosuke Naito*
*Illustrated by*
*Yasumo*

〔 序章 〕

## 希望

俺たちの住んでいた村は、戦《いくさ》で焼かれた。

幸いなことに、事前の避難勧告に従って別の村に移動していたので俺たちの村に人的被害はない。

だが、それだけだ。

俺たちは村を失った。家も、畑も。


避難先の村では、俺たちは厄介者だ。

なにせ、どこの村でも自分たちが生活するだけでギリギリなのだ。余計な者を抱える余裕などありはしない。なので、避難先の村は表向きでは優しく俺たちを受け入れてくれるが、裏ではなにを言っているかわかったものではない。まあ、俺たちのような避難してきた者はトラブルの種でしかないから、裏でなにか言われるぐらいは受け止めなければいけない。

しかも、今回の場合は避難先の村の人口二百人とほぼ同じだけの数がやって来たのだ。揉《も》めないはずがない。心の奥では追い出したいと考えているはずだ。

それでも受け入れてくれたのは、次はこの村が避難する番かもしれないからだ。俺たちを受け入れ、領主さまに従う姿勢を見せておかなければならないのだろう。

なんにせよ、俺たちの未来は暗い。

表向きは避難先の村とは対等だが、立場は明らかに下として扱われる。

奴隷とまでは言わなくとも、召使い程度には働かされるだろう。危険な仕事も俺たちに振られる。

仕方がない。

俺たちは俺たちで役に立つところを見せなければ、追い出されても文句は言えないのだ。

ここは俺たちの村ではないのだから。

「戦が終われば俺たちは村に戻れる」

そう信じて、俺たちは頑張るしかない。


三年が経過した。

戦は落ち着いたらしいが、終わったわけではないので俺たちはまだ村には戻れていない。残念だ。

そして、俺たちはそろそろ覚悟を決めなければならない。

避難先の村に溶け込み、村の新たな住人として生活をしていくか。

それとも、焼かれた村に戻ることを望み、避難先の村を出ていくか。

避難先の村は決して裕福ではない。どちらかといえば貧乏なほうだ。

俺たちも頑張ったが、畑作業に従事する人数が増えたからと、いって収穫が増えたりはしない。

一人あたりの作業時間が減るだけだ。

収穫を増やすには畑を作らねばならず、畑を作るにはまだ畑ではない場所を開墾し、作物に適した土を作っていかねばならない。

それは五年、十年とかかるものだ。だからこそ農業を営む者は土地に執着する。

それだけに、俺たちの存在が避難先の村の負担になっているのは明白だ。

負担にならないためにはどうするか？

一つは、避難先の村の住人になることだ。

住人になっても負担が解消されるわけではないが、将来の利益を見越しての負担と考えられるようになる。

避難先の村の住人になるのは簡単だ。

これまで元の村の者たちでやっていた会合から離れ、避難先の村の会合に出る。元の村よりも、避難先の村の方針を優先する。それだけだ。

独身の者が避難先の村の誰かに婿《むこ》入り、嫁入りするのもわかりやすい。

避難先の村の一員として働けば、立場は少しずつ向上していくだろう。

悪い方法じゃない。

だが、問題もある。

それは自身の土地を持てるのが、自分の代ではほぼ不可能ということ。

一人で開墾した畑ならば自分の土地だと主張もできるだろうが、現実的には不可能だ。

開墾は村全体の仕事になる。となれば、新しくできた畑は村全体の物。俺たちはその畑を村から任されるという立場になるだろう。

これまで、自分の畑を持っていた者たちが、それを受け入れられるだろうか？

現実を見れば受け入れるしかないのはわかっているが、心はそんなに単純じゃない。

それに、この避難先の村は元の村から近すぎる。


村人になるのが嫌なら出ていくだけだ。

だが、出ていってどうする？　あてがある者は、すでに出ていっている。ここにいるのは、あてのない者ばかり。

冒険者として日銭を稼ぐ生活ができればいいほうで、悪い道に落ちる者が大半だろう。

それに、村の者たちでまとまることは無理だろう。家族単位ですら、それは厳しいのだから。

………。

最初から選択肢などない。

心が受け入れなくても、生きていくためには避難先の村の住人になるしかないのだ。


そう思い始めたころだった。

領主さまからの使者が避難先の村にやって来た。

一瞬、元の村に戻れるのかと希望を持ったが違った。

使者の言うことでは、俺たちに新しい避難場所を紹介するとのことだった。

詳しい話を聞くと、〝シャシャートの街〟の近くに新しい村を作っている最中で、そこの村人を募集しているらしい。領主さまは、それに応募してみたらどうか、と俺たちに知らせてくれたのだ。

命令ではないところが、領主さまの優しさだろう。

さて、これを聞いた村のみんなはどうするのだろうか？

俺？　決まっている。

俺は行く。


避難先の村には世話になったが、俺はこの村の住人にはなれない。

それはこの三年で理解している。

新しい村がこの村よりいいとは限らないが、元の村を思い続けるのも苦しい。

まったく新しい場所で、新しい生活に挑んでみる。

問題は、その場所に行くまでの旅費だが……領主さまが面倒をみてくれるの？　え？　ほんとうに？　ありがとうございます！

そして、避難先の村、いままでありがとう！　恩は忘れない。

この避難先の村に残る者とはお別れだが、生きていればまた会える……あれ？　けっこうな数が行くんだな？　避難している村人のほぼ全員じゃないか？

わかっている。

新しい場所で、一緒に頑張ろう。

異世界のんびり農家

Farming life in another world.

# Chapter,1

Presented by
Kinosuke Naito
Illustrated by
Yasumo

〔一章〕

## “五ノ村”と剣聖

# 1 責任者

朝、畑の見回りが終わったあと。


ハンモック。

吊《つ》った布や網のベッド。いや、俺が勝手にベッドと思っているだけで、実際には別の使い方をするのかもしれないが。

完成のイメージはある。なので作ってみる。

場所は……野外だな。ハンモックは野外のイメージ。

屋敷の庭、木陰にポールを二本、立てる。簡単簡単。

あとはポールの間に布か網を張れば完成なのだが…………なかなか難しい。

だが、試行錯誤を重ねてなんとか完成。

網は途中で絡《から》まったので、布製のハンモック。

うん、悪くない完成具合。おっと、安心するのはまだ早い。ハンモックを使うのにもテクニックが必要なのだ。まず、横から……ふぬっ、うおっ。なんだこれ、むずかしい。

「村長、先ほどから何をされているのですか?」

ハイエルフのリアが、いつの間にかそばにいた。

「えーっと、ハンモックを使おうと思ってだな」

地面に叩《たた》き落とされているだけだ。気にしないでくれ。

「ハンモックは……こうですよね?」

あっさりとハンモックに乗られた。そして横になるリア。

「ハンモックは、縦よりも横、もしくは斜めに乗るのがコツですよ」

「えーっと、ハンモックを知っているのか?」

「ええ。森で生活しているときに使っていました」

熟練者だったか。ならば仕方がないな。


「なにこれ? なにこれ?」

ウルザとグラル、アルフレート、ティゼルがやって来た。今日の勉強は終わったらしい。

「揺られて寝る場所だ。おっと、乗るのにはコツがいるんだぞ」

…………。

全員、簡単に乗っているな。そんな気はしたけど。

ハンモックが子供たちに占領されてしまったので、ここで終了。

リアを見る。

「わざわざ来たってことは、俺になにか用事でもあったか？」

「そうでした。フラウが〝五ノ村〟の会議をすると村長を探してました」

「村の名称はまだ決まっていないぞ」

フラウの言う〝五ノ村〟は、転移門を設置する村のことだ。少し前から本格的に動き出した。

「便宜上です」

「そのまま正式名称になりそうだな」

「でしたら、先に新しい村の名前を考えては？」

んー……そうだな。例えば……。

「門の村」

「転移門の存在は隠すのですよね？」

そうでした。まあ、当面は〝五ノ村〟でいいか。

ウルザ、グラル、アルフレート、ティゼル。お昼御飯が近いから、遠くに行かないように。

えーっと……子供たちを見張っているのはクロサンたちか。すまないが頼むぞ。


俺は会議室に足を運ぶ。会議の内容は当然、〝五ノ村〟関連。

「誰が淹《い》れたの？　凄《すご》く美味《おい》しいコーヒーなんだけど」

「私、頑張りました」

「確かにいい香りね」

「これも悪くないけど、私は紅茶の方が好きかな」

「えー、紅茶って渋くない？　砂糖をガンガン使うのはちょっと抵抗があるし」

「お茶請け、もらってきたよー」

「お昼前に食べるの？」

「別腹、別腹」

わいわいガヤガヤ。

…………。

「〝五ノ村〟関連はどうした？」

俺の言葉を最後に、静まり返る会議室。


文官娘衆は基本的に真面目だ。フラウがいれば特にだ。なので、会議室で雑談することはあっても、こうまで逃避するのは珍しい。

その理由を確認する。

えーっと、〝魔王国〟側から送られてきた責任者リストに偉い人がズラッと並んでいて、怖い？

だから逃避気味？　偉い人って……先代四天王の二人か？　違う？　その人たちも偉いけど、その下に凄いのが並んでいる？　どういうことだ？　わけがわからない。

たしか先代四天王の孫がこの会議に参加しているよな。三人ほど。一人、代表して説明してくれ。

「は、はい。えーっとですね。例えば、リストの中ほどに書かれているこの方。ザイアッシュさま。

先代さまの側近なのですが、先代さまが四天王として活躍している間、先代さまの領地の経営を一手に行っていた方です」

「やり手の内政官ということか?」

「はい。ですが当時、頑張り過ぎてよそから恨まれ、他領から妨害を受けることになりました」

「妨害か。自分が頑張るより、他者の足を引っ張るほうが楽と思う者はどこにでもいるな」

「残念ながら。そしてザイアッシュさまは、そういった行為を酷《ひど》く嫌う方でして……妨害してきた他領に一人で向かい、関係者を全員、殴り飛ばしたというエピソードがあります」

「ええっと……内政官なんだよな?」

「内政官です」

「さらに、そのあとにもエピソードが続きます。領地と領地の争いですから、上位者として魔王様が出てきます。本来なら公平中立なのですが、魔王様の派遣した担当者が、相手の領地から賄賂をもらっていたのです。ザイアッシュさまを一方的に〝悪〟と判定したところで、殴り飛ばされました」

…………。

「向こうに非はあるとはいえ、肩書は魔王様の派遣した役人です。当然ながら懲罰部隊が送り込まれました。が、それも撃退。最終的に当時の魔王様と将軍たちが出てきて、将軍を二人倒したところで制圧されました」

「そいつが将軍をやったほうがいいんじゃないか?」

「かもしれませんね。まあ、こういったエピソードを持つのがザイアッシュさまです」

「なるほど。確かに怖いな」

「そしてこの〝魔王国〟側の責任者リストにいるメンバーなのですが……先代さま二人を除くと、このザイアッシュさまが一番、大人しいです」

「……〝魔王国〟の文官は武闘派揃《ぞろ》いなのか？」

「ある程度の武力がないとまとまらない時代がありましたから」

つまり、この〝魔王国〟側の責任者リストは、そういった時代に活躍した文官が並んでいると。

それにビビッて、困惑している文官娘衆ということか。

ちなみに、制圧されたザイアッシュは当時の四天王によって庇《かば》われ、領地の経営を続けたそうだ。

そして、同様の事件があと二件もあるらしい。

うーむ、俺も怖い。そんな人たちを相手にするのは嫌だ。筋は通しているのかもしれないが、暴力は困る。こういった時は、我が村の外交担当のラスティにお願いするのだが……今、妊娠中だからな。

そういえば、もうそろそろ出産だそうだ。ドースやドライムたちが来る回数が増えている。気持ちはわかるが、あまりプレッシャーを与えないでほしい。

あと、ドース。ギラルにまだ生まれていない曾孫《ひまご》を自慢しない。というかドースにしろ、ギラルにしろ、よく来るな。

ギラルはグラルに会いたいのかもしれないが、大丈夫なのか？　大丈夫？　それならかまわないが…………おっと、いけない。逃避していた。これか。

うーむ、問題を先送りにしても何も解決しないが……とりあえず、お昼御飯を食べてからにしようか。お昼御飯のあとは逃げずに戦おう。現実と。


ウルザたちを昼食だと呼びに行ったら、四人そろってハンモックで寝ていた。

よく見れば、子ザブトンの糸がハンモックの各所を引っ張っており、バランスを取ってくれていたみたいだ。手を振って感謝を伝える。ああ、見張ってくれていたクロサンたちも、ありがとう。

そして気持ちよさそうに寝ているところを悪いが昼食だ。四人は起きるように。


昼食後、会議を再開。

とりあえず、こちら側の責任者を決めようと思う。

実務の責任者だ。自薦がなければ、くじ引きで決めようと思うが…………文官娘衆の数人が、少し待ってくださいと言って出て行き、戻ってきた。獣姿のヨウコを数人で抱えて。

「ヨウコさんが〝大樹の村〟の実務責任者で。もちろん、私たち文官娘衆は総力でサポートします」

俺はヨウコにいいのかと聞く。

問題ないとの返事。賄賂とか裏取引はないらしい。

ヨウコか。

悪くはないと思うが……まだ村に来て日が浅い。大丈夫か？　俺の不安を不満に思ったのか、ヨウコは人間の姿になる。

「安心して我に任せよ」

獣姿より説得力はあるけど、なぜ全裸なんだ？　そのせいで、フラウたちに目を隠されてしまったのだけど？　魔力温存？　服は魔力で作っていたから？　最近、ずっと獣姿でいるのも魔力回復のためと。なるほど。

ヨウコは獣姿に戻ったので、俺の目が解放される。

俺の目の前にお座りの姿勢で待つヨウコ。可愛《かわい》いがキリッとした瞳だ。信頼できそう。ほかにやりたそうな人もいないし、任せるとしよう。

文官娘衆も、サポートを頼んだぞ。うん、いい返事だ。

さて、細かい話を詰める前にだ。

さっき、俺の目がふさがれている時に過剰なスキンシップをした者がいるな？　正確に言えば、俺の尻を撫《な》でたな。素直に前に出るように。大丈夫、わかっている。一人じゃないってことは。少なくとも三人はいた。

安心しろ。俺はお仕置きをしない。するのはフラウだ。任せたぞ。

…………。

あー、待て。犯人の一人が判明した。フラウか。なにをやっている？　いや、隙があったからって……お前なぁ。

フラウと自首してきた四人に、今日のオヤツ抜きの刑を言い渡した。

会議を終え、ハンモックの場所に。

少し疲れたので休憩と思ったのだが……ハンモックには酒スライムと猫が乗って、気持ち良さそうに寝ていた。

………。

俺は休憩は諦め、畑の見回りに行った。

## 2 転移門の設置

俺の前に中年執事、女魔法使い、幼女メイドが並んでいた。

中年執事がアサ＝フォーグマ。

頭髪が白髪交じりで、苦労していそうだが手は抜かない感じ。伊達《だて》でかけている度の入っていいない丸メガネがトレードマーク。

女魔法使いが、フタ＝フォーグマ。

正確には魔法使いではなく占い師らしい。でも、魔法は使えるから気にしなくていいそうだ。

外見年齢は三十代超で村では珍しい。胸の大きさは控えめだが口に出して指摘したりはしない。

それぐらいの分別はある。

幼女メイドが、ミヨ＝フォーグマ。

外見年齢は……七～八歳？　いまのウルザと同じぐらいかな。

何歳ぐらいを幼女というのか知らないが、本人が自己紹介で幼女メイドですと言ったのだから受け入れるしかない。だが、ウルザがメイド服を着ても俺は幼女メイドとは言わないと思う。

三人は、〝四ノ村〟のベル、ゴウと同じ種族であるマーキュリー種。

少し前から動けるようになっていたのだが、今の常識を教え込むのに時間がかかってしまったそうだ。その苦労は……ベルの疲れた顔から察しよう。〝四ノ村〟に残っているゴウも大変だったのだろうな。本当に留守番か？　疲労で倒れたわけじゃないよな？　よーしよし、泣くな。頑張ったな。紅茶でも飲むか？　あ、自分で淹《い》れる？　それがストレス解消になるならかまわないぞ。

三人はベルとゴウの教育の成果か、それほど変な行動は取っていない。まともだ。

外見通り、執事、魔法使い……じゃなくて占い師、メイドとして扱えばいいのだろうか？

「なんでもできます」

なんでもは言い過ぎじゃないか？

……………。

内政、外交、家事、戦闘となんでもできるそうだ。

本当だとすると凄いな。

そんな人材を転移門の管理人にするの？　もったいなくない？

現在、転移門のダンジョン側の管理は、ラミア族や巨人族、それにアラクネのアラコが頑張ってくれることになっている。

三人には転移門の転移先の管理を任せることになっているのだが……転移門の管理人なら、それぐらいでないと不安だそうだ。そうかもしれない。

適切に運用する能力と、万が一に備えての戦闘力は欲しい。欲しいが……ちょっと戦闘力を見せてもらおう。

えーっと、クロたちに……あ、それは駄目？　じゃあ、グランマリア……それも駄目？　だとすれば……どうしよう。

戦闘力、ガルフに負けているけど？　もう一回？　かまわないけど……ガルフ、頼む。あ、別の人がいいのね？　ガルフ、誰か推薦してくれ。ベルの淹れた紅茶、美味《うま》いな。もう一杯。

「なんでもできるは言い過ぎでした。申し訳ありません」

いいや、謝罪させたいわけじゃないんだ。

実力がどの程度かと思っただけで……しかし、この実力で大丈夫なのか？

ガルフと相談。

「俺が言うのもなんですが、悪くないと思います。三人とも、自身の体格を熟知した動きでしたし」

武器、格闘、魔法とそれなりに扱えていると。

…………。

最終的に三人といい勝負だった獣人族の女の子たちって、実は凄いのか？

「どうでしょう。〝ハウリン村〟では誰もがあんな感じでしたから」

そうなると、三人の実力は〝ハウリン村〟の一般クラスということか。

とりあえず、転移門の管理人をしてもらって、実力不足と思ったら村の雑務を手伝ってもらおう。

あ、その場合は〝四ノ村〟に戻っちゃうかな。うーむ。

三人が来たのは顔見せ目的だけではない。

転移門の設置のためだ。

一回目は実験も兼ねて〝大樹の村〟のダンジョンと〝温泉地〟を繋《つな》いでみることになっている。

「ダンジョン側は準備できていますから、転移先の〝温泉地〟にこちらの石を持っていくだけです」

座標の指定用の石だ。

手順としては、転移先にしたい場所に座標の指定用の石を設置し、転送元であるダンジョン側に戻ってきて起動する。一度起動すれば、あとは自由に往来《おうらい》できるのだが……。

最初に行ったり来たりしないといけないのが面倒だな。

始祖さんかビーゼルがいれば楽だが、いないのだから仕方がない。

移動方法を相談しているとハクレンが送ってくれることになった。ありがとう。


俺、ベル、アサ、フタ、ミヨ、それにガルフとルー、リアがハクレンの背に乗って〝温泉地〟に到着。うん、暑い。

だが、そこで頑張っている死霊騎士《デスナイト》たちがいるのだ。だらけた姿は見せない。

久しぶりだな、問題はないか？　今日は前々から伝えていた転移門の設置に来たんだ。ああ、祭りや武闘会に来やすくなるぞ。

死霊騎士たちが喜びのダンスを見せてくれる。くれるが……うん、情熱的なんだけど、呪っているようにしか見えない。一曲で十分だぞ、二曲目を始めないように。

ライオンたち？　いやいや、呼ばなくていい。元気なら問題ないんだ。

俺は以前から考えていた場所に向かう。

宿泊施設などを作った場所の南側。ここに転移門を設置したい。

今は野外になるが、転移門を設置したあとで建物で囲う予定だ。

そうしないと雨や雪の時に困るし、魔物や魔獣が飛び込んで来たら危ない。

こちら側で管理する者も、野外よりは室内のほうがいいだろう。

「環境的には今後、整えていくつもりだが……誰が担当する？」

「ここは私が」

中年執事のアサが手を挙げたので、任せる。

「無理はしないように」

「はい。期待を裏切らないように頑張ります」

ここを担当するアサに、座標用の石の設置を頼む。

誰がやっても同じだけど、気持ちの問題だ。

だからルー、そんな顔で俺を見ないように。


設置が終わったあと、せっかく来たのだから全員で温泉に入る。

もちろん、男女別で。

男湯には俺、ガルフ、アサ、死霊騎士。

うん、悪くない。

おっと、呼ばなくていいって言ったのにライオンたちを呼んだのか？　ざぶざぶと湯船に入ってくる。かまわないけどな。

雌ライオンは……まあ、いいか。まったりしよう。


あー……長湯をしてしまった。冷たい風が出る装置、一台はここに設置したいな。

ガルフ、生きているか？　無理につきあわなくてもよかったんだぞ。

ハクレンは平気そうだな。ルー、リアも大丈夫と。三人とも、風呂上がりで色っぽいな。

ベル、アサ、フタ、ミヨは……うん、無理するな。移動は完全に汗が引いてからな。


〝大樹の村〟に戻り、ダンジョン四層に。

アラクネのアラコに案内されながら、転移門が設置された五層に移動する。

ここの起動も、アサに頼む。

そう難しくはない。起動用の石を作動させればいいだけだ。

特に音が出るわけでもなく、起動用の石がフワフワと宙に浮く。

そして、光の扉というか光の板が現れる。

膨大な魔力を使っているように見えるが、意外に消費魔力量は少ない。必要な魔力は床に設置された石が大地から集めている。なので一度、起動すれば停止させない限りは永遠に使える。

「それでは、私が確認してきます」

アサがまず、光の板に手を伸ばす。

光の板に手が入った。

アサはそのまま進み、体を光の板の中に。

…………。

すぐに戻ってきた。

そして、続いて姿を現す死霊騎士。

問題なく繋がったようだ。

「転移門、問題なく起動しました」

アサが報告してくれた。

死霊騎士、喜びのダンスは一曲だけだぞ。

おっと、ライオンたちも来たのか？　仕方がないな。

村では少しの間、〝温泉地〟に行くのが流行《はや》った。

# 3 〝五ノ村〟建設中

〝大樹の村〟と〝温泉地〟を転移門で繋いでわかったのは、その便利さ。

徒歩で数日、ハクレンに乗って数時間だったのが、今やダンジョンの設置場所まで行く時間だけという。

これは本当に便利だ。


便利なのだけど、やることはやらないといけない。

まずは、〝温泉地〟の転移門を建物で囲う。

転移門があるため、作業員を〝大樹の村〟から送れるのであっという間に完成する。

ついでに、〝温泉地〟の宿泊施設や脱衣所の補修をお願いする。

転移門を使って利用する人が増えたので、着替えを入れるカゴやお湯をためる桶《おけ》なども増やしておかないとな。これは俺がやろう。

タオルも増やさないといけないが、これはザブトンに頼まないとな。

あと、死霊騎士、ライオン一家の顔見せ。

祭りや武闘会に来ている死霊騎士やライオンはともかく、ほかは〝温泉地〟にずっといるからな。

〝温泉地〟も、来たことがあるメンバーは限られている。ちゃんと挨拶をしておかないと、攻撃してしまったり、されてしまったりする。不幸な事故は減らしたい。

ふむ、〝温泉地〟の利用者が増えて、死霊騎士やライオンたちが嬉《うれ》しそうだ。

気が向いたときは、〝大樹の村〟に来てもいいからな。


〝温泉地〟側の転移門の管理人は、アサ。

ダンジョン側の転移門の管理人は、ラミア族。

転移門の利用に関する基本的なルールは、俺と文官娘衆たちで話し合って決めた。

決めたといっても、難しいルールはない。二つだけ。

一つ、利用者は名前と目的を管理人に伝え、管理人はそれを記録する。

一つ、十歳以下の子供は、大人の付き添いがないと利用できない。

これだけ。

一つ目は、〝魔王国〟からも言われている利用者の管理。

人数制限や通行証なども考えているが、〝温泉地〟に関しては当面フリーにしようと思っている。

締めるのは問題が発生してからにしようかと。

二つ目は、子供たちに利用を許可すると彼らの行動範囲が一気に広がってしまう。転移した先でトラブルに巻き込まれると、村にいるときと違ってフォローが遅れてしまうことが予想できた。

〝大樹の村〟やその近くにはクロの子たちやザブトンの子たちの目があるが、転移先でそれを求めるのは厳しい。子供たちの安全のためにも、子供たちだけでの利用は禁止とさせてもらった。

もちろん、子供たちからは不満が出た。すまない。だが、大人と一緒なら問題ないんだぞ。

ちなみに、子供一人につき大人一人の同行が必要とさせてもらった。クロの子供たち、ザブトンの子供たちも大人扱いとするから、それほど厳しくはないだろう。


ちょっと問題になったのが、スライムたち。

〝大樹の村〟にはスライムが各所にいるが、ダンジョンができたあとはダンジョン内にもスライムたちが移動した。

そのスライムが転移門のある部屋にまで来ることがある。

つまり、スライムたちの利用を許可するのかと。

…………。

ちょっと悩んだけど、保護者がいないと駄目ということにした。つまり、子供たちと同じ扱い。

特別に酒スライムはセーフとなった。あいつは賢いからな。

あと、動物たち……猫や宝石猫のジュエルはかまわないが、子猫たちは駄目ということで。

実際に転移門を運用し始めると色々と問題が出てくる。

なので、管理を任せたアサとラミア族には出てきた問題を記録してもらい、ルールに改善点などがあれば提案してほしいとお願いしている。

〝温泉地〟ルートで様子を見ながら、〝魔王国〟領内の〝五ノ村〟に転移門を設置できればなと、ふんわり考えている。


仮名称、〝五ノ村〟。正式名称は募集中。

〝魔王国〟領内に設置する転移門を隠すために作る村なのだが、本格的に始動している。

少し前の話し合い段階だった時は、〝大樹の村〟は賛成に消極的という雰囲気だったのだけど、動き始めたら全員が前向きだ。やるからには手は抜かないらしい。

とりあえず、村の建設場所の区画を決め、転移門を設置する大体の場所を決めた。そこは俺の屋敷になる予定だ。

俺としては小さな家を考えていたのだが、転移門の出入りを隠すためにと説得され、かなり大きい屋敷を建てることになってしまった。

区画が決まったあと、〝魔王国〟の者たちが設計を任せてほしいと申し出てきた。

たしかに俺の感覚で作るより、〝魔王国〟領内の者が作ったほうがいいだろう。火事対策として、あまり建物を密集させないようにだけお願いし、任せた。

連絡では、かなりハイペースで進み、移住希望者も少数ながら移動を開始しているそうだ。順調でなにより。

順調でないのが、周辺清掃。

周辺清掃って掃除？　そんなに汚れているの？

一瞬、そう思ったのだが文官娘衆たちによれば、周辺に縄張りを持っている魔物や魔獣の排除のことらしい。

冒険者を大量に雇い、山狩りレベルで頑張っているが予定より遅れているそうだ。

幸いなことに、魔物や魔獣によって村作りの作業員や移住希望者が怪我《けが》をする事態にはなっていないが、手助けをお願いしますと凄く恐縮した連絡がきた。

文官娘衆と相談して、ガルフとダガ、リザードマン五人、ハイエルフを五人派遣することになった。

俺としてはクロの子供たちやザブトンの子供たちを送りたかったのだが、反対された。

反対理由は「〝五ノ村〟が悪い意味で目立ってしまう」から。

そんなことになるかな？

まあ、〝魔王国〟領出身の文官娘衆の意見なので受け入れる。


ガルフたちは、ハクレンに乗って移動。ドライムの巣で一泊し、二日での移動予定。

それにフタが同行する。転移門の座標指定用の石を設置するためだ。

設置後、フタはハクレンと共に村に戻り、転移門の起動に備える。

ガルフたちは〝五ノ村〟を拠点に、一カ月ぐらい頑張る予定だ。

「早く終わらせますよ。武闘会に出場したいですから」

「それはわかるが、怪我はしないようにな」

「もちろんです。無理はしません」

「よろしく。あと、〝五ノ村〟の正式名称を考えておいてくれ」

「〝五ノ村〟じゃ駄目なんですか？」

「俺たちには意味がわかっても、〝魔王国〟の連中にはいきなり五から始まる変な名前だろ」

「でっかい塔を五本建てるとか」

「……なるほど」

「冗談ですよ。考えておきます」

ガルフたちが出立した。


……でっかい塔を五本か。

さすがに塔は無理でも、五体の像とか。

村のシンボルを五角形にするとか……名前を考えるより、そっちのほうが楽かな？

おっと、先走らない。

〝魔王国〟側にも正式名称を考えるように依頼している。そっちの意見を聞いてからにしよう。

そう思ったところで、ラスティが産気付いたとの報告を受けた。

## 閑話　普通の人間の冒険者

俺の名はゴンド。人間だ。

遠い人間の国で冒険者として名を上げ、稼げる場所を探して〝魔王国〟にやって来た。

人間の国は国境だ領境《りょうさかい》だなんだと面倒だが、〝魔王国〟では基本フリー。いや、〝魔王国〟にも領境はあるがあまりうるさく言われない。冒険者として登録しておけば、大抵の場所に行ける。

また、冒険者を特に下に見ることなく扱ってくれるので、ある程度戦えるようになった者は〝魔王国〟を目指すのが一般的だ。

俺もその一人。

だが、最近は実力がないのに〝魔王国〟を目指す冒険者も増えた。嘆かわしいことだ。

まあ、そういった者は自然といなくなるのだけどな。

なにせ〝魔王国〟。魔物や魔獣の強さが、人間の国に比べて一段か二段上だ。

この〝シャシャートの街〟の周辺はまだましだが、それで調子に乗った者が痛い目に遭うのは定番すぎる話のネタだ。

それゆえ、冒険者登録をする者には厳しい洗礼を浴びせるのが冒険者たちの流儀になっている。

おかげで、再登録という逃げ口上が流行《はや》ったのには笑ってしまった。

冒険者になったあとで、その資格を失うなんて滅多にない。滅多にないだけで、本当にないわけじゃないんだけどな。

さて、俺は十二人からなる冒険者チームの一員で、リーダーをやっている。

リーダーだからといってなんでもかんでも思い通りにはいかない。特に冒険者の仕事は命懸けなことが多い。仕事を請けるときは、ちゃんと仲間と相談する。

「新しく村を作るから、その周辺の魔物や魔獣を退治してほしいっていう依頼だが……退治する魔物や魔獣の強さがわからないんだろ？　大丈夫か？」

「新しい村を作るって名目で、冒険者に危険な仕事をさせようとしているんじゃないのか？」

「報酬がかなりいい。裏は取れているのか？」

仲間たちが疑問を口にする。

チームで俺に意見するのを遠慮するやつはいない。遠慮して死ぬのは誰だって嫌なんだろう。

「リーダーの選ぶ仕事は酷いのが多いからな」

とりあえず、ただの悪口には腕力で返事しておく。

「村を作るって話は本当だ。なんでも貴族のお偉いさんの隠居先にするそうだ。貴族絡みだから報酬がいい。それと、俺たちには指名で来ているが、ほかにも複数のチームに声が掛けられている。普通の冒険者でも参加可能だ。そんなに無茶な仕事じゃないと思うけどな」

第一、村を作ろうとする場所に強力な魔物や魔獣がいるわけがない。

そいつらを退治して村を作るより、そいつらのいない場所に村を作ったほうが安全なのだから。

その隠居先に行くやつが魔物や魔獣を理由にゴネたから、念入りに冒険者に退治させようとしているのではないかというのが俺の読みだ。

なんにせよ、報酬はいい。さらに、宿泊場所、食事も用意されている。魔物や魔獣も倒した質と量に応じて追加報酬という仕事だ。

仲間たちは、なんだかんだ言いながらも、最終的には引き受けるだろう。しばらく食べられなくなるカレーを、たらふく食べておくことにしよう。


依頼内容に嘘《うそ》はなかった。

宿泊場所は綺麗《きれい》だったし、食事も朝昼晩、さらに希望すれば夜中にも出してもらえる。

ほかにも冒険者チームがいる。総勢で……二百人を超えるな。

それでも、寝る場所に困ったり、食事量が少なくなったりはしない。

ベースと呼ばれる本部の裏には大量の木箱が積まれている。あれが全部、中身の詰まった箱だとすると、この依頼は相当本気なのだろう。

心の中で不安に思っていた箇所は次々とつぶされていった。

だが、一カ所。魔物や魔獣の強さだけが、つぶされなかった。

そして、この依頼を受けてから初めて魔獣を発見し、後悔した。

「嘘だろぉぉっ！」

仲間が絶叫した。

魔獣を前に素人みたいな真似《まね》をと怒りたいが、気持ちはわかる。

ウォーベアだ。

やつを倒すのに、兵士が最低でも三十人は犠牲になるといわれる強力な魔獣。それが三頭。

一頭、小さいから家族なのかな？　それとも小さいのは雌で、雄二頭が争っている最中だったのかな？　なんにせよ、三頭はこちらに敵意を見せている。逃げるのは厳しい。

「全員、戦闘用意！　やるぞ！　最後列の荷物持ち！　荷物を捨ててベースに走れ！　応援を呼んでくるんだ！」

俺たちはできるだけのことをした。

幸いなことに死者を出すことなく、応援が到着するまで粘ることができた。死者はいなかったが、怪我人は多い。俺も両腕をやられた。応援に来てくれたやつらも酷いありさまだ。

なのにウォーベアは一頭も退治できなかった。追い払っただけだ。

俺は仕事を引き受けたことを後悔しながらベースに戻った。

ベースでは手厚い治療が待っていた。

いつもなら治療を頼むと高い金を取る治療師が、惜しみなく治癒魔法をかけてくれる。

治療代は依頼主持ちだ。ありがたいが、これって死なない限りは依頼を続行しろってことだよな？

この状態では依頼を放棄できない。なにせ回復してしまったのだから。正当な理由もなく依頼を放棄したら、ペナルティーが科《か》せられることになる。

だが、残念だったな。

せっかく治療してくれたのに悪いが、俺には武器がない。

俺の持っていた武器はメインもサブも失ってしまった。残っているのは解体用の短刀だけだ。さらに防具もボロボロだ。こんな状態で、さすがに戦えとは言わないだろ？

多少のペナルティーを受けるかもしれないが、依頼の続行ができない正当な理由だ。


武器も防具も新しい物が用意されていた。

武器は、俺が扱っていた物よりも上質だ。サイズも形状も多種多様。武器職人が調整のために待機している。

防具も同様。防具職人が調整のために待機している。

…………ハメられた。

俺は治った両腕で、頭を抱えた。

ほかの冒険者の話では、危険な敵はウォーベアだけではなかった。

木に擬態して襲ってくるウッドキラー。木の上から襲ってくるジャガーブル。一撃必殺のキックを持つラビットフット。魔法を放つ不思議な生物キーンルーン。地中から襲ってくる三十センチぐらいのムカデ、キャタ。昼も夜も関係なく空から狙って来るコークロウ。

どれもこれも、退治に高い報酬が支払われる魔物や魔獣だ。

もちろん、これら以外にも魔物や魔獣はいる。これらに比べれば弱いが、それだって油断はできない。必然、冒険者たちは密集。集団戦で対処することになった。

顔見知りも顔見知りでない者も協力し、少しずつだがなんとか魔物や魔獣を退治していく。

ウォーベアの一頭を死者を出さずに倒せたときは、大歓声だった。


だが、この俺たちの進捗《しんちょく》具合に依頼主は不満だったらしい。

依頼主が表立って俺たちに不満を伝えることはないが、新たな冒険者を追加で呼んだことを聞いて察した。

普段なら俺たちを信用できないのかと怒るところだが、今回は別だ。

冒険者の追加は正直、ありがたい。新しく来る冒険者には気の毒だが……。

俺たちが集めた情報は、惜しみなく提供してやろうと思った。


新たな冒険者は、ガルフだった。

武神ガルフ。

防具を着けず、木剣を武器に、〝シャシャートの街〟の武闘会で圧倒的な強さを見せつけて優勝した冒険者。

そのガルフがちゃんとした武器を持ち、防具を着ていた。しかも、仲間を従えている。

俺はこれで助かったと思った。それは間違いではなかった。


間違いじゃないけど……森の中を単独行動し、俺たちが苦労して倒した魔物や魔獣を軽く倒されると、その……心が痛い。

倒した魔物や魔獣の質や量に応じて、俺たちにも追加報酬が支払われるけど……嬉しくない。

でもって、休憩中にあのガルフが剣で軽くあしらわれるのを見ると、泣きたくなる。

あのリザードマンたちは何者だ？　女たちは普通のエルフじゃないのか？　え？　俺たちも練習に参加していい？

………………………。


頑張ったと思う。そして、世の中、上には上がいると知った。身の程を自覚し、その範囲で生きるべきだろうか？　いや、俺は冒険者！　ちょっとでも強さの秘密を知りたい！　俺のチームの仲間も同じ気持ちのようだ。

とりあえず、もう一回！　できればガルフさんたちの中で一番弱い人と……え？　ガルフさんが一番弱い？　またまた〜、ガルフさんがリーダーでしょ？

リーダーなのは、冒険者登録しているのがガルフさんだけだから？　なるほど。ははは。

人生、時には撤退も必要だ！　うわ、まわり込まれた！

ちょっとは強くなっているといいなぁ。

## 4 ラスティの出産と宴会と贈り物

竜族《ドラゴン》は、妊娠中は凶暴になると聞いていたのだがそんなことは全然ない。そばにいてくれたブルガ、スティファノが頑張ってくれたのだろうか。

変わったことと言えば、干し柿を大量に欲しがったことだが……妊娠中の我《わ》が儘《まま》の範囲だろう。

頑張って作った。

ただ、バランスよく食べてほしい。好きだからとそればっかり食べるのはよくない。

ちょっとした回想。

ラスティの出産は、凄くあっさりしていた。

女の子。名前はラナノーン。名付けは、ラスティ。ラスティの母であるグラッファルーン系の祖先の名からとったらしい。

知り合いなのか、ラナノーンの名を聞いたときのドースとギラルの会話。

「よりにもよって、あの極悪ババァから名を……」

「いや、考え方を変えれば……あの忌まわしき名をこの可愛い子で上書きできるのではないか？」

「おお、言われてみれば。うむ、お爺《じい》ちゃんっ子……いや、曾《ひい》お爺ちゃんっ子に育てよう」

「俺にも優しくするように頼むぞ。あのババァのことを思い出すと、やつに焼かれた背中が……」

「わかる。わかるぞ」

…………詳しく聞くのはやめておこう。長くなりそうだ。


ドライム、グラッファルーンの喜びはわかりやすかった。

ドライム、庭で踊る。一心不乱に踊り、疲れたらラナノーンの顔を見て復活。また踊る。

グラッファルーン、ラナノーンを抱いて離さない。

ほかの人の抱かせてコールに対し、笑顔で拒絶。うん、人間の姿だけど背後に怒れる竜を見た気がした。

さすがにラスティには抱かせてやってほしい。あと、俺にも抱かせてほしい。

ラナノーンを産んだあとも、ラスティはしばらく大人モードの姿。そっちの方が子供を抱きやすいそうだ。なるほど。

ラナノーンの名は悪くないが、少し呼びにくい。ラナと呼ぶべきか？　ラナーのほうがいいかな？
些細《ささい》な問題かもしれないが、悩むところだ。

…………。

みんなラナと呼んでいた。赤ちゃんを混乱させるのはよろしくないので、俺もラナと呼ぶことに。

出産祝いの宴会が始まる。
ただ、直前にハクレンやガルフたちを〝五ノ村〟の支援に派遣してしまったので小規模に。
大規模なものは、今度の武闘会のときにやろう。
アルフレート、ティゼル、リリウス、リグル、ラテ、トライン、ヒイチロウ、フラシア、セッテ。
お前たちの妹だ。優しくしてやってくれ。
ウルザ、グラルも頼むぞ。ああ、ヒトエもな。

ラナを囲む子供たちを見ながら、俺も子だくさんになったと実感。

…………。

まだ、増えるかな？　増えちゃう？　やることをやっているから、増えるよなぁ。もっと畑、広げたほうがいいかな？　ちゃんと養わないと。

ラナが生まれて数日後に、ハクレンがフタと共に戻ってきた。ご苦労さま。

二人がいない間にラナの出産祝いの宴会をやって、すまないと謝罪する。ハクレンは気にしないらしい。フタは、遠慮なくお酒を要求してきた。

「宴会にはお酒が出たんですよね？　ね？　ね？」

苦笑しながら、フタのために小さな酒宴を開いた。参加者は、ドワーフ一同。

うん、この時点で小さな酒宴じゃないな。さらにドライム、グラッファルーン、ドース、ギラルなどの竜一家に、仕事が終わった住人が参加し……あ、ハクレンも参加するのね。

ハクレンに続き、子供たちも参加したから普通に宴会になってしまった。

子供たちにお酒をすすめないように。駄目、ジュースで我慢しなさい。

鬼人族メイドたちが人手不足で悲鳴を上げたので、俺も調理に参加。もともと酒宴だったから、酒のあてとなる料理をメインに考えていたんだよな。普通の宴会なら、普通の料理がいるな。

となれば……。

俺はビッグルーフ・シャシャートで販売するピザの試作品を焼く。もちろん、石釜。

具材の都合でベジタブルピザが中心になってしまうが、大きな問題はないようだ。

小さな問題は……。

「我は肉が載っているものを要求する」

ヨウコがうるさいこと。

そのヨウコの後ろで、クロの子供たちが遠慮しながらこっちを見ている。

わかった。あとで肉を載せたピザを焼くから。ヨウコは、宴会場に食べ物を運び込むのを手伝うように。

クロの子供たちは……退屈じゃなければ、横で待機していていいぞ。


宴会の最中、〝南のダンジョン〟からラミア族が十人、やって来た。なにかあったのかと思ったが、俺に贈り物だそうだ。

贈り主は、ラミア族、巨人族、それにワイバーンの長老。以前にラミア族がワイバーンの長老と話をしていたのはこのことだったようだ。

「なにやら別のお祝いの最中に申し訳ありません。ダンジョンの完成祝いとして、フェニックスの卵をお持ちしました。お納めください」

宴会をやっている場所の中心で、俺はラミア族から大きな卵を受け取った。

サイズは俺が両手で一抱えしなければ持てないぐらい。でも、軽い。見た目は……赤、白、オレンジ、ピンクのマーブル模様？　芸術品っぽい風格を感じさせてくれる。

とりあえず、ラミア族やこの場にいる巨人族に礼を伝え、もらった卵をトロフィーのように上に掲げる。

大歓声と拍手。

扱いは間違っていなかったようだが……これって、飾ればいいのかな？　温めて、孵《かえ》したほうがいいのかな？

俺が少し困っていると、少し離れた席でギラルがポツリと呟《つぶや》いたのを聞き逃さなかった。

「あれ、美味《うま》いんだよな」

………。

そうか、卵だもんな。

あ、いや、ギラルの横にいたグラッファルーンが殴っている。

「フェニックスの卵は乳児の縁起物です。食べさせません」

そういうものか。では、飾っておこう。飾っておくでいいんだよな？

持ってきてくれたラミア族に改めて礼を言い、俺はフェニックスの卵を……創造神と農業神の像の前に飾る。

あ、これだと奉納した感じになっちゃうかな？　まあ、いいか。

明日にでも、ちゃんとした棚を作ろう。卵が転がらない工夫をしないとな。


宴会が終わった翌日。

フタに、〝五ノ村〟の様子を聞く。

すでに建物が並びだし、本格的な街作りが始まっているらしい。

あれ？　街作り？　村じゃなくて？

「あの規模を村と表現するには抵抗が……」

そうなのか。

一緒に行ったガルフたちは、特に問題もなく魔物や魔獣を退治できているとのことで、一安心。

転移門の設置場所は俺の屋敷の倉庫の地下。

屋敷の倉庫といっても、ちょっとした体育館ぐらいの大きさがある。転移門による荷物の出し入れ量を誤魔化すためだ。

屋敷も倉庫もまだ完成していなかったけど、転移門の座標指定の石は問題なく設置できたらしい。

あとは、好きなタイミングで転移門を開くことができる。

…………。

開く前に、もう一回ぐらいは見に行ったほうがいいよな。

転移門の扱いは、慎重に慎重を重ねたい。

# 5 エビ養殖

〝五ノ村〟の応援に行っていたダガたちが戻ってきた。

行ってから二十日ぐらいか？

十五日ぐらいで連絡があり、ハクレンが迎えに行ったのだが……ガルフの姿が見えない。

ガルフはどうした？　〝シャシャートの街〟に連れて行かれた？　武闘会の特別審査員として？

断れなかったんだろうな。

ん？　ああ、怒ったりしないさ。逆に頑張ってほしい。どうも、この村は一般常識が薄いみたいだからな。俺は自覚あるけど、ほかの面々がどうも怪しい。

本来なら外との接触は控えるべきなのだろうけど、ガルフに関しては推奨したい。

頑張って、村の一般常識担当に。

…………あれ？　ガルフって、〝シャシャートの街〟で武神とか言われてたっけ？


ダガたちはお土産を持っていた。

「川で獲れたエビです。向こうで行動を一緒にしていた冒険者たちが譲ってくれました」

そう言って見せてくれたのが、小さな甕《かめ》の中に水と共に入っているエビ。

川エビにしてはでかい。三十センチクラスだ。

元気に動いているが一匹だけ？　あ、ほかにも似たような甕《かめ》があるな。全部、そうなのか？　そして、美味いのか？

「かなり美味いです。ただ、すぐ食べるのではなく、数を増やしてからのほうが……」

「数を増やすって……養殖か？」

「はい。比較的簡単に育てられると。川でなくても池でも大丈夫だそうです。ただ、ある程度綺麗でないと駄目だと」

エサはなんでもいいらしい。

問題は場所だな。村の近くの川には凶暴な魚がいるからな。そこに放しても、すぐに食べられてしまうだろう。

となると……え？　池でも大丈夫？　そうなの？　助かる。

なら、ため池で育ててみるか？　いや、ため池は大事な水源。第一、あそこは広いし深いから養殖で増やしたエビを捕まえるのが大変だ。

エビの養殖用に専用の浅い池を作ったほうがいいか。どこに作ろうか？

おっと、焦《あせ》らない。

まずはダガたち、疲れを癒やしてくれ。

あと、エビを……ずっと甕の中だと弱るだろ。とりあえず、簡易な池をぱっと掘るから。

あー……共食いの心配は？

その心配があるから、わざわざ一匹ずつ甕に入れているんだろ？　エサさえちゃんと与えていれば大丈夫なのね。了解。


俺は居住エリアの北側、ため池近くに五メートル四方の池を掘った。

深さは三十センチぐらいだから、すぐに完成。もちろん『万能農具』のおかげ。

水をため池から引きつつ……知らない人が入らないように、丸太を横にして柵を作る。

うん、いい感じ。

そこにエビを放流し……結構な数がいるな。冒険者たちが頑張ってくれたのか。それは嬉しいがちゃんと雄と雌がいるよな？

片方だけってことはないよな？　雄雌の区別が付かないんだが……祈ろう。

本格的な養殖池は、村の西側に作ることになった。村や道から少し離れた場所で、森を少し伐採することになる。

水はため池の下水路から引く。スライムによる浄化で、水質に問題はないらしい。

問題はエサ。

なんでも食べるのだが、与えるのを適量にしないと残してしまい、それが水を汚す。特にエサにしようと考えているのが、魔物や魔獣の内臓や肉の硬い部分。

水の中に長時間放置すれば、水が汚れるのは当然と言える。

…………。

スライムを一緒に入れたら、どうだろう？　スライムが食べられてしまう？　そうか、なんでも食べるんだもんな。馬鹿なことを考えた。

まあ、居住エリアに作った仮の池でエサの量を見ながら、本格的に養殖を始めていこう。


仮の池のほとりで、子猫が興奮していた。あれは……ミエルか。

ミエルの正面にはエビが一匹。ハサミを持ち上げ、威嚇している。

ああしているのを見ると、エビというかザリガニっぽいな。

…………。

両者睨《にら》み合い……体のサイズは、エビの方が大きい。なのに、ミエルが果敢に飛びかかった。

だが、ミエルの爪がヒットする前に、エビが高速バック。エビのいた場所にミエルが着水。ミエルは慌てて池から脱出しようとするが、そこに襲い掛かるエビ。

バシャバシャと水しぶきをあげながらの戦いは……はい、ストップ。俺がミエルを池からすくい上げた。

獲物を失ったエビが俺にハサミを向けて威嚇してくる。そう怒るな。それとミエル、無茶をするんじゃない。俺がいなかったら危なかったぞ。

なに、負けてない？　勝ってた？　濡《ぬ》れて細くなった体で主張されてもな。

ほれ、ちゃんと拭いて。夏だからって油断するなよ。


翌日。

仮の池のほとりに集結する子猫四匹。

その正面に、エビの群れ。

…………。

ミエルは懲りなかったか。

だが、さすがにあの数を相手だと、ミエルたちも撤退するだろ……え？　ミエルが魔法を使った。

火の魔法だ。大きい。

うおいっ！　ほかの三匹も同じように。ちょ、駄目！　大事な養殖用のエビだから！

慌てる俺を無視して、エビも水弾みたいなものを撃って反撃し始めた。ミエルたちの放った火の魔法を打ち消していく。

え、凄い。だが待て。それも魔法だよな？　そんなことができるのか？　危ないエビなんじゃないのか？　っていうか、このエビを養殖して大丈夫なのか？

いや、そうじゃない。まずは、そこで魔法対決などするんじゃない！　ここは居住エリアだぞ！

「あそこからなら大丈夫です」

「初級の魔法ですから、あの程度なら」

「元気ねー」

心配しているのは俺だけで、居住エリアに住んでいる獣人族、リザードマン、ハイエルフたちは気にしていない様子。

えーっと……子猫たちが魔法を使うって知っていた人。あー……知らなかったのは俺だけね。なるほど。


あと、リザードマン。エビの養殖が本格的になったら任せる予定だけど……大丈夫か？　水の魔法を使うぞ？

俺はびっくりしたけど……あ、知っている？　大丈夫？　あれぐらい、平気。そっか。

養殖用の池の柵を、頑丈にしよう。そう心に決める俺だった。

あと子猫たち、エビに近づかないように！

# 6 養殖池とプール

エビの養殖池を整備しながら魔法の練習をしてみる。

子猫やエビだって使えるのだ。俺にだってできるはず。前にルーに教わって、才能がないと評されたけど……要はやる気だ！

……………。

決して、魔法が使える子猫やエビに嫉妬したわけではない。

周囲に誰もいないことを確認したあと、精神を集中。

ん？　……おおっ！　ち、力を感じる。これは、いけそうな気がする！

俺はルーに教わった魔法の呪文を唱えた。

「我が前に顕現《けんげん》し、敵を射よ！　炎の矢《ファイヤーアロー》！」

……………。

………………………。

呪文、間違えたかな？　久しぶりだったし。ははは。

木陰から、数頭のクロの子供たちがこっちを見ているのに気付いた。

いつの間にって……まあ、俺が養殖池を整備するために森に入ったのだから、何頭か一緒に来ているか。

俺が視線を送ると、さっと顔を横に向けてくれる。

…………。

心が痛いから、今日の魔法の練習はここまでにしよう。養殖池の整備をしっかりしないとな。

ため池の下水路から水を引くが、引くだけでは溢《あふ》れてしまう。

川への排水を考える。

竹を並べた柵を三重に作り、エビの逃走を防ぐ。小さいエビは逃げてしまうかもしれないけど、そのあたりは許容範囲。

池の外周部に丸太を横にした柵を並べ……完成。当面はこれで様子を見よう。

水とエビを入れる前に、自分で入ってみる。

池の広さは二十五メートル四方。深さは色々と悩んだけど、一メートルぐらいにした。浅すぎると、子猫たちみたいにちょっかいをかけるのが出てくるからな。

エビにストレスを与えないことからも、これぐらいの深さは要るだろう。

ただ、池の底には五十センチぐらいの仕切りがあり、それで一メートル四方の升目を作っている。

池の水を半分抜けば、一メートル四方の小さな池の集まりになるという工夫。

しかし、その工夫のせいで歩きにくい。俺は足を打った。だから無理して入らないように。丸太柵の上にいるクロの子供たちに注意する。そう寂しそうな顔をしないでくれ。

わかった、すぐに出るよ。そして水門を開放したら、プールに行こう。暑いしな。

今年もプールは大盛況だ。鬼人族メイドたちの屋台にも行列ができている。

カキ氷と……肉煮込み？　熱そうだな。プールに入ったあとでもらおう。

…………。

流れるプールに、ティアのゴーレムが入っているのはなんだ？

二メートルぐらいのゴーレムが五体、泳がずに並んで歩いているだけだが……ああ、流れを作っているのか。

人数が多いと、どうしても流れが澱《よど》むからな。

しかし、流れるプールに入っている者を追い立てているようにも見える。まあ、見えるだけだから問題はないか。

俺の水着はオーソドックスなトランクスタイプ。ザブトンが作ってくれた。

水着といっても、撥水《はっすい》性が多少ある服という感じで、メインの機能は水に入っても透けないことと、体にピッタリとくっつかないこと。大事な部分が見えてしまうのは恥ずかしいからな。

プール近くの小屋で、そんな水着に着替える。

そしてメインのプール近くの小さなプールに入る。

小さなプールは二つあり、一つ目は泳ぐプールではなく、体の汚れを落とすためのプール。

二つ目は、消毒プール。ルーに相談し、消毒液っぽいものを作ってもらって投入している。感染症とかが流行《はや》ると怖いからな。

まあ、こんなものがなくても、各自の持つ魔力で身を守っているから大丈夫なのだそうだ。

そうなのか。

まあ、魔力の小さな子供たちもいるだろうから……それって誰ですかって顔をしないでほしい。

例えば……ガットの娘は？　あ、問題ないレベルの魔力を持っているのね。侮《あなど》ってごめんなさい。

俺の気持ちを落ち着かせる消毒プールだと思ってください。


プールに入る前には、しっかりと準備運動。

体がほぐれたあと、ゆっくりと入水。間違っても飛び込んではいけない。

…………ふう。

「村長、すみません。流れるプールではできるだけ動いてもらえますか？」

そうだった。

まったり水中ウォーキング。俺の横を、板に乗った酒スライムが通り過ぎていく。優雅なことだ。

それを追いかけるように、程よいサイズにカットした丸太を抱えた聖女。カットした丸太は……

浮輪代わりか。

それと、かなり大胆な水着だが……大丈夫なのか？　聖女に相応《ふさわ》しい水着とは思えないが……。

いかんいかん、変な目で見たとか思われる。無心無心。

さらに大胆な水着を着たヨウコがプールサイドにいた。無心無心……あれ？

「今日は人間の姿か？」

「それなりに魔力が回復してきたのでな」

水着は似合っているが、長い髪をタオルで纏《まと》めるのはどうなんだろう？　お風呂に入るみたいな感じになっているぞ。

まあ、ほかにも似たような人がいっぱいいるから指摘はしない。指摘するのは、手に持っているお酒に関して。

「それを持ったまま、プールに入るなよ」

「これぐらいでは酔わぬ」

「お前がそうでも、ほかが真似《まね》したら困る」

「……ふむ。なるほど、わかった」

ヨウコは意外と素直。ちゃんと理由を伝えれば、従ってくれる。

ヨウコを通り過ぎ、次は……グランマリアが水着姿で水面をホバリングしていた。

水面を歩いているように見せる練習でもしているのだろうか？

前進、後退、スキップ。器用なことだ。

しかし、そこでそうやっていると普通にプールに入っている人に迷惑が……あー、障害物として楽しまれているのね。なるほど。

よくよく周囲を見れば、プールに入っているのは女性と子供たち、そしてクロの子供たちが中心。だからこそできるグランマリアの障害物なのだろう。

ドワーフやリザードマンがいないのは、どういった理由だ？

夕方ぐらいに来てプールサイドで飲むから、今は頑張って仕事中なのね。


俺はグランマリアの障害物を大回りで避ける。

避けたのだから、近づいてくるんじゃない。障害物が移動するのはずるいぞ。空中で何につまずいたのかな？　周囲の視線があるのに露骨に甘えてくるとは。ええい、これがプールの解放感か。

だが、俺の無心の前には……あ、駄目だ。抱きつかれたままだと、ほかの女性陣も寄ってくる。

は、離れ……うおっ、凄いパワーだ。引き離せない。そして柔らかい。

こ、こうなれば……子供、子供はどこだ！　子供バリアーをプリーズ！


流れるプールを一周し、妙に疲れたので上がる。

ちなみに、クロの子供たちが体についた水を飛ばすぷるぷるゾーンを別の場所に設けたので、俺たちに水しぶきが盛大にかかることは滅多にない。

あー……鬼人族メイドの屋台から肉煮込みをもらい、ゆっくりと食べる。

うん、アツアツだがいい感じだ。

もっと食べたくなるが、夕食のことを考えて我慢。クロの子供たちにガードされながら、もう一周してプールをあとにした。


やはりプールのあとは眠くなるな。夕食まで寝ていようか。

俺が屋敷の自室に戻ると、そこにはルー、ティア、猫、宝石猫のジュエル、子猫四匹、九尾狐《ナインテール・フォックス》のヒトエ、クロ、ユキが寝ていた。

天井にはザブトンの子供たちがみっしり。

おかしい。冷たい風が出る装置はほかの場所にも設置が始まっただろ？　なぜ俺の部屋に？

しかも、俺の部屋の装置にもオンオフ機能が搭載されたはずだ。誰がスイッチを入れた？　一応、ここは俺のプライベート空間のはずだぞ。

そう思っていると、後ろから声をかけられた。

「みなさーん、冷やした果実をもらってきましたよー」

鬼人族メイドの一人。前に俺の部屋で居眠りをして怒られていた子だな。そして手には様々な果実が切って盛られたお皿。

彼女は部屋に俺がいるのを見て、動きを止めた。

えーっと……俺がどう言おうか困っていると、動きを止めたメイドの足に子猫たちが群がっていた。いつの間に起きたのやら。そして、早く寄越《よこ》せという態度。

ああ、ヒトエも起きたみたいだ。スイカが欲しいのね。わかった、俺のことは気にせずに配ってやって。


猫たちは総じて柑橘《かんきつ》系は駄目で、スイカやイチゴを中心に食べている。ヒトエもそうみたいだな。

クロとユキ、ザブトンの子供たちはなんでもＯＫ。

ルーは……冷やしたトマトね。そのままガブリと。

ティアは、冷やしたキュウリか。塩で揉《も》んで食べるのが美味しいと……ここで寝ながらプールのゴーレムを操っていたのか？　自動操縦だから、大丈夫？　万が一の見張りを派遣した？　ああ、だからグランマリアがいたのか。なるほどと言いたいが、グランマリアは楽しく遊んでいたぞ？

あと、みんな。食欲旺盛だが、もうすぐ夕食だからな。


プールの眠気は吹き飛んだ。

俺はベッドに座り、猫を膝の上に乗せてアゴの下を撫《な》でる。部屋は先客のおかげで冷えているので気持ちいいといえば気持ちいいが……ジュエルが私にもやれと、膝の上に乗ってきた。猫よりも手前に。

はいはい。ジュエルもアゴの下だな……違う？　そこじゃない？　じゃあ、耳の裏？　よし、正解だった。

クロとユキもあとで撫でてやるからな。

え？　寝ていたから遠慮する？　ははは、遠慮するな。

だが、ルーとティアは遠慮してほしい。涼んでいるんだから、くっつかないで。

いや、愛が冷めたとかそういう理由じゃなくて、普通に暑いから。

鬼人族メイドは……いや、別に叱《しか》ったりしないから。ただ、君の背後に立つアンを止めることは俺にはできない。すまない。

夕食に呼ばれるまで、まったり過ごした。

## 7 エビと村長の移動

エビを居住エリアの仮池から養殖池に移動させる。

予想通り、エビの抵抗が激しい。だが、リザードマンたちの手によって次々と捕獲されていく。

さすがだ。

ちなみに俺は魔法が怖いから少し離れていた。

臆病？　そう思ってくれてかまわない。初級魔法で威力が弱いからといって当たりたくはない。

「村長、エビは全て回収しました。養殖池に持っていきます」

リザードマンたちに手を振って了解を伝える。

養殖池の場所は何回か案内しているから、俺が同行しなくても大丈夫。

俺はここで仮池を始末しないといけない。

「村長。池をつぶすんですか？　残しておけばいいのでは？　また、何か来るかもしれませんし」

通りかかった獣人族の娘の意見。

…………浅い池だし、はまって溺れる者もいないか。

臭《にお》いはどうだろう？　ん？　エビがいなくなったのを察したのか、スライムたちが仮池に飛び込んでいく。

…………。

問題ないな。当面はこのままで、様子を見よう。


リザードマンたちとエビ養殖の計画を相談。

とりあえず、一年は様子見。

繁殖具合を見て、年間の収穫量を決定。場合によっては養殖池を増やすと……。

計画らしく感じるが、全てエビ任せという内容。まあ、エビの生態を知らないからな。

このエビを提供してくれた冒険者たちによれば、食べ物さえあれば勝手に増えていくとの話だ。

一応、仮池でエビの好みや食べる量を観察したが……。

「魔獣の内臓系が人気だったな」

「肉よりも反応が良かったですからね。ですが、これでエサに困ることはないかと」

魔獣の内臓は、クロの子供たちが主に食べるのだが、俺が食べてもいいとしているのは狩った当日の内臓だけ。

時間の経《た》った内臓は安全のために処分しているのだが、その処分をエビに任せようということだ。悪くない。

俺も内臓を処分する時、ちょっともったいないと思っていたんだ。有効利用できるなら嬉しい。

ともかく、エビ養殖に関してはリザードマンたちに一任。何かあったら連絡を。無事にエビが増えることを祈ろう。


転移門を起動する前に、確認のために〝五ノ村〟を訪れたほうがいいだろうと俺は考える。

しかし、その時間を確保するのがなかなか難しい。

ハクレンに運んでもらうとして、行きの移動に二日、現地で確認に一日、帰りの移動に二日。合計五日かかる。前に移動した時もそんな感じだった。

この移動の二日を短縮するための転移門だもんな。

現在、短縮できる時間といえば、現地での確認時間だけだが……そこを削ると本末転倒な気がする。たかが五日、されど五日。

うーん、せめて三日ぐらいならなぁ。

俺の悩みを解決してくれたのは転移門の管理をする予定のフタだった。

転移門が起動するまで待機中の現在は、料理人見習いとして鬼人族メイドの下《もと》で修業中。修業中だが、まだ食材洗いと皮むきの段階。調理までさせてもらえていない。

同じように修業しているミヨは、すでにスープを任されるレベルだというのに……。

「フタは大雑把《おおざっぱ》ですから。ほら、皮のむき残しがあります」

「むう……」

「それで、その大雑把なフタは俺の悩みを解決するいいアイデアを持っているのか？」

「大雑把ではなく、ちょっと細かい作業が苦手なだけです。っと……ごほん。行きの二日を短縮することなら可能ですよ」

「どういうことだ？」

「転移門です。前に私が転移先を指定する石を設置しに行ったじゃないですか。そこになら転移門を開かずに転移することができます」

「転移門を開かずに？　どういうことだ？」

「転移門を開くというのは常時、双方向に移動可能な状態のことです。現在は開いていませんが、転移機能はありますから……魔力を大きく消費しますが、送るだけなら可能です」

……。

「あ、向こうからは無理ですよ。可能なのは転移門のある本体側からだけですから」

「そ、そうか」

一瞬、向こうからも自由に来られるのかと思ってしまった。

このアイデアが駄目とは言わないが、転移門の扱いは慎重にと考えているのだ。正式に開く前に往来できてしまうのは少し困る。

「それは一般的な方法なのか？」

「いえ、知っている人だけが知っている小技的なものです」

となれば……転移門が一般的じゃない現在は、知っている人は皆無と考えていいかな。

「そうですね。それに知っていても転移門が稼働寸前の状態じゃないと意味がないですから」

……確かにそうか。

一方通行だしな。

とりあえず、行きの時間が削れるなら行ってみようと思う。

メンバー選定！

帰りの移動手段としてハクレンは確定として、ほかはどうすべきか……。

向こうに俺を知っている人がいればいいが、いない可能性がある。トラブル防止のため、向こうで活動していたダガに同行をお願いする。

あとは護衛に……ヨウコが同行を希望してきた。〝五ノ村〟関連の〝大樹の村〟側の代表だし、かまわないか。

これでメンバー決定。俺、ハクレン、ダガ、ヨウコ。

村の住人からストップがかけられた。もっと数を増やせと。

いや、各自、仕事もあるだろうしな……リザードマンが三人、ハイエルフが五人、追加された。

一緒に来たいならかまわないけど、そんなに楽しいもんじゃないぞ。

……武器って、そこまでいる？　防具も？　戦いに行くんじゃないぞ。

…………。

俺も装備したほうがいいかな？　逆に俺は不要？　そんなものなの？


〝大樹のダンジョン〟五層。〝五ノ村〟に通じる転移門となる予定の場所。

そこでフタが長々と呪文を唱えている。

転移門に、俺たちを送るための魔力を込めているのだそうだ。

…………。

五分ぐらいやっているが、大丈夫なのか？　あ、下手に喋《しゃべ》って集中を乱しちゃ駄目なのね。見送りに来ていたルーに怒られた。すまない。

さらに五分ぐらい経過したところで、フタが合図をしてくれた。

稼働している転移門と同じように、光の板が現れている。

「開いている時間は三分です」

フタの合図で俺が前に出ようとしたら、ダガにブロックされた。

俺がどうしたと聞く前に、ほかのリザードマンとハイエルフたちが先行した。

「露払いです」

いやいや、そんな警戒しなくても……。

「では、先触れです」

先触れって、訪問前に今から行くよって知らせるやつ？　まあ、それなら納得。

次にヨウコが。少し待ってからダガ、そして俺とハクレンが移動することになった。

俺は見送ってくれる者たちに手を振りながら、転移した。


転移した先は、広い地下室。

〝五ノ村〟の屋敷の倉庫の地下室だろう。

先行していたハイエルフの一人が、明かりを持ってくれていた。

…………考えていなかった。

俺が先頭だったら、ドタバタしていただろうなぁ。

広い地下室の奥には、階段ではなく緩やかな坂がある。

幅、高さを考えると馬車の乗り込みも想定した作りだろう。その坂を歩いていくと、野外の明るさの中に先行した者たちが待っていた。

景色は……何本もの長い柱と、その間に張られた布。工事現場の目隠しのようだ。

実際、この屋敷の建築風景を隠すための目隠しだそうだ。

ここは屋敷の建設予定地だからな。


さて、ここにいても〝五ノ村〟の現地確認ができない。

出入り口っぽく作られている場所を目指し、移動を開始。


布の向こう側は、何もなかった。

前に視察に来た時と同じ、台地の上だな。

あれ？　建物とか結構、建っているとか報告があったような気がするが……。

変わった物といえば……一応、地面には村割がされている。あと、台地の外周に壁ができているな。ぐるりと取り囲むように。外壁かな？　結構立派だ。これでぐるりと台地を取り囲んでいるって、凄くない？

階段があったので、外壁の上に移動。

……………そこで見た景色が信じられない。

台地の側面、斜面部分に村というか街ができていた。

主に建物があるのは南側だけらしい。ちょうど見たのがその南側だった。

まだまだ建設中なのだろう。活気に溢れる声が聞こえる。そして、台地の下に大きな壁。そっちもまだ建設中のようだ。

ああ、俺がいまいる外壁と思った場所は、内壁だったのね。内壁より先に外壁を作るべきじゃないのかな？　というか、台地の下を取り囲むの？

えーっと、ともかくだ。

見た感じ……両手の親指と人さし指で四角い窓を作り、その中に見える家の数を数える。でもって、全体はその四角の窓何個分かを数え……一つの家に四人が生活していると考え、四千人ぐらいの規模になっていないか？

「五千と二百と少しになる」

ヨウコが訂正してくれた。

「この現状、ヨウコは知っていたのか？」

「見たのは初めてだが、報告と相談は受けておった」

「いや、しかし……」

「側面は道以外は自由にしていい。村長がそう言ったと聞いているが？」

え？　そんなことを俺が言ったかな？　どうだろう。覚えがないが……。

「村長、台地の側面に関してですが……」

「ん？　ああ、道さえしっかり確保してくれたら好きにしていいぞ」

言ってそう。

たぶん、道路の装飾とかそのレベルと考えたんだろうな。あー……。

「わかった。それで、台地の上に住んでいる人がいないのは？」

「まだ正式な移住許可を出しておらんだろ」

……そうだっけ？　あれ？

前に移住希望者が移動を開始したとか……。

その時、受け入れに関して問題はないとの報告を受けた気がしたが……確かに移住許可を出した覚えがない。

あー……なるほど。

〝五ノ村〟建設の指揮を執っている先代の四天王二人、名前の長い人とパルアネンが来るまで、俺は外壁の上で反省を続けた。

## 8 村下街？

城の近くに街ができることはある。うん、わかるわかる。

では、村の近くに街ができることってあるのかな？　しかも、すぐ横に。

…………嫌がらせ？

違うらしい。

街ができた理由は、村への移住待ちが原因。

移住許可が出ていないので、村に住むのは憚《はばか》られたため村の手前で生活を開始。そういった人が集まり、少しずつ街ができたそうだ。


でもってだ。

〝魔王国〟側もただこの状態を見守っていたわけではない。ちゃんと、〝大樹の村〟に報告と相談はしていたのだ。

「台地の側面に移住希望者が住み始めています。どうしましょう？」

「村長がそのような些事《さじ》に拘《こだわ》ることはない。好きにさせよ」

「かなりの数が生活を始めてしまいましたが……」

「村に住みたいと思う者を、村長は拒まん。全て受け入れよ」

「警備上の問題で壁を建設したいのですが、かまいませんか？」

「住人のためになるなら、村長が断ることはあるまい。頑丈な壁にするがよい」

〝大樹の村〟側の代表がヨウコだった。


いや、ヨウコも勝手な判断はしていない。ちゃんと俺に報告と相談はしているのだ。

「村への移住希望者が台地の側面で生活を希望している。かまわぬか？」

「え？　不便じゃないのか？　まあ、本人が希望しているならかまわないぞ」

「結構な人数が側面で生活を希望しておるらしい」

「なんだろ？　種族的な理由かな？　まあ、いいよ」

「住人の生活を守るために、防壁を築きたいらしいのだが」

「当然だな。資金が足りないなら言ってくれ」

…………。

全ての会話を一回でやったわけではないが、記憶にある。


誰に聞かせるわけではないが、言いわけをさせてくれ。

俺は話の前提として、〝五ノ村〟への移住が始まったと思っていたんだ。

いや、確かに確認しなかった俺が悪い。

悪いが……はい、俺が悪いんです。

さて、どうしよう。

えーっと、まずはあれだな。

目の前で頭を下げている人たちに伝えることだな。

「お、怒ってないから」

うん、本当に怒ってはいない。

どっちかといえば、困惑しているほうだから……あ、ち、違う、ごめん、困惑もしていないから。

平常心。そう、俺は平常心だから。ははは。

だから、崇《あが》めないでください。

俺の目の前には、先代四天王の二人と、その後ろに……五十人ぐらい。

なんでも、側面に住んでいる人たちの代表者たちだそうだ。

種族は、魔族、エルフ、ドワーフ、獣人族、あと……人間かな？　見た目の若い者が多いけど、

年齢的には全員が俺より年上になるのかな？

せっかく集まってくれたのに悪いが、とりあえず解散で。

はい、ごめん。待って。ごめん。言葉が足りなかった。この場を解散ってことね。出て行けって

ことじゃないから。絶望した顔をしないように。

とりあえず、先代四天王二人、ちょっと。現状を維持するとして問題は？

「食料の生産がほとんどできないので、外から買わないといけないことです」

「買えているのか？」

「はっ。〝シャシャートの街〟のゴロウン商会が協力してくれております。また、我らの領地より輸送隊が出発しております。一カ月後には備蓄も可能かと」

「なるほど。購入資金は？」

「各地より集まった寄付金があります。当面は問題ありません」

「寄付金？」

「住人を押しつけることになった領主からです」

「待て。ここにいる住人は、押しつけられたのか？」

「いえ、そうではありません。ですが、貴族の面子《メンツ》としては領地から住人が出て行ったよりは、住人を押しつけたとするほうがありがたいので」

「あー……寄付金、強要してないよな？」

「押しつけられた側として、多少の準備金が欲しいとお願いしたぐらいです」

「以後、そういったことはしないように。資金は俺が……」

ストップ。

慌てず、必要とする金額を確認。

これで一カ月分か？　一年分？　……これぐらいなら、なんとかなるか。

最悪、倍になったとしても……なんとかなる。

「資金は俺が出す。寄付してくれたところには、別の名義で返却するように」

「承知しました」

「しかし、食料品をずっと買うとなると厳しいな」

正直、〝大樹の村〟の資金を考えればそれほど厳しくないが、赤字を垂れ流すだけなのは気持ちよくない。

本来は、〝大樹の村〟のために使うべきお金なのだから。

「外壁の向こう側に畑と牧場を作る予定です。さすがに今年、来年は厳しいですが、数年後には自給自足も可能になるかと」

「産業は？」

「近くに有望な鉱脈を発見しています。その採掘と加工をやっていこうかと」

「鉱脈って……採掘していいのか？」

「この辺り一帯は村のものと取り決めております。問題ありません。ただ、後々に揉めないために〝魔王国〟には報告しています」

鉱脈がこれまで未発見だったのは、開発がほとんどされていなかったかららしい。

村の建設にともなう近隣の魔物や魔獣退治の最中に発見したそうだ。先代四天王の話では、まだまだ鉱脈が見つかる可能性は高いとのことだ。

本当にいいのかな？　今度、魔王かビーゼルに会ったときに話をしておこう。

とりあえず、いま見つかっている鉱脈だけでそれなりの儲《もう》けを期待できるとのことだ。

細々《こまごま》とした問題はほかにもあるが、住人たちで解決できるということなので任せた。

さすがに、ずっといるわけでない俺が細かい指示をするのは現実的ではない。

今晩の宿泊場所はドライムの巣だから、日が暮れかける前にここを離れる予定だしな。

当面は現状維持で、よろしくお願いする。


俺がここに来た本命の転移門に関して、考える。

門が開く場所は、ちゃんと整備されている。上の建物はまったくできていないが、門がある場所は布で隠されている。

さっさと転移門を開き、〝大樹の村〟の住人たちで一気に建物を作ったほうが速いかな？　建材も〝大樹の村〟から運べば簡単だし。

ああ、ダンジョン内の輸送が面倒か。だが、台地の下から運ぶよりは楽だろう。

よし、そうしよう。

すでに五千人が生活を始めているのだ。今更、ここから手を引くことはできないだろう。

手を引かないなら、転移門が早く欲しい。ここは〝シャシャートの街〟から一日の距離の場所なのだ。

………あれ？　一日の距離の場所なのに、魔物や魔獣が強いというのはどうしてだ？　〝シャシャートの街〟の近くは、魔物や魔獣はあまり出ないと聞いた覚えがあるが？

「開発の手が入っていない場所は、そんなものですよ」

俺の疑問に答えてくれたのはガルフ。いつの間に？

「丁度、下の森にいまして」

「それはいいタイミングだったな。で、そのお前の後ろにいる女性は？」

「あはは……」

ガルフが困った顔をしている。

見た感じ、人間。二十代……半ば？　見た目は剣士だな。

「お初にお目にかかります。私、当代の剣聖を名乗らせていただいておりますピリカ＝ウィンアップです。ガルフさまの弟子となることを希望しております」

「ご丁寧にどうも。〝大樹の村〟の村長、ヒラクです」

えーっと……剣聖ってなんだ？

## 9 剣聖物語

剣聖。

それは人族最強の剣士の称号。その称号は剣聖が次の剣聖を指名し、指名された者が剣聖を打ち負かすことで継承《けいしょう》される。故に、剣聖を名乗れるのは常に一人。


剣聖には守らねばならないことが二つある。

一つは、常に最強であることを求め続けること。

もう一つは、不正に剣聖を名乗る者を打ち滅ぼすこと。

剣聖はこの二つを守るためなら、大抵のことが許される存在である。現在、ピリカ＝ウィンアップがその剣聖として認定されている。

というガルフの説明。


「その最強の剣士が、どうしてガルフに弟子入りを？」

「恥ずかしながら、現在の私の技量ではガルフさまに勝てません」

「……最強の剣士だろ？」

「剣術では負けません。ですが勝負となれば負けます」

言ってる意味がよくわからない。最強じゃないの？

俺が首をかしげていると、ガルフが見たほうがわかるとそこそこ太い木の棒を立てた。

なにをするのかなと俺が思っていると、ピリカが動いた。いや、動いていない。

動いたのはピリカの分身。その数は四つ。

ガルフの立てた太い木の棒を、それぞれの分身が剣で斬る。四回斬られた太い木の棒は、五つの木片になった。……あれ？　木片は六つ。本体がその場で剣を振っていた。五回斬ったのか。

素人の俺でもわかる凄《すご》さだ。思わず、拍手しそうになった。

拍手しなかったのは、俺の横にいたダガとヨウコから不満そうな呟きを聞いたからだ。

「駄目だな」

「あれではな……」

えーっと……何が駄目なんだろ？　俺は彼女に勝てる気がしないんだが？　俺が説明を求めると、ダガが一言。

「経験不足」

ヨウコはもう少しだけ丁寧に教えてくれた。

「村長にわかりやすく例えるなら……魔法を思い浮かべてみよ。火の魔法を上手に使えても、その火を上手《うま》く利用できておらん」

教えてくれたのに悪いが、魔法に例えられても俺にはピンとこない。

まあ、噛《か》み砕いて理解しようとすると……どういうことだ？　形だけってこと？

ガルフが教えてくれた。

「あの程度なら、ルーの姐《あね》さんやティアの姐さんだってできます。ですが、村の武闘会で使っているところを見たことがないでしょ？　実用性がないからです」

実用性って……十分にありそうだが？

「分身を実用レベルにまで上げるなら、ブルガさんぐらいまでやらないと」

ブルガの分身と、今のピリカの分身の違い……。

ブルガの分身は全て違う動きをしていた。分身というか分裂に思えるぐらいだ。

ピリカの分身は残像みたいな分身？　言われてみれば、どれが本体かわかったしな。

「仕掛けられた側からすれば、ただの五カ所同時攻撃ですから簡単に防げます」

…………。

五カ所同時攻撃って簡単に防げるものなの？　同時に五カ所だろ？　無理じゃない？　当たる前に一カ所防いだら、ほかも止まると……なるほど。

いや、それも難易度が高そうなんだが……。

ピリカはダガと模擬戦をやっている。

ピリカが軽くあしらわれているのはわかった。

「もとより剣聖は、聖剣《せいけん》を正しく扱う剣術を失わないようにと継承されているものですから、本来の力を発揮するのは聖剣を持った時だとは思いますけど。彼女は酷《ひど》い」

ガルフの厳しい一言。

彼女で酷いのなら、俺はどうなるんだろうか？　評するに値しないレベルかな？


「話にならん」

ダガの感想にピリカが涙目だ。

さすがに可哀想《かわいそう》なので、もう少しアドバイスをと俺が頼む。

「……道場で鍛え過ぎだ。技は悪くないが、相手を殺さぬようにとの気配りがクセになっているから全て三流以下。さらに、見世物になっていた期間が長すぎる。技が綺麗すぎて、実戦に向かない。言って悪いが、先代はお前程度の腕に倒される剣士だったのか？　素直に剣聖の称号を返上し、修業をやり直すべきだ」

ダガのアドバイスという名の攻撃に、ピリカが泣き崩れた。ガルフが頬《ほお》をかきながら呟く。

「あー、俺も同じようなことを言ってな……」

ガルフから、ピリカの事情を教えてもらった。

彼女が先代の剣聖の開く道場の門を叩いたのは今から十五年前。

道場には全国より選《え》りすぐられた剣術自慢が二百人以上揃い、切磋琢磨《せっさたくま》していたそうだ。その中で、ピリカは若くして入門が認められる程度の才覚はあり、順調に鍛えられていった。

問題が発生したのが今から十年前。ピリカが入門してから五年目のこと。

先代の剣聖が、突然の死去。お金を払うと女性にイチャイチャしてもらえる店での心不全だったそうだ。

道場主が亡くなったのであれば、新たな道場主が率いればよかったのだが……亡くなった道場主は剣聖。次期道場主を指名すれば、それは剣聖の指名と同じ。なので次期道場主となるべき者を指名していなかった。

そこで道場の高弟たちが協議し、剣聖の称号を一度、王国に返上。

道場は高弟たちで集団経営し、新たな剣聖は王国に決めてもらおうということになった。我欲に溺れず、剣の腕を磨くようにとの先代剣聖の教えが正しく活《い》かされていた。道場側は。

剣聖の称号を返上された王国は、その剣聖の称号を自国の将軍に授《さず》けた。

王国側としては、返上された称号を誰に授けようが王国の自由という考え。戦争中であったこともあり、戦意高揚《せんいこうよう》の手段として有効に使ったつもりだった。

だが、剣聖の称号はいずれ道場の誰かにと考えていた道場の高弟たちは激怒し、剣聖の称号を授けられた将軍の部隊を襲撃。将軍の部隊は三千人を超え、襲撃した高弟たちは二十人であったが、将軍を討ち取ってしまった。

この所業に怒った王国は、道場の高弟たちを捕縛。

襲撃に参加した高弟たちは大半が死亡しており、生き残っていた二人も満身創痍《まんしんそうい》だったので捕縛はスムーズに行われた。

そして処刑。


同時に道場は取りつぶしと決まったが、教会からストップがかけられた。剣聖の技を知るのはこの道場しかなく、それを途絶えさせることには賛同できないと。

何がどう話し合われたかわからないが、王国は道場の存続を認めた。

この時、道場で一番高い地位にいたのが、襲撃に参加しなかった唯一の高弟だったピリカ。

彼女が高弟でありながらも襲撃に参加しなかったのは、彼女がまだ若かったために高弟たちが襲撃のことを教えなかったから。いや、ピリカがいるからこそ襲撃という暴挙《ぼうきょ》に出たのかもしれない。


ピリカは道場を守るために道場主となり、修業を開始。

ただ、王国より許可なく対外試合や道場から離れることを禁止されたため、道場内での修業だけになってしまった。

それから十年。いまから半年前に剣聖の称号がピリカに与えられ、行動の自由を得た。

近隣の国々を巡ったあとに移動先と考えたのが〝シャシャートの街〟。武闘会の噂《うわさ》を聞き、参加するために。

その武闘会の決勝戦で敗北し、ガルフに弟子入りを希望して引っついてきたと。

……あれ？　それだと、決勝で勝った人のところに行かないか？　ガルフは参加していないんだよな？　特別審査員だって聞いているぞ。

その決勝で勝った人が、そのままガルフに勝負を挑んできたと。なるほど、それでガルフにか。


急に剣聖の称号が与えられたのは？

王国が剣聖の称号を自由にするためにピリカに挑むも撃退され続けているうちに、他国から介入があって屈したと。

剣聖の称号は、他国にも影響があるのか。

…………。

そんな称号を、勝手に将軍に与えた王国が悪いな。

王国の名は、〝フルハルト王国〟。〝魔王国〟と戦争中の国だな。

その名を聞く時に、いい話がないのがなんとも……。


余談。

俺、ガルフ、ダガ、ハクレン、ヨウコが横に並ぶ。

そしてダガがピリカに指示。

「強いと思う順に並べてみろ」

「えーっと……」

ダガ、ガルフ、ハクレン、ヨウコ、俺。

ピリカはダガが一番強いと判断するのね。

「ダガさま、ガルフさまからは道場にいた兄弟子たちと同じ匂いがします」

ピリカの言葉に、ダガが笑う。

「光栄だが、このメンバーでの正しい順はこうだ」

俺、ハクレン、ヨウコ、ダガ、ガルフ。

「まず、俺とガルフで十戦やれば、八回ぐらい俺が勝つ。俺が百人いても、ヨウコさんには勝てない。そのヨウコさんでも勝てないのがハクレンさん。村長は、そのハクレンさんに勝っている」

「ハクレンに勝てないとは言ってくれる。まあ、やりたくはないがな。村長とは戦ったが……完敗だった。勝てる気がせん。もうやらん」

ダガの説明をヨウコが補足する。

「実戦経験が不足し過ぎてて、相手の力量を計る目が弱いのも弱点だな」

ガルフがそうピリカを評した。

……………。

俺の中では、ハクレン、ヨウコ、ダガ、ガルフ、俺なんだけどなぁ。

# 10 家に帰って相談

俺はガルフを残し、〝大樹の村〟に戻ることになった。

俺の中では転移門を開くことを決めているが、相談はしないといけないのですぐに開けるかどうかわからないと言ったのだが、ガルフはピリカを見捨てられないらしい。

ダガも残りたそうだったが、俺の護衛を疎《おろそ》かにはできないと残らなかった。このあとはハクレンの背に乗って、ドライムの巣に行くだけなので護衛が必要だとは思わないが……ほかにヨウコやハイエルフ、リザードマンたちだっているし。

護衛として同行したのだから、最後までということだそうだ。ダガらしい。

しかし、それならいっそ、ピリカを一緒に連れて帰るのはどうだ？　駄目？　生活をさせるわけではなく、強くするのが目的だから、適切な場所で戦わせたいと。なるほど。

適切な場所がどういった場所なのか俺にはわからないので、ガルフに任せるのが一番か。

無理せず、怪我のないようにな。

金は置いていくから。え？　置いていくなら調味料のほうがいい？　わかった。

手持ち分だけで悪いが……。

それと……あ、この件を奥さんに正確に報告ね。わかったが内緒にしなくていいのか？　隠してもバレる？　うん、そうだよな。よし、まかせておけ！

ん？　なんだ？　その不安そうな顔は？　俺の伝達力を疑っているのか？　安心しろ。揉め事を作って喜ぶほど俺は暇じゃない。


手紙を預かった。

余計なことは言わなくていいそうだ。

…………解《げ》せぬ。


ドライムの巣で、一泊。

ドライムの巣で働く悪魔族たちの激しい歓待を受けた。

いつもより規模が大きかったのは、ラスティが子を産んだからだそうだ。

「ラスティさまのこと、これからもよろしくお願いします」

「ラナさまは可愛《かわい》いですか？　ドライムさまから話はうかがうのですが……」

「ラナさまがこちらに来る予定は？」

その中で一人、妙に怖い顔の悪魔族が……。

「ラスティさまを泣かすんじゃねぇぞ」

と、お兄ちゃんみたいなことを言っていた。

泣かす気はないが……えっと、ラスティとの関係は？　あ、グッチに怒られている。

お兄ちゃんみたいなことを言ってみたかったのね。お酒が入り過ぎているなぁ。

ちなみにドライムは不在。ずっと〝大樹の村〟にいると思われる。


翌日の夕方。

〝大樹の村〟に到着。

一泊だけの小旅行だった。

同行してくれたダガ、ハクレン、ヨウコ、ハイエルフ、リザードマンに礼を言って解散。

色々と仕事はあるが……とりあえず、預かったガルフの手紙をガルフの奥さんに。余計なことは言わない。

「このピリカという人は、美人でしたか？」

どう答えるのが正解なのだろうか？


試練を乗り越えた俺は、少し休憩。妙に疲れた。

自室の座椅子に座り、まったり。

子猫たちが俺の膝の上に……ああ、ミエルは相変わらず頭の上がいいのね。落ちるなよ。

ん？　……ああ、ルー。帰ったよ。……俺の膝の上の子猫をのけて……そこにお前が頭を置くのね。かまわないが、それだと、のけられた子猫たちがお前の顔の上に乗るぞ。ほら。ははは。


報告を兼《か》ねての夕食なので、いつもより人が多い。

主に同行した者たちと、報告を受ける文官娘衆と種族の代表。

俺は一通りの報告のあと、〝五ノ村〟への転移門を開くことを提案。


流され気味ではあるが、あの距離の短縮は魅力的だ。

〝五ノ村〟から〝シャシャートの街〟まで一日。

いや、〝五ノ村〟が〝シャシャートの街〟と交易を始めれば、〝シャシャートの街〟に行かなくてもよくなる。

つまり、〝大樹のダンジョン〟に潜れば、すぐそばに街があるのと同じだ。


もちろん、問題もある。

いきなり、あの人数をまとめることができるのか。

先代の四天王の二人が頑張ってくれているが、人数が増えればどうやっても問題が出る。俺が向こうにいた数時間だけでも、問題がいくつも発生していた。

〝五ノ村〟を誰に任せるべきなのか。これは誰も立候補がいないからなぁ。先代の四天王の二人のどちらかに頼むべきか。

また、建物ができている場所では普通に通貨を使っての売買が行われていた。

褒賞《ほうしょう》メダルを通貨代わりにしている〝大樹の村〟や、〝一ノ村〟、〝二ノ村〟、〝三ノ村〟、〝四ノ村〟とは扱いを変えないといけないだろう。面倒だが、必要な処置だ。

このあたりを考えずに、転移門を開くのは……危ない。


明日から、集中的に話し合おう。

会議には種族代表も出てもらえると助かる。

うん、会議は明日から。報告はこれで終わり。今日は食べて飲んで、寝よう。


話し合いは五日ほどかかった。

転移門が開くことについては、早々の可決。

〝五ノ村〟の代表に関しては、〝四ノ村〟のベルからの提案で、新たなマーキュリー種が目覚めるのを待つことになった。いや、実はすでに起きていて、問題なく活動できるように勉強している最中ではあるのだが。

三人同時らしく、その三人をそのまま〝五ノ村〟に放り込むとベルが意気込んでいる。

誰も引き受けたがらなかったので、ありがたいが……いいのか？　悪い気もするなぁ。

まあ、フタも含めて四人が向こうに行くわけだし、寂しくはないか。


話し合いの大半が、転移門の通行に関することだ。

無条件に〝五ノ村〟から人を移動させるのは危険だと、反対意見が多かった。

同時に、〝大樹の村〟から〝五ノ村〟への移動も、頻繁に行うべきではないとされた。向こうに使うなと言って、こちらが使うのは筋が通らないとの意見だ。

実際、使用の主目的は作物や商品の輸出入。あとは〝シャシャートの街〟にいるマルコスやポーラの移動用と考えている。


なので、転移門はできるだけ作物や商品を運ぶ時だけ使うようにと。

まあ、俺やガルフ、マルコス、ポーラが移動に利用するのは問題ないとの意見でまとまった。

もちろん、俺が移動する時は護衛も同行するらしいが……。


〝五ノ村〟の扱いは、〝大樹の村〟傘下ではあるが、独立を重んじる方向に意見が進んだ。

さすがにほかの村と同列扱いは問題があるとみんな思ったらしい。

俺は〝五ノ村〟の規模が大きすぎて一段上に扱うべきと思ったけど、みんなは〝五ノ村〟を一段下に見ているような気がする。

気のせいかな？　実際に目にしていないからか？　それとも、勝手にできた村……というか街だからだろうか？

まあ、実際のところ、ただの交易相手と考えるのが正解なのかもしれない。

なんだったら、統治も向こうに完全に任せちゃってもいいかな？　こっちは作物が売れたらいいんだし。

あー、でも、あまり無責任なことはできないか。〝魔王国〟側ともよく話し合おう。


三日後。

〝五ノ村〟との転移門が開かれた。

三日待ったのは、屋敷を建てるための建材を用意し、ダンジョン内に運ぶためだ。まだ暑いのに申し訳ない。

いきなり建てて、向こうにいる者たちを驚かせてやろう。

「転移門に異常ありません。天気は晴れです。問題ありません」

偵察として先に転移門に入ったリザードマンが、戻ってきた。

雨だったら、建設は先延ばしの予定だったが晴れているので問題なし。

転移門を使って、建材が次々と運ばれる。

建設のメインとなるハイエルフたちやリザードマンたちも移動を開始。

俺はその様子を見たあと、ダンジョンを出る。

横にはハイエルフのリア。わかっている。建材がまだまだ足りないんだよな。

俺はクロの子供たちやザブトンの子供たちを伴い、森に向かった。


余談だが、転移門が開いたことを知ったガルフは大急ぎで〝大樹の村〟に戻り、奥さんの下《もと》に駆けつけた。

留守にすることが多いのだから、それほど心配する必要はないと思うけどなぁ。

いつもはそばに女性を近づけないけど、今回は近かったから？

……………あ、奥さん、獣人族か。鼻がいいんだ。

## 11 〝五ノ村〟の道

転移門に入り、〝五ノ村〟へ。

屋敷の土台作りと並行して、建材が次々に運び込まれる。

作業はハイエルフ、リザードマンが中心だが、〝大樹のダンジョン〟にいるアラクネのアラコやザブトンの子たちも協力してくれている。ありがたいが、あまり見られないようにな。びっくりするらしいから。

文官娘衆たちから、強く言われている。

俺も屋敷建設で色々とやることがあるが、まだ先なので別のことをする。

それは〝五ノ村〟の区画の決め直し。

〝五ノ村〟は、小山の上の平らな部分に村を作る予定だった。だが、現在は小山の側面部分に街ができあがってしまっている。上の〝五ノ村〟への移住が許されたら、移動すると言っているのだが、全員を受け入れるのは不可能だ。空間的に。

元々は多くても六百人ぐらいの計画だったのだ。五千人超はどう頑張っても無理。かと言って、一部だけを受け入れると格差ができてしまう。

そこで、〝魔王国〟側というかほぼ住人代表みたいになっている先代四天王の二人と、現状の形でなんとかまとめようと相談。

〝五ノ村〟の上部分の役割を変更した。

俺の屋敷、教会、役場という、〝五ノ村〟の行政関連の場所にする。移動は自由だが、住むことができる者は極少数に限定。

あと、広場。運動するスペースだな。小山の側面だから、平らで広い場所がほぼない。それは上で受け持つしかない。

俺としては子供たちの遊び場のつもりで提案したのだが、集会をする場所としていいと賛同を受けた。そうか、そういった場所も要るのか。

住人全員は無理にしても、代表者を集めるだけでもそれなりの数になってしまう。役場の横に、会議場を作るべきなのだろうか？　要検討。

〝五ノ村〟の小山の高さは、四百メートルほど。高いのか低いのかの判断が難しい。周囲にある山も似たような高さだ。

山の頂上から、もっとも傾斜の緩やかな南側斜面に、急カーブで折り返すジグザグの道が作られている。つづら折りというのだったかな。

馬車での輸出入がメインになると想定し、馬車二台が問題なくすれ違える広さの道だ。折り返しの急カーブの場所は、休憩できるように広く空間を取っている。ここまでは当初の予定通り。

予定通りじゃないのが、この道を中心に街が形成されていること。完全に大通りみたいになっている。さすがに、ここを馬車で移動するのは気が引ける、というか危ない。いや、普通に見ていても怖いからガードレールをつけてほしい。

あ、命令のほうがいいのね。じゃあ、つけて。

道に関しては、新たな道の建設を考える。

いっそのこと登りと降《くだ》りで別ルートにした方が安全かな。

街が左右に広がっているので、ルートを確保するために急いで確定。

小山の東と西に一本ずつ。同じくつづら折りの道。馬車専用道とした。

いや、絶対に歩くなってことじゃなくて、馬車が来たら道を譲るようにということ。

え？　どこの道でも馬車優先？　そういうものなの？　あー、前にどこかで聞いたかもしれない。


小山の上と下には、防壁が作られている。

上の防壁の幅は二メートルぐらい。高さは……どう表現すればいいのかな？　小山の上は平らだといっても、多少のデコボコがある。

防壁の作られた外周部も同じ。

最低でも三メートルぐらいの高さを維持するように作られている。

防壁としては低い部類らしいけど、石を組んで作られているので、俺には立派に見える。

出入り用の扉が東西南北に四カ所。そこはほかの部分よりも厳重に。そして南が正門なのか、ほかと比べて立派で大きい。

下の防壁は……一キロぐらいできているけど、左右はまだ閉じられておらず未完成。どこまで作るのかな？　まさか、小山の下を取り囲むつもりじゃないよな？　上の防壁よりも高くて頑丈そうだけど？　小山を登る道を守るだけじゃ駄目なのか？　あー……どうしても森や地上でやらないといけない仕事をする空間を確保するためか。

現在は冒険者たちが常駐して、魔物や魔獣を退治していると。

将来的には下で畑を広げると聞いているが……そこも防壁で囲むのか？

正面の山と右側に見える山の間を防壁でふさぎ、さらに左側に見える山の間をって……山と山の間を防壁でふさいで谷間に畑を作るのか？　スケールが大きいな。何年計画だ？　十年？　いや、二十年か？　え？　さすがに来年中は無理だと思うぞ。気合とかの問題じゃなくて、人数的に……それに、魔物や魔獣は手強《てごわ》いんだろ？　無理するなよ。冒険者をさらに大量に雇い、大討伐計画がある？　そ、そうか。えーっと……何度も言うが無理するなよ。


先代四天王の二人と話をしていて、わかったのはこの〝五ノ村〟に集まった住人の内容。

初期はある程度の事情を知った者が来ることになっていたのだが、どこから噂を聞きつけたのか各地の住人が移住を希望して移動してきた。主に西側から。

つまり、戦争によって被害があった場所だ。〝二ノ村〟のミノタウロス族や〝三ノ村〟のケンタウロス族みたいなものだな。優しくしてやろう。

ところでだ。まだ増えそうな気配があったりするのか？　今は止めている？　ということは、増えそうなのか？　〝シャシャートの街〟？　〝シャシャートの街〟がなにか関係あるのか？　ああ、人が増えているという話だな。そこであぶれた者が、〝五ノ村〟の噂を聞いて来ていると……噂って？

ビッグルーフ・シャシャートの関係者が、村を作っている。

……どこでバレたんだ？　いや、極秘にしていたわけじゃないからな。考えれば、色々なルートがあるか。しかし、俺としては目立ちたくない。この村の代表となるマーキュリー種に頑張ってもらおう。


〝五ノ村〟近くの森の中で、ガルフとピリカが魔物と戦っていた。

邪魔しないように、戦いが終わるまで待ってから近づく。俺の護衛として同行している、ハイエルフ三人とダガも同じように。

そう驚かないでほしい。ちゃんと近づくときに声をかけただろ。


ガルフは元気だったが、ピリカは疲労困憊《こんぱい》だった。

大丈夫か？　ああ、返事はしなくていい。息を整えてくれ。

ガルフは……ん？　新手の魔物か。変な生物だな。陸生のウミウシ？　キーンルーン？　魔法を使うのか。生意気な。なんとかなるか？　わかった、任せる。

ピリカと一緒に待機……え？　行くの？　ちょ、やめた方が……行くなら息を整えてからにしたほうがいいんじゃないかな？　戦いは待ってくれないって、そうかもしれないけど……休める時には休まないと。

あ、駄目だ。ガルフ、師匠として注意。ダガはガルフと交代して、あの魔物を退治。無理に倒さなくても、追い払うだけでいいからな。

うーん、なんだろう。ピリカが焦《あせ》っているようにみえる。いや、焦っているのだろう。なにか焦る理由でもあるのだろうか？

理由を聞いた。

ピリカは自由になったが、まだ自由になっていない弟子が百人ぐらいいる？　ピリカが逃げないための人質？　強くなって戻らないと、弟子が危ない？

…………。

「村長。すみません。当分、ピリカを集中的に鍛えたいと思います」

ガルフの決意。ダガも協力すると、意気込んでいる。

わかった。そういった事情なら、こちらも協力を惜しまない。

しかしだ、強くなって戻っても弟子たちはちゃんと解放されるのか？　ピリカが強くなっても、根本的な解決にならないんじゃないか？

そんな疑問が俺の頭を駆け巡る。

でも、どうしたらいいんだろう。

## 12 作戦

悩んだら相談。

俺はガルフとダガを連れて〝大樹の村〟に戻り、手の空いている者に声をかけて相談した。


どうにかしよう案、その一。

始祖さん、魔王に頼んで外圧の強化。

「さすがに厳しいかと」

始祖さんは、教会系に強くはあるが〝フルハルト王国〟に直接意見が言える立場にない。いや、行けばそれなりの扱いをされるはずだけど、意見を言っても無視される確率が高い。

〝フルハルト王国〟というかフルハルト王家と教会の仲はいいが、それは互いに不干渉だから。勇者関連で珍しく協調はしているらしいけど、始祖さんが行ってもどうしようもないと思われる。

魔王にいたっては、戦争中の相手。そこからの意見など、聞くはずもない。いや、その話を進める上で戦略上の譲歩などを迫られたら、責任が持てない。新たな火種になる可能性もある。

提案者　俺。

否定者　フラウ、文官娘衆、フラシアを可愛がりに来ていたビーゼル。
結果　　見送り。

どうにかしよう案、その二。

始祖さんかビーゼルが道場に侵入、弟子たちを転移魔法で脱出させる。

「弟子は百人前後ですけど、配偶者や子供がいて全員で三百人になります。全員が脱出で意思統一できたとしても、短時間では厳しいですね」

「潜入がバレるとかなりまずいかと。始祖さまはコーリン教のトップですし、ビーゼルさまは〝魔王国〟の四天王の一人ですから」

提案者　フラウ。

否定者　ガルフ、ダガ、フラシアを可愛がりに来ていたビーゼル。

結果　　見送り。


どうにかしよう案、その三。

竜が突っ込んでドーン。

「確実ですな」

「いいアイデアです」

「問題ありません」

提案者　ハクレン。
賛成者　多数。
結果　　いや、常識的に駄目だと思う。

竜たちは今更、悪評の一つや二つが増えたところで困らないそうだが、さすがにそんな迷惑をかけるわけにはいかない。

それに、竜たちが怪我をするという万が一がありえる。〝フルハルト王国〟には勇者が関わっていると、色々な人から聞かされているしな。積極的に関わらせたくない。


となれば、どうすればいいのか？

もう少し、詳しい情報が必要だな。

俺とガルフとダガは〝五ノ村〟に戻り、ピリカに話を……ピリカは？　ピリカの姿が見えない。

ピリカは一人、〝五ノ村〟で休んでいるはずだが……。

…………！


まさか、俺たちに迷惑をかけられないと一人で……発見。

アラクネのアラコによって糸で簀《す》巻きにされていた。

「えっと、これは？」

俺はアラコに事情を聞いた。

ピリカは建設の手伝いをしたいと申し出てきたのだけど、ザブトンの子供たちの姿を見て気絶。

目が覚めたあと、斬りかかってきたので簀巻きに……わかった。

ザブトンの子供たちに怪我はないか？　アラコも？　よかった。

ピリカには、こっちには近づかないように言っていたのだけどな。言い方が甘かったのかもしれない。すまなかった。


とりあえず……簀巻き状態のピリカを建設現場から遠ざける。

そして……武器を取り上げてから、解放。

「あ、あ、あれは……」

わかりやすくパニックになっているな。まずは落ち着かせて……水でも飲め。つぎに深呼吸。

「デーモンスパイダーの幼生体が群れていたのですが、あれはなんですか？」

「俺の家族だ」

「家族……ですか？」

「そうだ。これまで、俺を色々と助けてくれた」

「し、しかし、あれは……」

興奮するピリカをガルフが抑えた。

「お前は今、死んでいるか？」

「え？」

「死んでいるか？」

「い、いいえ、生きています」

「つまり、そういうことだ」

「……」

どういうことだ？　よくわからないが、ピリカは納得したようだ。

「村長さんのご家族に剣を向けてしまい、申し訳ありません」

「あ、いや、わかってもらえたらいい」

ピリカはそれから何度か俺に頭を下げたあと、ガルフとダガと一緒にザブトンの子供たちに謝りに行った。

…………。

悪い子ではないのだろう。

まあ、ザブトンの子供たちは、見た目が蜘蛛《クモ》だからな。怖いと思う人には怖いか。

文官娘衆たちにも言われていた。周りが怯《おび》えるから、連れて行かない方がいいと。

ちょっと反省。

ザブトンの子供たちに、怖い思いをさせてしまった。今度、ジャガイモで何か作ってやろう。


ピリカから話を詳しく聞く。

道場で人質になっている弟子の数は、正確には百二人。年齢は二十歳から四十歳ぐらいの男女。十年ぐらい前から、ピリカと共に道場で修業を続けている。

道場は山奥にあり、ほぼ独立した村のような状態。それゆえ、弟子の配偶者や子供たちも一緒に生活をしている。なるほど。

「王国から脱出させることが可能になった場合、全員が賛同するか？」

「正直、半分ぐらいかと」

「そうなのか？」

進んで人質を続けたいものなのだろうか？

「私も含め、道場では剣術を中心に学びます。ほかにも色々とやっていますが……道場を出たあとの生活の手段がないのです」

王国から生活費をもらっている状態だそうだ。額は多くないが、それで生活を続けてきた。

「剣で稼ぐのは？」

剣を教えるとか、冒険者になるとか、色々あるように思えるが……。

「何人かは可能だと思いますが……私もそうなのですが、対人に特化し過ぎていて」

そう言えば、〝シャシャートの街〟の武闘会で準優勝。優勝者に負けたということだが……。

「決勝の相手は剣と魔法の融合術でしたので」

剣と魔法の融合術？　よくわからない。あとでガルフに聞こう。


とりあえず、話を色々聞いてまとめると……。

脱出したいけど、脱出後の生活に不安があるので踏ん切りがつかない弟子が多い。

保護してくれそうな国に打診をしたけど、〝フルハルト王国〟との揉め事を嫌って手が挙がらない。

脱出するなら、道場の村で生活している全員で。

…………。

「そういや、強くならないといけないと言っていたが、何かあるのか？」

「詳しくはわからないのですが、急に力をつけろと言われまして……二年の期限つきながらも外に出る許可をいただきました」

「見張りとかは？」

「いえ、いません」

……？

どういうことだ？　そんな風に指示したなら見張りを同行させると思うが？　いや、ピリカが知らないだけか。

俺はガルフを見た。

「見張りはいました。五人ほど。ですが、ピリカが〝シャシャートの街〟の冒険者登録をしている時に、ほかの冒険者たちに絡まれて……船に無理やり乗せられて帰ったかと」

「え？」

「新人のピリカにまとわりつく変な人たちだと思ったらしく。ただ、それをやった冒険者たちが、ひょっとしてピリカを心配した親御さんの手配した護衛だったかも、という可能性に思い至り、俺に相談を」

それでピリカに声をかけたのが知り合うきっかけと。さらにその後、武闘会で勇姿を見てと……なるほど。なるほどなるほど。

「ちょ、なにをニヤニヤしているんですか！」

「なんでもない。だが、これは先輩としてのアドバイスだ。夜は頑張れ。そして公平にだ」

「え？　あ、そ、そんな気は欠片《かけら》もないですから！　俺は一人で十分です」

はははは。俺もそう言ったけど、いつの間にかなー。

ちょっとだけガルフをからかい、笑った。

しかし、本当にどうしたものか。

# 閑話　ピリカ

私の名はピリカ＝ウィンアップ。

剣聖を名乗っている。だが、誇れない。私が未熟なことは、私が一番知っているからだ。

兄弟子たちが健在であれば、私が剣聖を名乗ることはできなかっただろう。

先代剣聖さまや兄弟子たちは、まさに一騎当千。百人ぐらいの盗賊団なら、一人で斬り込む猛者ばかりだった。おかげで道場周辺どころか、〝フルハルト王国〟から盗賊と不正を行う官僚は姿を消したとさえ言われるぐらい。あの頃の〝フルハルト王国〟はよかった。


しかし、どういった運命か私が名乗ることになったのだから、先代剣聖さまや兄弟子たちに恥じない働きをせねばと思っていた。

ただ、自身の力不足は自覚している。対人戦には自信があるものの、それ以外はからっきしだ。

わかっている。これは、道場でずっと同じ相手とばかり練習していた弊害だ。道場では負けなしでも、外に出ればそうはいかないだろう。それは、道中に遭遇した魔物に手間取ったことからもわかる。このままではいけない。

先代剣聖さまも言っていた。

「何をするにも力だ」

うん、力をつけねば。

なので私は〝シャシャートの街〟を目指すことにした。

一応、その前に〝フルハルト王国〟の周辺各国を回ったのだけど、そこでは剣聖の称号が重すぎた。王族に挨拶しなきゃ駄目って……私の対人能力の限界を超えている。衛兵の隊長さんクラスで精いっぱいです。あと、パーティーとか無理だから。ダンスとかできないから。服も持っていないし。失礼します。……ふう。


〝シャシャートの街〟は、剣聖の称号が意味を持たない場所。簡単に言えば、〝フルハルト王国〟と戦争中の国の街。

ふふふ、私はここで剣聖の称号に縛られず一から鍛えるのだ。

当面の生活費は……道中に遭遇した魔物を倒して得た素材を売ってなんとかなっているが、心もとない。

近々に武闘会があるとのことだし、それに出場して賞金を稼がせてもらおう。この武闘会のルールなら自信はある。優勝賞金を考えると……うん、今日もカレーを食べて大丈夫。


完敗だった。

決勝戦の相手は、剣と魔法の融合術を使っていた。

もちろん、それだけで負けるような鍛え方はしていない。ただ、相手には腕が六本あった。

多腕族《たわん》というらしいが、私には初めての対戦。六本の腕から繰り出される独特のタイミングの攻めに翻弄《ほんろう》され、負けてしまった。

一瞬、この人に鍛えてもらえればと思ったのだが、私の腕は二本。教えを請《こ》うても無駄だろう。

残念。


師匠と呼ぶことになる人とは、すぐに出会えた。

私に勝った優勝者は、その場で審査員をしていた人に勝負を挑んだからだ。

獣人族の男性。前回大会の優勝者。武神ガルフ。

観客の声でその名を知った。

名はそこで知ったのだが、彼のことは少し前に知っている。冒険者ギルド近くで、一人で活動していた私を不憫《ふびん》に思ったのか、色々と相談に乗ってくれた人だ。

別れてから考えると実家関係のことを聞いてきたので、ひょっとして詐欺師か何かかとその日の夜はベッドで猛烈に後悔したのだが……ちゃんとした人のようだ。

あれは純粋に私を心配してのことだったのかと改めて感謝した。そして強かった。

優勝者を苦もなく倒し、爽やかにアドバイス。

右の一番下の腕だけ、鍛え方が甘い？　そんなこと、私は気付きもしなかった。

ともかくだ、彼に鍛えてもらえれば私は強くなれるはず。

恥も外聞もなく、私は弟子入りを志願した。ですが認めてもらえない。

「俺より強いのは山のようにいる。俺も修業中の身だ。弟子なんてとってる場合じゃない」

信じられない。彼より、いえ師匠より強い人がいるなんて。

私を弟子にしないための嘘だと思った。

私には諦められない事情がある。必死についていった。


師匠の言葉は正しかった。

師匠より強い人は、ほんとうに山のようにいた。驚いた。

師匠もそうですが、ダガと名乗ったリザードマンは、兄弟子たちと同じような雰囲気をまとっています。師匠よりも強いそうだ。いや、強いそうです。

これまで、強くあらねばと思って男の人っぽい口調をしていましたが、本来の口調に戻します。

口調を変えるだけで強く見せるって、愚かなことです。師匠に出会ってそう思いました。

話が逸《そ》れました。ともかく、私が師匠と呼ぶのは師匠だけです。私には尻尾はありませんし、魔法を巧みに使う術もありません。師匠、これからもよろしくお願いします。

村長？　すみません。なにをどう言われても、普通の人にしか見えません。

ところで師匠。私の強さを説明するとき、どうして兎《ウサギ》を倒せないって言うんですか？　兎ぐらい倒せますよ。


村長と呼ばれる人は、本当に不思議な人です。

どこをどう見ても普通の人。よく言えば、高貴な感じ？　王族の血縁か何かかな？　悪く言えば、地に足がついていない感じ。浮世離れしているような……道場という狭い世界でずっと暮らしていた私が言うことではありませんね。

ともかく、師匠やダガさんから、絶対に逆らわないようにと強く注意されています。本当に師匠やダガさんより強いのでしょうか？


デーモンスパイダーをどう思いますか？　死と同じ存在だと思います。

それは幼生体でも同じ。遭遇は死ぬことと教えられます。なので決して近づいてはいけない。そんな魔物です。

そんな魔物を家族と言う人がいます。どう思いますか？

遭遇した私より、デーモンスパイダーの幼生体のほうを心配しています。信じられません。信じられませんが……。

幼生体の前で気絶した私は死んでいません。

つまり、敵ではないのでしょう。そして、本当に村長の家族なのでしょう。

デーモンスパイダーは、幼生体も含めて謎の多い魔物です。人と家族になっても不思議ではないのかもしれません。

ともかく、剣を向けたことを謝らねばなりません。ごめんなさい。

しかし、村長はデーモンスパイダーの幼生体が家族と認める人？　ここにいないだけで、デーモンスパイダーもいる？

………。

村長は神様か何かかな？


神様……ちがった、村長が私に聞いてきます。

私が強くなりたい理由。

これまで何度もお話ししました。

私が強くなりたいのは、自由になるためです。私は自由に動いているようで、自由ではありません。〝フルハルト王国〟が私を縛るために、道場に残っている弟子たちを人質にしているのです。

私が定期的に戻らねば、弟子たちがどうなるかわかりません。この状況から脱するためには力が必要。誰をも納得させる力がなければ、〝フルハルト王国〟から逃れることはできません。

「王国に復讐《ふくしゅう》は考えるか？」

〝フルハルト王国〟に恨みはありますが、復讐するつもりはありません。

「自由になれるなら、剣聖の称号を捨てられるか？」

…………。

正直に言えば、剣聖の称号は捨てたくありません。先代剣聖さまや兄弟子たちが守ってきた称号です。

「そうか。最後にだ……お前のためになにかできないかと、ガルフとダガが頑張っている」

それは重々、承知しています。日々の特訓、感謝してもしきれません。

「だから、俺もお前のために何かできないかと考えた」

それも師匠、ダガさんから聞いています。ありがとうございます。

「だが、どうしても他国の話だ。やれることに限界がある」

いえ、本来は私がなんとかせねばならないことですから。

「俺が自主的にやれることには限界がある」

…………？

「自主的にやれること以上のことをするには、根拠がいる」

根拠？

「わかりやすく言えばだ。……報酬だ」

報酬……まさか、剣聖の称号を寄越せと!?

「馬鹿、勘違いするな。そんなものはいらん」

で、では、多少、年を取っていますがこの体で……。

「間に合ってる。あと、次に同じことを言ったら叩き出す」

本気で怒られた。

ですが、お金は小額しか持っていませんし、私に差し出せるのはそれぐらいで……。

「あー……報酬というのは、誤解させる言い方だったか。悪かった」

え？

「改めよう。俺にガルフにダガは自主的に動いている。誰の頼みでもなくだ。お前の心を勝手に解釈して動いた。だが、それには限界がある」

あ……。

「お前がどうしたいのか。どうしてほしいのか、その口で言わないことには進めない」

そうでした。

私は色々と話をしましたが、まだ言っていませんでした。

「手間暇をかけて、余計なお世話をする趣味なんて誰も持ち合わせていない」

まったく、その通りです。

私は姿勢を改め、村長に頭を下げました。

「どうか、私を……いえ、私たちを助けてください」


結論だけを言えば……。

二カ月後。

道場で人質になっていた弟子たちや、その配偶者、子供、全てが〝五ノ村〟と呼ばれる建設中の街に移動してきました。

作戦実行日の〝フルハルト王国〟は、竜が飛来したということで大騒ぎだったそうです。

村長は竜にお願いしたと言っていましたが、竜にどうやってお願いしたのでしょうか？　奥さんの妹さんの旦那さまだからって……意味がわかりません。あれって、有名な悪竜ですよね？


私たちの道場のあった場所は、先代剣聖さまや兄弟子たちの墓以外は、全て畑になっています。

村長が一晩でやりました。凄いです。

「あそこに、何か植えるのですか？」

「墓の近くだ。綺麗な花がいいだろう」

…………。

ありがとうございます。


私たちが〝五ノ村〟に移動した方法は秘密だそうです。

もちろん、誰かに言う気はありません。

なにしろ、貴重なアイテムらしく村長の奥さん？　みたいな人が泣きながら抵抗していましたから。本当にすみません。

私たちは〝五ノ村〟で生活することにしました。

〝五ノ村〟は建設中なので、三百人ぐらい増えても同じだそうです。

しばらくはテント暮らしでしたが、すぐに家に入れました。仕事も手配してもらいました。選り好みをしなければ、いくらでも仕事はあるそうです。生活費を稼がねば。

私と弟子たちは麓で魔物や魔獣退治を中心にやっています。将来的には〝五ノ村〟の衛兵のようになってほしいとのことですが、まだまだ力不足を痛感する日々です。


師匠とは……一週間に一回ぐらい会っています。ダガさんとも。

ほかの弟子たちと一緒に面倒を見てもらっています。これからも、よろしくお願いします。


最後に。

剣聖の称号は、しばらく封印です。

〝フルハルト王国〟と揉めないためというのもありますが、今の私にはやはり重すぎです。

今の私には、です。

きっとその称号を持つに相応しい剣士になってみせます。

結婚？　え？　いえ、その、私もなんだかんだと年を取っていますから……二十五ですけど。

師匠と？　し、師匠とは、そ、そんな気はありませんが……いえ、素敵な人だとは思いますけど。

か、可能性があるなら……考えても。

異世界のんびり農家

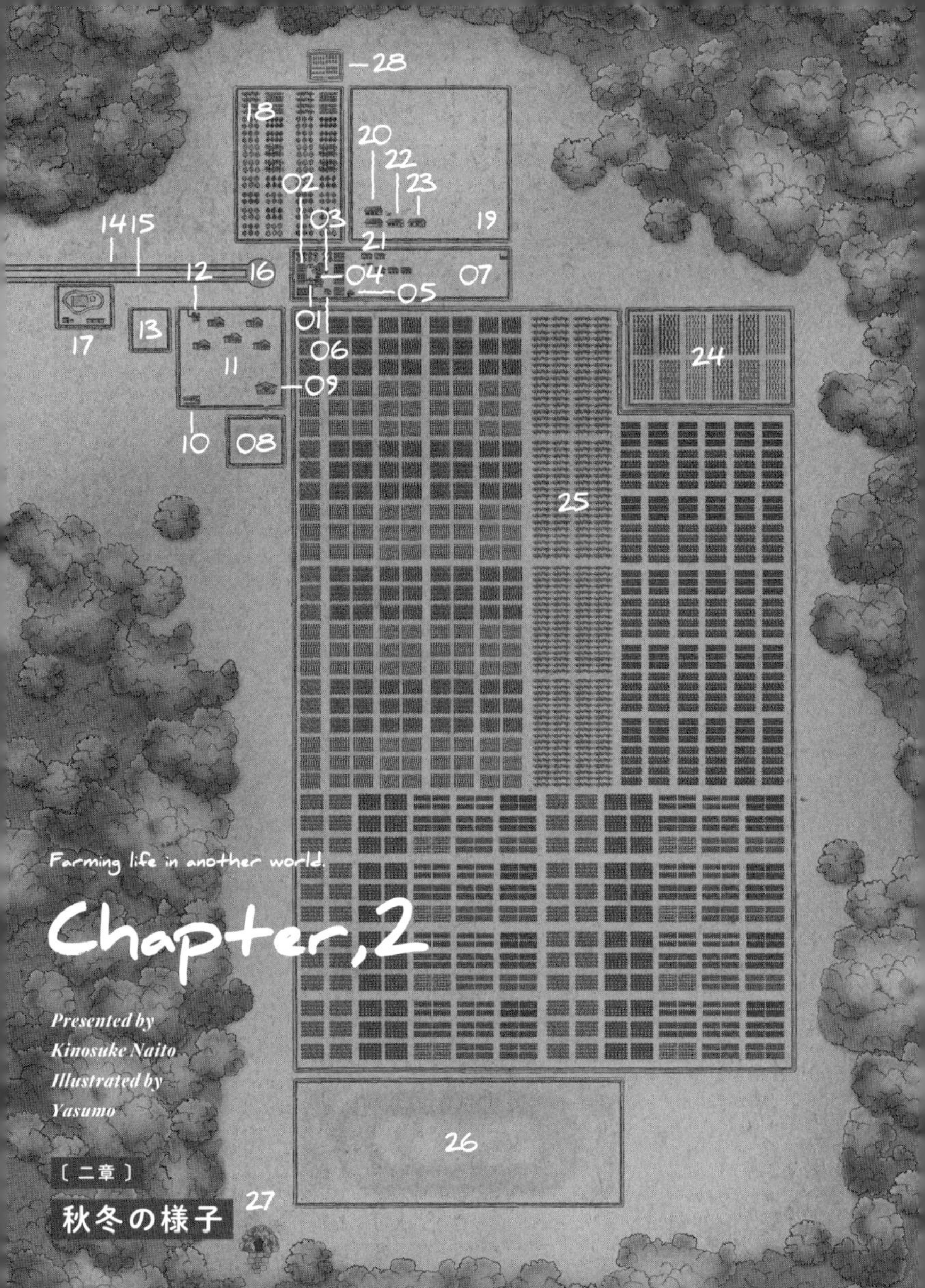


Farming life in another world.

# Chapter,2

*Presented by*
*Kinosuke Naito*
*Illustrated by*
*Yasumo*

〔 二章 〕

## 秋冬の様子

01.家　02.畑　03.鶏小屋　04.大樹　05.犬小屋　06.寮　07.犬エリア　08.舞台　09.宿　10.工場
11.居住エリア　12.風呂　13.ゴルフ場　14.上水路　15.下水路　16.ため池　17.プールとプール施設
18.果実エリア　19.牧場エリア　20.馬小屋　21.牛小屋　22.山羊小屋　23.羊小屋　24.薬草畑
25.新畑エリア　26.レース場　27.ダンジョンの入り口　28.花畑

## 閑話　文官娘衆　匿名希望

私は文官娘衆の一人、名前は匿名希望《とくめい》です。

なぜ匿名希望なんだって？　個人を前に出す必要がないからです。私は文官娘衆の一人、それでいいのです。

今回は私たち文官娘衆の仕事を紹介したいと思います。

まず、私たちの一番の仕事は、〝大樹の村〟の作物の収穫量を記録し、必要分を確保し、余剰分を村の外に販売することです。

簡単そうに思えますが、それなりに大変なのです。

なにしろ、ここ〝大樹の村〟では年に三回の収穫があるからです。

年に三回です。春の収穫、夏の収穫、秋の収穫です。変な感じですが、実際にあるのですから仕方がありません。

ご存じと思いますが、この村はインフェルノウルフがお腹《なか》を撫《な》でろと要求してくる村です。細かいことを気にしてはいけません。

年三回の収穫というわけのわからなさは、やったー年間収穫量が三倍だーと喜びながら目を逸《そ》らさないと耐えられませんよ。ほんとうに。

三倍になっている収穫量の管理の仕事からは、目が逸らせないですけど。

気を取り直して、文官娘衆の仕事はほかにもあります。

褒賞《ほうしょう》メダルの管理。

〝大樹の村〟を中心に、〝一ノ村〟、〝二ノ村〟、〝三ノ村〟、それと〝四ノ村〟で流通している通貨です。

村長は通貨じゃないと言っていますが、私たちは通貨と思っています。まあ、これは外部流出にさえ注意していればそれほど問題はありません。

枚数を数える仕事も、メダルが十枚ずつ入るちょっと変わったケースを村長が作ってくれたので楽になりました。ありがとうございます、村長。


お祭り実行委員会。

超ハードです。

〝大樹の村〟だけでなく、〝一ノ村〟、〝二ノ村〟、〝三ノ村〟、〝四ノ村〟から人が集まりますし、来賓もあります。

魔王様をお出迎えって、どんな罰ゲームですかと思っていましたが、魔王様はましな分類でした。

竜王《エンペラードラゴン》や暗黒竜《ダークドラゴン》、コーリン教の宗主さまをお出迎えって、明らかに私たちの格が足りないのですけど？

村長は気にするなと言います。

はい、気にしません。


村長はお祭りの内容に毎年悩んでいますが、私に言わせてもらえば騒げればいいのです。

そりゃ、安全な方がいいですよ。全員参加が理想的です。

ですが、この村は〝魔王国〟よりも混沌《こんとん》とした種族の坩堝《るつぼ》です。無理はいけません。可能な範囲で十分です。

でも、食事には力を入れましょうね。村長の考える料理はどれも美味《おい》しいですから。


似たような仕事として、武闘会の運営。

全員、血気盛んで怖いです。

なにしろ、世界一決定戦です。ああ、これは私たちが勝手に言っていること。さすがに世界一と名付けてしまうと、参加者が本気になってしまいますから。

村でのレクリエーションの一環です。


ちなみに、何回か経験すると……誰が相手でも叱《しか》れるようになります。

自分でもびっくりしました。

まあ、クジで抽選だといっているのに無理やりに自分を選ばせようとするからなのですが。

竜王さま、暗黒竜さまは個人で戦えばいいんじゃないですかね？

ギャラリーがいないと寂しい？　いや、そう言われましても……。

あと、魔王様。

クジです。厳正なる抽選です。不正はありません。クジを引く前にチェックもしましたよね？

当選を喜びましょう。頑張ってください。相手は竜王さまの奥さんのようですけれど……バシーッとやっちゃってください。


ほかの仕事で大きいのが、ビッグルーフ・シャシャート関連。

これには困りました。

当初は屋台規模と聞いていたお店が、いつの間にか大型の複合商店になっているなど誰が想像できるのでしょうか？

さらに、塾や宿の経営など……〝シャシャートの街〟で優秀な人材を確保したらしいので、経理をお任せできるのは助かっています。

その人材はユーモアのある方らしく、送られてくる文に暗号を隠していたりします。

「た」「す」「け」「て」

ははは、ナイスジョーク。

本当に助けを求めているなら、こんな暗号を仕込む余裕なんてないですからね。

私は暗号などにせず、素直に書きましたよ。

「当方に余剰《よじょう》戦力なし」

頑張れ、見たことのない戦友よ。

あれ、なぜでしょう。目から汗が流れます。

村長が作ってくれた甘いお菓子を返事と一緒にお送りしましょう。日持ちはするらしいので。


最後が〝五ノ村〟の経営関連ですね。

新しい村を作るとのことですが、その規模が村じゃありません。街ですね。

幸いにも、〝五ノ村〟には優秀な文官が揃《そろ》っています。見ちゃ駄目な名前がいっぱいあった気もしますが、気にしません。

書類を整理してくれるなら相手が誰だっていいのです。


このように文官娘衆が抱えている仕事は多岐《たき》にわたります。

これに加えて、個人で担当する村の収支管理や、〝ハウリン村〟との交易関連などがあったりします。大変です。

ラッシャーシなどは、さらにケンタウロス族の世話役として働いているのですから尊敬します。

表立っては言いませんけど。

さて、これらの仕事を私たち文官娘衆十人とフラウさまで行っています。

ええ、控えめに言っても人が足りません。

シャシャートの戦友ほどではありませんが、援軍が必要です。

何度もフラウさまに相談しているのですが、反応はよろしくありません。

相談するたびに最新式の計算道具や、高品質と名高い筆記用具、新しい机や書類棚が増えるのは嬉《うれ》しいですが、欲しいのは人手です。人手が足りないのです。

この現状、村長にも伝わっていますよね？　新しい机や書類棚を作ってくれたのは村長ですから。

そのうえで聞きます。

なんですか、この極秘作戦。

某国に侵入し、こっそりと数百人ぐらいさらってくる。

…………。

私が聞いていい話なのでしょうか？

いえ、そんなことよりも作戦参加者に文官娘衆の名前が入っているのですが？　転移門を一つ、使い捨てる？　あれにどれだけの価値が……あ、駄目だ。何を言っても駄目なパターン。

〝魔王国〟に協力は……絶対に駄目？　できるだけ、ここにいるメンバーで終わらせると。

…………。

竜王さまや暗黒竜さまがその国でドーンってやればいいんじゃないですか？　それも駄目？

色々と制約があると。ええい、わかりました。

さらう人数は何人ですか？　できるだけ正確に。食料、寝床の確保とかあるんですから。

さらったあとは、〝大樹の村〟ですか？　それとも、ほかに候補が？　〝五ノ村〟ですね。なるほど、あそこなら今更、数百人が増えても大丈夫ですね。

とりあえず、作戦が粗い！　一から見直します！

文官娘衆。

もとは魔王様の娘である王姫《おうき》さまの側近として期待された貴族の娘です。

その統率者であったフラウさまが不在となった時のゴタゴタで、私は王姫さまのそばを離れることになりました。ちょっとラッキーと思ったのは秘密です。

その後、私の代わりに王姫さまの側近になった者たちがやらかしました。

結果、フラウさまの逆襲を呼びました。

まさか、あそこまでするとは……えぐい。

それで終わったと思ったのですが、私は何が悪かったのかフラウさまに選ばれてしまいました。

なぜに？

私の同僚となったのは、やらかした新しい側近と、私のように遠ざけられた側近。扱いは同じでした。

当然、不満はありましたが……言いません。すぐに理解したからです。

やらかした人たちも、遠ざけられた私たちも、そんなことは関係ない場所で働くからだと。

喧嘩《けんか》もしましたが、今では頼もしい仲間です。

大量の書類を前に、戦友です。一人も逃しま……失礼。一人も見捨てません。


めずらしく大規模になった作戦を支えたのは、私たち文官娘衆。そのことを誇りに思いながら、今日も大量の書類を前に戦います。

ふふ、またシャシャートの戦友から暗号が。返事を書かねば。

「現有戦力をもって奮戦せよ」

また、甘い物を添えて。

## 1 通り過ぎた秋の出来事

冬の寒さが襲ってきた。

うん、今は冬。

今年の秋は忙しく、あっという間に終わった気がする。

忙しさの理由は、〝五ノ村〟建設とピリカの弟子救出作戦。

忙しいけど、ちゃんと収穫はやったし武闘会もやった。

今年の武闘会は、ルーとティアが救出作戦の下準備に外出したので不参加。武闘会で頑張ったのが天使族のキアービット。

「ティアさえいなければ、なんとかなる！」

それを掛け声に、騎士の部で勝利を重ねて優勝。かなり研究していたようで、ラミア族のジャンプ攻撃、ザブトンの子供の糸攻撃、クロの子供の高速移動などへの対策はバッチリだった。

手間取ったのは、同じ天使族のグランマリアと対戦した時だろうか。ただ、グランマリアは直前にラミア族の戦士長であるスーネアと激闘を繰り広げており、疲労していた。キアービットは今年も組み合わせに恵まれたようだ。

本人もそれを自覚していたようだが、優勝トロフィーを渡された時は文字通り飛び上がって喜んでいた。微笑《ほほえ》ましい。

ちなみに、敗北したラミア族やザブトンの子供、クロの子供はキアービットの編み出した対策封じのための研究を始めた。

被害者……ではなく練習相手として天使族のスアルリウ、スアルコウが選ばれていた。頑張れ。

あと、武闘会で頑張ったのは……魔王かな。

うん、本当にクジ運が凄《すご》い。そして、意地を見せた。

四天王のビーゼルやグラッツ、ランダンは泣きながらの熱い応援だった。各自、お酒片手にだったけど。

残りの四天王の一人、ホウは武闘会の会場ではなく、ドワーフの出店《でみせ》に入り浸っていた。飲んでばかりかと思ったけど、今年は自領で造ったお酒を持ち込んで、意見を聞いていた。あ、飲むのは飲んでいたかな。


武闘会は……まあ、色々あったけど、楽しかったし重傷者もいなかったから問題なし。


少し時間が戻って、秋の中頃には〝五ノ村〟の建設も終わった。

同時に、〝五ノ村〟の管理体制で大きな部分が決まった。

九尾狐《ナインテール・フォックス》のヨウコが、〝五ノ村〟の村長代行に正式就任。さらに、〝五ノ村〟の宗教関係責任者の立場に、聖女が就任した。


村長代行のヨウコは、本人の希望で。

元から〝五ノ村〟建設の〝大樹の村〟側責任者だったし、自主的なのはいいことなので俺は断らない。

しかし、急にどうしたのかと思ったらヒトエを預けていた村の者を〝五ノ村〟に呼びたいらしい。

なるほど。

〝五ノ村〟側からも、〝五ノ村〟の中から選ぶよりは、〝大樹の村〟から派遣された者が村長代行になった方がスムーズだということで問題なし。

ということで決定。

一応、〝五ノ村〟の屋敷の主《あるじ》になるが、夜には〝大樹の村〟に戻ってくることになるだろう。ヨウコの娘であるヒトエが、〝大樹の村〟で生活をしているからな。


聖女の方は、始祖さんの希望で。

本来なら、聖女の行き先は、ある程度決まっていたのだが、どうもトラブルが続いて上手《うま》くいかなかったらしい。

原因的には、聖女が所属することによる権威を狙う者たちの暗闘らしい。

始祖さんの一喝でなんとかならないのかと思っていたけど、暗闘しているのは組織の下部らしく、そこには始祖さんの一喝はあまり効果がないらしい。人によっては、始祖さんのことを知らないという人もいるぐらい。

これに関しては、当人があまり前に出ないからだと自虐していた。

下部に一喝できるフーシュの出番なのだが、フーシュはフーシュで忙しく、どうにもならないところに見つけた希望。それが〝五ノ村〟。

〝五ノ村〟にコーリン教の教会があっても、いいじゃないか。そして、そこに聖女がいても、いいじゃないか。

聖女本人も、そこで働きたいとの希望だったので、そうなった。

現在、聖女は〝五ノ村〟の教会で働いている。夜にはヨウコと一緒に〝大樹の村〟に戻ってくるけど。いいのだろうか？

教会にはフーシュの選んだ神官が何人か派遣された。彼らは教会で生活をしている。

建設されたばかりの教会は、すこぶる生活がしやすいらしい。

しかし、個室とベッドに涙するのはどうなのだろう？　これまで、どんな生活を送ってきたのか気になるというか不憫《ふびん》なので、聖女を通して色々と渡しておいた。

ピリカの弟子救出作戦は、武闘会終了後に行われた。

救出作戦で一番の肝は、注目を集める竜《ドラゴン》、マークスベルガーク。

前もってハクレンに頼んで武闘会に招待。一応、お願いしたいことは事前に伝えているので騙《だま》し討ちではない。

報酬はお酒と作物、あとお菓子類になった。お菓子類は奥さんや娘のヘルゼ用かな。

作戦概要は、マークスベルガークが飛んで注意を集めている間に、弟子たちのいる村に転移門を開くというもの。

注意を集める必要はないかもしれないけど、場所が〝魔王国〟と戦争中の〝フルハルト王国〟。トラブルはなしにしたい。

なので、救出する弟子たち以外に姿を見られることは極力避けるという方針。マークスベルガークには悪いが、頑張ってもらうことに。勇者とは遭遇しても戦わないことで納得してもらった。逃げに徹《てっ》した竜に追いつくのは不可能だろう。

転移門を開くために、ピリカが村に戻る。転移門の指定石を運ぶために。

救出を決めてから実行までに時間がかかった理由の大半が、これ。

転移魔法が使える始祖さんやビーゼルが協力してくれれば、もっと早かったのだが……やることがやることなのでお願いできない。仕方がない。

ピリカの護衛にルーとティア。

護衛といってもそばにいるわけではなく、遠くから見守る感じで尾行したそうだ。

ピリカが村に戻るタイミングがわからないので、日と時間を決めておいた。その日にマークスベルガークが飛ぶ。

なので、その日までにピリカは村に戻り、救出する弟子たちを説得しなければならない。

ピリカは大丈夫だと言っていたけど、救出するのは弟子たちだけでなく弟子の関係者もいる。逃げることに反対する者も出ると思っていた。

だけど、問題なかった。

全員、逃げることに賛同したそうだ。〝フルハルト王国〟は本当に大丈夫なのだろうか。

弟子たちには指定の時間まで普段通りに生活をしてもらい、時間直前で荷をまとめてもらった。

時間直前で、ルーがピリカに合流。転移門の指定石をセット。

転移門が開くと同時に、こちら側からハイエルフとリザードマンで構成された二十人の部隊と俺が移動。

ハイエルフとリザードマンの部隊は俺の護衛だそうだが、救出する弟子たちの誘導をお願いした。

俺は『万能農具』で村を耕す。

村人が消えると逃げたと思われるが、村ごと消えていれば逃げたとは思われにくいだろうとの案からだ。

うん、俺でも逃げたとは思わず、何か異常現象があったとか考えてしまうだろう。

弟子たちと関係者の移動が終わったあと、俺、俺の護衛のハイエルフ、リザードマンたちが転移門で移動。ピリカ、ティアも移動。

最後にルーが転移門の指定石を持って移動する。そんなことができるのかと驚いたけど、転移門を開くために必要なだけで以降はそれほど重要じゃないっぽい。

そのまま放置でもしばらくすれば転移門は消えるらしいが、余計なトラブルを引き起こしたくない。戻ってきたルーの手から指定石を受け取り、『万能農具』で壊した。

これで即座に転移門が閉じられる。

結果は大成功。

ティアは同行する意味が薄かったが、万が一の時はピリカを抱えて移動するために必要だった。

予想外だったのは、村が消えたのにそれが取り沙汰《ざた》されたのは一カ月以上経過してからだったこと。

警戒し過ぎだったか？　それとも、マークスベルガークが目立ち過ぎたからかな？

ともかく、ピリカと弟子たち、そして弟子の関係者は〝五ノ村〟に移住が完了した。これからの生活は大変だろうが、頑張ってほしい。

問題が一点。

転移門を使い捨てたことで、転移門の管理者を予定していたミヨの役割がなくなった。

文官娘衆が大きな声で手伝いにほしいと要望し、本人も了承したので新しい仕事ができるまで文官娘衆の手伝いに。

色々なことがあった秋だった。

…………。

ミヨ、幽鬼のような目をしていたけど……大丈夫か？　ああ、文官娘衆の手伝いを探すんだったな。わかっている。フラウが頑張っているから。結果は芳《かんば》しくないけど。

シュトーレンという菓子パンを焼いたんだ。持って行くか？　自分で言うのもなんだが美味《うま》いぞ。

ああ、何本でもいい。でも切って食べような。そのまま齧《かじ》りつくのはどうかと……いや、いい。食べろ。うん、食べろ。

書類仕事。

俺は戦力外通知を出されている。

計算はできても、書式が駄目だからだそうだ。

それは幸運だったのかな。

いや、本当に文官を探そう。〝五ノ村〟に多くいるみたいだから、スカウトを真剣に考えよう。

ヨウコに相談だな。

## 2 まったりとした夜

夕食後、女性陣はなんだかんだと大半が用事で不在。主に温泉に行っている。

久しぶりに一人だ。いや、一人にしてくれたのだろう。ありがとう。

なので、俺は自分の部屋のコタツに入る。

テーブルに布団を被《かぶ》せただけのコタツだが、それだけで十分に温かい。ぬくぬく。

コタツのテーブルには、ミカンと干し芋、あとお酒を小樽《だる》で一つ。

テレビがあればバラエティー番組でも観ているところなのだが、ここにはない。ちょっと残念。

だが、問題ない。退屈はしないのだから。


まず、やって来たのは子猫たち。

今年の春に生まれているから、九カ月ぐらいか？　さすがにでっかくなっている。

あとからコタツの中に潜り込んでおきながら、俺の足が邪魔だとペシペシ攻撃するぐらいは甘えん坊だ。

はいはい、これでいいか？　四匹とも大きくなったなぁ。

すみませんと、頭を下げるように鳴いたのが子猫たちの父親。気にするな。お前はコタツの中には入らないのか？　遠慮しなくていいんだぞ。

俺がコタツ布団の一部をめくって誘うと、中の子猫たちが一斉に鳴いた。寒いからか、それとも父親が入って来るのを嫌がったのか。

…………父親はつらいな。ほれ、俺の膝の上に来い。


次にやって来たのはクロ。

当然のように俺のそばで伏せるので背中を撫でてやる。わかっている。もう少し強くだな。

クロが伏せの体勢から、横に倒れる。背中の次は脇腹か。甘えん坊め。


おっと、いつの間にか酒スライムが来ていた。

コタツの上で、俺の酒を狙っている。こらこら、直接、飲むな。

そのコップは俺のだ。欲しければ、自分のコップを持って来い。……あ、持って来てるのね。用意のいいことで。

はいはい、ちゃんと注《つ》いでやろう。


酒を注いでいると、テーブルの上に置いてある干し芋が空中に浮かぶ。

よく見ると、糸が。

俺が上を見ると、屋根の梁《はり》にザブトンの子供たち。各自、保温石を持っている。

干し芋を狙ったのではなく、存在をアピールしたかったのだろう。わかっている。俺がお前たちを忘れるわけがないだろ。

だから、そこでダンスしなくていいぞ。

ほら、端のやつが落ちそうに……おわっ！　……糸でセーフ。イエーイ、じゃない。コントみたいな真似《まね》を。

危ないことはしちゃ駄目だぞ。干し芋は持っていってもいいけど、仲良く分けるように。

俺はミカンで……あれ？　ドライムが俺の向かい側に入り、ミカンを食べていた。

コタツの中で、子猫たちに攻撃されても微動だにしない。そのためか、子猫たちが俺の方を攻撃してきたのだが？　はいはい、足の位置を変えますよ。

「それで、どうしたんだ、お義父《とう》さん」

「孫を見にいったら、娘に邪険にされただけだ」

「……ミカン、もう一つどうだ」

「すまんな」

ラナノーンが可愛《かわい》いのはわかるが、まだまだ子供。かまい過ぎないほうがいいぞ。ラスティにすれば初めての子だしな。

ヒイチロウにかまうライメイレンはいいのかって？　あれは半分、母親代わりだろ。ハクレンも気にしていないみたいだし。ヒイチロウを狙っているグラルには手強《てごわ》い母親が二人だ。大変だな。

ははは。

ヒイチロウのことは心配ではないが、ラナノーンは心配だな。嫁にやるとき……あ、やめよう。嫁にはやらん。


おっと、気付けばヨウコが来ていた。

遠慮なくコタツに入り、中の子猫たちを追い出す。可哀想《かわいそう》なことをするなよ。

俺が文句を言う前に、追加の酒樽とツマミがコタツの上に置かれた。

…………文句はない。そしてすまない子猫たち。抗議の鳴き声は俺が受け止めよう。

コタツの中を追い出された子猫たちは、横になっているクロの上でくつろぎ始めた。

大丈夫か？　四匹は重くないか？　よしよし、クロは優しいな。


ヨウコは軽く〝五ノ村〟の報告をしてくれる。

特に問題はなし。

前に相談した文官の話は、〝五ノ村〟に書類業務を処理する機関を作る方向で進んでいる。機関ができれば文官娘衆の仕事も楽になるだろう。

フラウも、〝五ノ村〟になら遠慮なく呼べる知り合いがいると喜んでいる。〝五ノ村〟は〝魔王国〟領の村だからかな。

重要なポジションになりそうな気がする。

ヨウコの持って来たツマミは、茹《ゆ》でたホワイトアスパラにマヨネーズをかけた物と餅《もち》。

ホワイトアスパラは〝大樹のダンジョン〟で作っているから、こっちに戻ってくる時に収穫したものだろう。うむ、美味い。

餅は、冬になった直後に搗《つ》いたものだ。

小分けにしていたのを適当に持って来たな。焼いてない。

はいはい。俺が焼きますよ。

膝の上の猫をどかし、コタツから立ち上がる。と、俺のいた場所目掛けてクロの上で寝ていた子猫たちがダッシュ。

俺が戻れる場所はなさそうだ。


餅を火鉢の上の網で焼きながら、外を見ると夜なのに大きな灰色の物体が走っていた。

フェンリルだ。あの小さかった子が、大きくなったものだ。三メートル超えだもんな。

インフェルノウルフとの違いはサイズと頭の角の有無かな？　そして、そのフェンリルが今年の夏の終わりに子供を産んでいる。二頭。

母親似のフェンリル。色は二頭とも真っ白。

生まれてから三カ月ほど経過したが、まだ小さい。猫ぐらいのサイズだ。

その子フェンリルたちの世話をするのが、クロの子供の一頭。父親だ。

前々から仲を噂《うわさ》されていたが、無事に種族の差を乗り越えたようだ。まあ、それを言ったら俺とルーやティアとかリアとかアンとか……あれ？　同じ種族というか、人間というか、俺は人族との間に子を成していない。

……問題なし。子供の数はもう十分。

いや、まだまだ求められているのはわかるけど。子供は神様からの授かりもの。運に任せよう。

話を戻して。

フェンリルの子供は、クロの子供たちの小屋の一角で育てられている。

寒さには強いらしく、冬でも元気に外を駆け回るので父親は苦労していそうだ。

ああ、今走っていたのは子供の一頭を追いかけていたのね。フェンリルの子供を口に咥《くわ》えて小屋に戻っている。母親も苦労していそうだ。

俺はチラリと、ドライムと酒を飲んでいるヨウコを見る。

こっちは楽そうだな。いや、今だけか。

きっと見えないところで苦労しているに違いない。うん、そうだ。

焼きあがった餅をコタツのテーブルの上に置くと、ヨウコは遠慮なく手を伸ばして食べた。

一気に二つ。

………。

美味そうに食っているから、まあいいか。


さて、次の餅をと思っていると、ドタドタと賑《にぎ》やかな足音が近づいてくる。

部屋に入って来たのは、ウルザ、アルフレート、ティゼル、グラル、ヒトエ。

女性陣と一緒に温泉に行っていたはずだが、一足先に帰って来たのかな。

ヒトエはヨウコを見つけると、駆け寄った。尻尾が面白いほど振れている。

それを見て、アルフレートとティゼルが俺のもとに。ははは。よしよし。

ウルザとグラルは迷わずコタツに入る。子猫たちが再度、コタツの中から追い出された。抗議の鳴き声が大きい。ははは。


まったりとした夜だった。

## 3 冬の恋愛事情

子猫たちも大きくなったし、どこかから雄猫を連れて来ないといけないだろうか？

などと考えながら、俺は〝大樹のダンジョン〟でクワを振るう。

冬場でも地下は関係なく、育つ作物は育つとわかったから。

これまでもダンジョン内に畑はあったけど、それを本格化。正式にダンジョン畑と名付け、モヤシをメインに、ホワイトアスパラガス、キノコを育てている。

ただ、地上の畑と違って、ダンジョン内で生活する者は自由に食べてかまわないというルール。

モヤシは収穫サイクルが短く、また日持ちの問題もあるから、食べられる人が食べたほうがいいだろうとの考えだ。

幸いなことに、地竜《グランドドラゴン》がモヤシを好んで食べてくれる。収穫が遅れ、育ち過ぎたり腐らせたりすることはない。しかし、地竜の見た目や体格的には完全に肉食なのに、モヤシが好みっていいのか？

いや、喜んで食べてくれているなら、かまわないんだ。

もうちょっとダンジョン内のモヤシ畑を広くしておこうかな。


異変というか変事があった。

牧場エリアの古参、馬には奥さんがいて子供がいる。子供もそこそこの年齢だ。

それに、毎年ではないが、それなりに子が生まれている。

最年長の子供……すでに体格は大人なのだが、その子馬に見知らぬ別の馬が寄り添っている。

牧場を管理している獣人族の娘がそう報告してきた。

「真っ白で綺麗《きれい》な馬だな」

「そうですね」

「性別は？　雌か？」

　確か、馬の最年長の子供は雄だったはず。

「雌です。なので素直に番になったと考えるべきなのでしょうけど」

「何か問題が？」

「どこの馬かなと？」

「野生の馬なんじゃないのか？」

　それはありませんと断定された。迷子札でも持っていたのだろうか？　いや、持っていたらどこの馬かわかるか。

「誰かが連れて来たと考えているのですが」

「俺じゃないし、報告も受けていないが……」

　まだ俺に届いていないだけかな？


　村の住人に聞いて回ったが誰も知らなかった。

　獣人族の娘の本命だった〝五ノ村〟から誰かが連れて来た説は、ヨウコ、聖女の否定で崩れた。

　アラクネのアラコや転移門の管理者であるアサ、フタが、馬は通っていないと言っているので、勝手に通ってきたこともないらしい。

俺の本命だったのはドースやドライム、もしくは始祖さんが連れて来て勝手に放った説だったのだが……それも本人たちに否定された。

しかし、馬の正体は判明した。

真っ白な馬を見たドライムが一言。

「あれは、ユニコーンだな」

「ユニコーンというと……角のある？」

雄は角があるけど、雌は角がないから普通の馬と見分けが難しいらしい。

ドライムが見分けられたのは、真っ白な馬の持つ魔力の形でだそうだ。

そうか、ユニコーンか。俺が最初に言った、野生の馬というのが正解だったようだ。獣人族の娘が謝っている。ははは。気にしないように。

正確に言えば、野生のユニコーンだからな。


しかし、ユニコーンって雄だけの種族じゃなかったのだろうか？　そんなことはないらしい。

ユニコーンには雄と雌がちゃんといるし、ユニコーンの雄が穢《けが》れない乙女にだけ触れるというのは迷信らしい。

「ユニコーンの雄が、好色なのは事実だがな」

「そうなのか？」

「うむ。ほれ、あそこに……」

角のある真っ白な馬が、うちの子馬を追いかけ回していた。

追いかけ回されている子馬は、馬の二頭目の子供……たしか、雌。

つまり……うおおいっ！

俺が飛び出そうとする前に、父親である馬がユニコーンにタックルした。さすが！

その後、睨《にら》み合って……ユニコーンはチラチラと子馬を見ているな。集中力がない。そんな様子では馬に勝てまい。

ほら、よそ見をしているユニコーンの顔面に馬の後ろ足がめり込んだ。

……大丈夫か？　死んでいないか？

まあ、父親の前で娘を追い回したのだから自業自得かもしれない。

俺だって、ティゼルやフラシア、セッテ、ラナノーンを追いかけ回す男がいたら蹴《け》る。いや、耕すかもしれない。

俺は興奮している馬の背を撫《な》で、なだめる。

そして……このダウンしているユニコーンはどうしよう？


ユニコーンの雄と雌がいるのだから、そっちでくっつけばいいのにと思ってしまうのだが……兄妹かもしれない。態度からすると、姉弟かな？

ユニコーンの雌と、子馬の長男は完全に合意。

……合意だよな？　ん？　子馬の長男から告白してOKをもらったと。よくやった。

ニンジンを食べるか？　キャベツのほうがいい？　わかった。キャベツをやろう。仲良く食べるように。

問題はユニコーンの雄と、子馬の娘だな。

子馬の娘は完全に拒絶というか興味なし。

……諦めろ。え？

あの子馬の娘が駄目なら、ほかの子馬の娘でもかまわない？　あー、同じ男として忠告しておくが、その態度はよろしくないぞ。俺が父親馬の立場なら、その角を折っている。

うん、えっとだな、俺が注意している最中だろ。母親馬に目がいっているのはどういうことかな？

結論。

このユニコーンの雄は駄目だ。種の保存本能が強すぎる。個性か？

いや、ドライムはユニコーンの雄は好色と言っていた。つまり、ユニコーンの雄は総じてこうなのだろう。

どうしたものか？

いや、ほかのユニコーンの雄はどうしているんだ？

「詳しくは知らないが、聞いた話では馬の牧場に潜り込んで勝手に種付けをして逃げているそうだ」

……害獣かな？

「いやいや、ユニコーンに種付けされた馬の子は馬として生まれるのだが、丈夫な馬になるので牧場主は歓迎しているそうだ」

となると、馬の迷惑というか、馬の雄の敵だな。

あ、ひょっとして逃げているのじゃなくて、馬の雄たちから追い出されるのかな？　ありえるな。

ともかく、〝シャシャートの街〟の近くに牧場があったから、そこに案内するのが一番か？

それでいいか？　ん？　子馬の娘たちよ、どうした？

牧場に行ったら、イケメンの雄馬を連れて帰ってこいと。

わかった、努力しよう。


ということで、ユニコーンの雌は、このまま牧場エリアで滞在。

ユニコーンの雄は〝シャシャートの街〟の近くにある牧場に送ることになった。

俺としては春になってからでと思ったけど、ユニコーンの雄がここにいてもトラブルになるだけなので、冬だけど急いで輸送することに。

輸送隊を編成。

俺、ガルフ、獣人族の娘数人。

ユニコーンを輸送して、イケメンの雄馬を連れ帰るだけなので少数で問題なし。

……わかった。ハイエルフが五人追加された。

転移門のおかげでかなり楽だけど、往復に数日かかるなぁと思っていたら、ユニコーンの足はメチャクチャ速かった。

〝五ノ村〟から〝シャシャートの街〟まで、一時間？　なんだこりゃ？　って、俺だけ先行するのは駄目だって。戻って戻って。無事、ガルフたちと合流。

ガルフたちは俺とはぐれたと青ざめていた。心配させてすまない。

〝シャシャートの街〟でマルコスとポーラに挨拶。マイケルさんに連絡をして、牧場に移動する。

マイケルさんが直接案内してくれるそうだ。ありがとう。

そうお礼を言おうとしたら、マイケルさんはユニコーンに乗って大はしゃぎしていた。

そして、順番待ちしているのはマイケルさんの長男、マーロン。

ユニコーンが牧場に行けば、いつでも乗れるだろ？　乗れる時に乗らないと、逃げる？　ああ、その対策なんだけど雌馬だけのエリアを作ってだな……。

なんだかんだで、ちょっとした小旅行だった。

マルコス、ポーラも元気そうでよかった。

ビッグルーフ・シャシャートは……あー、うん、凄《すご》かった。凄くなっていた。

子馬の娘たちのお相手は連れて来たけど……まだ様子見。

お互い、警戒して遠距離からチラチラ見ている感じ。

そうだよな。これができないから、ユニコーンの雄は……いや、俺も偉そうなことは言えないか。


屋敷に戻って思い出す。

子猫たちの相手を探すのを忘れていた。

………。

まあ、また今度でいいか。

まだ子供のままでいてほしいと思う俺は身勝手だろうか。

頭の上や膝の上に乗る子猫たちを撫でながら、そんなことを考えた。

## 4 〝南のダンジョン〟訪問

〝南のダンジョン〟に行くことになった。

きっかけは今年の武闘会の日の夜。宴会の席で。

武闘会には〝南のダンジョン〟からラミア族が、〝北のダンジョン〟から巨人族がやって来ていた。

見慣れた光景だ。

二つの種族は、それなりに仲良くやっていると思っていた。

だが、喧嘩した。

「ラミア族は、村長から《迷宮の輝石》を預かっています」

「ふっ。〝北のダンジョン〟には、村長が自らお越しいただいたことがある」

ラミア族と巨人族の場外乱闘。武闘会のあとなのだが、なかなか壮絶な戦い。

いやいや、喧嘩するような内容じゃないだろう。しかし、俺が思うより根が深かった。

それ以降、ラミア族も巨人族も普段通り。普段通りなのだが……何かを訴える目で俺を見てくる。

うん、わかった。わかったから。

しかし、すぐにその訴えを聞くのはよろしくないと、ルーやティアの意見。

そうなの？　そうらしい。

なので時間を置いてからとなり、今日となった。

俺、ルー、ティア、ハクレン、ウルザ、アルフレート、ティゼル、リザードマンが五人。

竜の姿になったハクレンの背に乗って移動する。

そのほかに、クロの子供たち三十頭とハイエルフ五人が数日前に先行して出発している。行くことは前々から伝えているが、先触れというやつらしい。まあ、ハクレンの背に乗らない数だしな。

ハクレンの背には、俺たち以外にラミア族へのお土産が大量に載せられている。

こんなに必要なのだろうか？　俺としては知り合いの家を訪ねる感覚なのだが？

〝南のダンジョン〟に近づき、場所を見て驚いた。

入り口前に、ラミア族やラミア族に従っているであろう魔物や魔獣が綺麗に並んでいたからだ。

いやいや、ちょっと大袈裟《おおげさ》じゃないかな？

俺の驚きを無視し、ハクレンがその並んでいる者たちの前に降り立つ。大歓声。待て待て。

一人ずつ、ハクレンの背から降りる。え？　俺は最後？　なぜに？　いや、いいけど……。

まずはリザードマンたちが先に降り、ウルザが一人で降りる。そのあと、ティアがティゼルを、ルーがアルフレートを連れて降りた。最後に俺。さらに大歓声。

えーっと……なぜラミア族は泣いている。

先行したクロの子供たちが苛《いじ》めたんじゃないだろうな。

俺の視線に、クロの子供たちは違いますと揃って首を横に振る。いや、冗談だ。お前たちがそんなことをするわけがないと知っている。

しかし……冬で寒いのに、なんだこの熱狂？

俺たちはラミア族の長、ジュネアに案内されてダンジョンの中に。

〝南のダンジョン〟の中は、五メートルぐらいの幅と高さの通路と、大小様々な部屋がくっつく形らしい。蟻《アリ》の巣みたいだな。

通路は立体的に入り組んでおり、誰が意図したのか複雑な迷路になっている。その迷路のまま南側に延びており、ドライムの住む山に繋《つな》がっているらしい。

かなり広いな。慣れない者が単独で入ると、餓死することもよくあると。ちょっと怖い。


ダンジョンの中は本来は真っ暗なのだそうだ。

だが、俺たちが来るからとラミア族が光る石をダンジョンの各所に設置し、暗さを感じさせない。ありがとう。

そして、その光る石に凄く興味があるのだけど。

前に始祖さんの持って来た光石《ひかりいし》と同じ？　発光している色が違うから別物かな？

俺たちが案内されたのは、入り口近くの大きな部屋。三十メートル四方かな？　天井は高く、十メートルぐらいある。

そこで俺たちを歓迎する宴《うたげ》をすると説明されているのだが、目立つのが部屋の奥の数段高い場所に設置された玉座。

……え？　俺がそこに座るの？　長であるジュネアではなく？　ちょっと恥ずかしいんだけ……

わかった。座るから全力でガッカリするのはやめてくれ。


玉座に俺が座ると、ラミア族たちの全力の歓声。洞窟内に凄く響く。

アルフレート、ティゼル、ウルザ、お前たちも一緒になって叫ばなくていいんだぞ。ルーやティア、ハクレンも。クロの子供たちの遠吠《とおぼ》えはよく聞こえるな。

まったく、これはいつまで……ああ、そうか。俺が手を挙げて、ストップをかける。

凄いな、ピタリと止まった。

止まらなかったのはウルザだけだな。わかるわかる。

でもって、全員の視線が俺に向けられている。

…………。

あれ？　これって、このまま俺のスピーチという流れ？


俺にアドリブ力がないのが、改めてわかった。あれでよかったのだろうか？

あー……なにを言ったか思い出せない。ラミア族の協力に感謝を、という主旨は外れていないと思うけど。

「感動です」

「我らの働きをあのように……」

「生きててよかった」

問題はなさそうだ。ちょっと大袈裟だけど。

その後、ルーたちの自己紹介。

アルフレート、ティゼルは頑張ったな。可愛かったぞ。

ウルザは堂々としたものだ。というか俺より立派じゃないか？　きっと大物になる。

しかし、これから戦場に向かうわけじゃないのだから、そこまでラミア族に気合を注入する必要はないんじゃないかな？

それに、自己紹介だぞ。

えい、えい、おー！

じゃなくてだな……ラミア族もノリがいい。まったく、誰と戦う気だ？


自己紹介のあとは、俺の持ってきたお土産の紹介。

なかなか宴が始まらない。

俺が手順を無視してスピーチしたからかな？　反省。ちょっとお腹が空いた。


宴が始まった。

なかなか賑やかな席。

出される食べ物は、生《なま》か焼いただけのシンプルな料理が多い。

これはラミア族の食生活が、生食《なましょく》中心だったからだ。

しかし、〝大樹の村〟と交流して料理を覚えたと照れながら出された何品かの料理。

〝大樹の村〟の料理に比べると少し劣るが、気持ちは伝わってくる。美味しくいただいた。

なので、これでもかと山盛りで出された多種多様な魔物の卵は遠慮したい。いや、生が問題なのじゃなくてだな……うん、殻ごとは食べないんだ。


宴ということで、ラミア族の踊りや歌が披露される。

改めて、独特の文化があるなと感心。

このあとは、一晩泊まってから翌日の昼に帰る予定。

俺たちのためにか、風呂やトイレを用意してくれていて、ラミア族の心遣いに感心する。

俺は来客にここまでできるだろうか？

ベッドもありがとう。添い寝は必要ないからな。

ほら、ルーやティア、ハクレンがいるから。残念そうにしない。さすがにここは折れないぞ。子供たちもいるしな。

うん、子供たちもいるんだ。だからルー、ティア、ハクレンは遠慮するように。

こらこら、無理やり魔法で寝かそうとしない。おおっ、ウルザが耐えた！


色々と大変だったが……あ、いや、大変だったのはこっちの事情でラミア族は問題なかった。

うん、色々と勉強になる訪問だった。

えっと、次は〝大樹の村〟で一泊してから、〝北のダンジョン〟だったよな。そっちでは一泊せずにその日に帰ると。

わかっている。

しかし、同じ扱いにしなくていいのか？　同じ扱いなんて無理だから、逆に差をつけるほうがいいと。

むずかしいなぁ。

## 5 親子の交流

〝北のダンジョン〟から戻ってきた。

なぜ、俺はあそこで歌うことになったのだろう？　歌には自信がないのに……。

いや、自信があっても一身に注目を集めた状態で歌うのって厳しい。

ともかく、日帰りでよかった。精神的に。

子猫たちに癒やしてもらおう。ははは。わかっている、子猫たちの前にクロだよな。わしゃわしや。

煮カボチャを食べる。

ふむ……。

煮カボチャを持ってきたルーに肘で突《つっ》かれた。おっと、いかん。

「凄く美味いな、このカボチャ」

俺の言葉に隠れていたウルザとナートが出てきて喜ぶ。二人が作ったらしい。

頑張ったなと褒めてやる。

しかし、皮がまだまだ硬い。でもって何か香草を一緒に煮たな。香りが凄いことになっているぞ。

これをほかの村人に食べさせる前に、二人が傷付かないように伝えるにはどう言うべきか。難しい問題だ。

「次は誰に食べさせるんだ？」

「えーっとね、お父さん」

ナートのお父さんってことはガットか。うん、難しい問題はガットに任せよう。

しかし、不用意な一言で家庭が崩壊する可能性があるからな。さすがにそれは避けたい。

「食べさせる前に、自分たちが作ったってしっかり言うんだぞ」

俺の言葉に、わかったと元気に答え、二人が出て行く。

寒いのに元気なことだ。

「外に出る前に厚着するのを忘れるなよ！」

煮カボチャの犠牲……試食者は俺を含めて六人になった。

本当に難しい問題だったようだ。

「あれはルーが教えたのか？」

「自分たちで見て覚えたらしいわ」

自分が教えていたら、もう少しマシだったと胸を張っている。

「そうか。お前は食べなかったのか？」

「残念ながら」

そのルーの笑顔で俺は察した。

俺を最初の犠牲者に指定したのはルーだったか。

それに比べ、全て食べ尽くして犠牲者………ではなく、試食者が増えるのを止めたハクレンの女神っぷり。

そして問題を先送りせず、その場で消滅させる力技。さすが竜。

俺がハクレンの頭を撫でていると、笑顔のウルザとナートがやって来た。

「追加、できたよー！」

………。

あ、ルーが逃げた。

ハクレンは……笑顔が引き攣《つ》っているぞ。大丈夫か？　いけるか？　頑張れ。

そして、できれば俺の腕を放してくれないか？


二回目は見かねた鬼人族メイドが指導してくれたらしく、一回目に比べると普通に美味しかった。

そして逃げたルーには、アルフレートとティゼルが作っている料理の試食一番手を任せよう。

ありがとう。

ウルザとナートに影響されたのだろうな。

うん、鬼人族メイドが数人、そばについて教えている。

冬場だから、食材は無駄にできないからな。

…………。

これは、食べさせないほうが罰になるな。試食一番手は俺にしよう。

平和な日だった。


雪が降り始めた。寒い。

どれぐらい寒いかというと、クロがトイレのために外に出ようとして扉のところで引き返してくるぐらい。

我慢は体に悪いから、ちゃんとトイレに行くように。

室内にインフェルノウルフ用のトイレが欲しい？　猫たち用のトイレはあるのだから、かまわないじゃないか？

気持ちはわからないでもないが……鬼人族メイドのアンが首を横に振っている。

クロたちの平均的な排泄物のサイズを考えれば……わからないでもない。

猫の排泄物のサイズとは比べ物にならない。すまない。屋敷のそばに作るのが精いっぱいだ。しかも、それは春になってからだ。

クロはションボリした顔をしながら野外のトイレにダッシュ。

戻ってきたあとは、コタツの中から動かなかった。それぐらい寒くなった。


クロの子供たちは、野外で元気に動き回っているけどな。

馬や牛、山羊《ヤギ》も元気だ。

鶏は小屋の中で密集。雪対策は万全だから、大丈夫だろう。

あー……ウルザ、アルフレート。まだ雪は積もっていないぞ。

それだと泥ダルマになる。

服が泥だらけじゃないか。アンに怒られるぞ。

二人とも、風呂に入ってから全着替えだ。ハクレン、頼む。

そしてティア、外に出ようとするティゼルをブロック。

グラルは俺が押さえ……人選ミス。

ハクレンにグラルの押さえを頼めばよかった。グラルもなんだかんだと竜なんだよなぁ。

グラルのタックルを受けた俺は、そのまま野外にまで押し出されてしまった。寒い。

ほら、戻るぞ。

遊ぶなら、天気がいい日にな。俺はグラルを抱え、屋敷にダッシュした。

ちょっとだけクロの気持ちがわかったので、なんとか室内にクロたちのトイレを考えてやろう。


あー……寒い日の風呂は最高だな。

アルフレートと親子で入浴。

俺が入る予定はなかったが、アルフレートが俺と入りたがったので仕方がない。

ハクレンやウルザと一緒に入るのを恥ずかしがったのかと疑ったが……まだ早いよな。まだまだ子供。

湯船に親子で並ぶ。

…………。

なぜ、俺たちの横にドライムが？

「孫を見にいったら、娘に邪険にされただけだ」

…………。

存分に、温まってくれ。

ドライムとアルフレートが風呂から出たあと、風呂に入ったついでにクロを洗おうと思ったけど、クロはコタツから出てこなかった。

代わりにユキが来た。

ここは男湯だが……まあ、いいか。ゴシゴシと洗う。

普段から綺麗にしているから、それほど汚れは出ない。

洗い終わったユキは湯船に入って、お湯に浸かる。

ははは、気持ちいいか。

ん？　クロがやって来た。

寂しくなったのか？　それとも嫉妬かな？　遠慮なく洗ってやろう。


湯船の中でクロとユキが並んでいる姿は和むな。

現実逃避。

クロイチ、クロニ、クロサン、クロヨンが順番はまだかとこっちを見ている。

クロイチたちは外にいることも多いから、汚れている。

足は屋敷内に入る時に拭いているから綺麗なんだけどな。

まあ、汚れたままよりは綺麗なほうがいい。体が汚れている時は遠慮して、コタツの中に入らないからな。

よーし、思いっきり洗ってやろう。


寒い冬の日。

俺はお風呂場で過ごした。

風邪をひかなかったのは、『健康な肉体』のおかげかな？

## 6 冬の某日

「番号！」

ワン、ワン、ワン、ワン、ワン、ウォン、ワン！

一頭、個性を出してきたのがいるな。

どうした？　緊張で声が裏返っただけか？　ああ、怒ってはいない。気にするな。しかし、気は抜かないように。

準備はいいか？

クロの子供たちが揃って頷《うなず》く。凛々《りり》しい顔だ。

よろしい、では行くぞ。

俺はタイミングを合わせ、クロの子供たちと共に突撃した。

向かうは雪で作られた要塞《ようさい》。目指すはその奥に設置された旗。

飛び交う雪球を避けながら……なぜ俺を集中攻撃する！　うおおっ！

俺はやられた。

俺と同時に突撃したクロの子供たちも少し遅れて全滅。

まさかと思うが、あれは仕方がない。

アルフレートやティゼルが雪球を投げずに、手に持って突進してくるのだ。

クロの子供たちは優しい。避けたら倒れるので受け止めるしかない。

ちなみに、同じことをやったウルザとグラルは避けられた。勢いが違うからな。

うん、もう少し可愛げのある速度で向かうべきだ。

まあ、ウルザとグラルを避けたクロの子供たちも、包囲されて雪球をぶつけられていたけど。


作戦が悪かったのか、それとも数か？

こっちは俺とクロの子供七頭。向こうはウルザ、アルフレートを中心とした子供たちと、その保護者勢。

特にアルフレートの保護者枠で参加している鬼人族メイドの投げる雪球は凶悪だ。

雪球の当たった時の音が、バスッ、ではなくドゴッ！　だからな。

ハンディとしてクロの子供たちの数を減らしたのは失敗だった。

当初の参加希望者全員、五十頭で開始するべきだった。

クロの子供たちは雪球を投げられないのだから、それぐらいで丁度よかったのではないか？　俺はなぜ、クロの子供たちの数を減らしたのか……。

「パパ、ワンワンの数が多い」

ティゼルに言われたからだ。仕方があるまい。

ん？　もう一回か？　いいだろう。

チームはさっきと同じでかまわない。

俺の後ろにいるクロの子供たちも頷く。

ああ、俺たちが負けっぱなしで終わると思うなよ！

負けっぱなしで終わった。

一回、クロの子供が雪の中を潜って進むという荒業で惜しいところまで行ったのだが、ウルザに気付かれてしまった。

勘がいい。

よーし、子供たち。遊んだあとはお風呂だ。冷えた体を温めろー。

風呂に入ったら、餅を焼いてやるからな。

「お醬油《しょうゆ》？」

「お砂糖？」

「お味噌《みそ》？」

好きな味でいいぞ。味噌はナートか。渋いな。

「枝豆をつぶしたのがいいな」

「私はそのままでも十分、美味しいと思いますが」

「きな粉と砂糖が最強」

はいはい、どの味でもかまわないからまずはお風呂だ。


火鉢が足りない。餅を焼いても焼いても間に合わない。

味に関しては、鬼人族メイドたちが用意してくれているが……。

どうして俺一人で焼いているんだ？　雪合戦に負けたから？　うう……俺も食べたい。

ん？　おお、ティゼル。それはひょっとして俺のために……違った。

ティアのところに行った。くっ。

やはり母親のほうがいいのか。

いつの間にか姿を見せている始祖さん、ドライムも餅を頬張っている。

美味いと褒めてくれるのは嬉しいが、こっちに来て焼くのを手伝う気はないかね？　違う。追加の餅を倉庫から持って来てくれと言ったんじゃない。

冬になってから、色々と遊んでいる気がするが……遊んでいるのは天気がいい日だけだ。

天気の悪い日は、家で細かい仕事。

仕事なのだが……冬の間はクロの子供たちとばかり遊んで、ザブトンの子供たちと遊んでいない気がする。

ザブトンの子供たちは寒い場所にはいかないからな。室内でザブトンの子供たちと遊ぶ。


第一弾。

大きめの盤を用意し、ザブトンの子供たちに将棋のコマを模した模型を背負ってもらう。

人間将棋ならぬザブトンの子供将棋。

ルールは普通の将棋と同じだが、全てのコマを最低でも一回は動かさないといけないルール。

せっかく参加したのだから、一回は動きたいだろうしな。

さて、対戦相手はどうしよう？

ザブトンの子供たちで得意そうなのは……いつの間にかクロヨンが座っていた。

残念だがクロヨンには遠慮してもらってだ……クロヨンの猛抗議。

いやいや、お前、村のチェス大会でずっと優勝しているだろ。将棋でも強いの知っているぞ。俺はヘボなんだ。

ハンディでコマを減らしてスタートする？　いやいや、ザブトンの子供たちが主役なんだから。減らされたコマを背負っているザブトンの子供が泣くぞ。その減らしたコマを俺の味方として盤面に置いてスタートしてもかまわない？

………。

減らすのは？　これとこれと……え？　そこも？　それも？

「勝負だクロヨン！　お前の無敗伝説は今日、終了する！」

負けた。

序盤有利だったけど、全てのコマを一回は動かすルールが足を引っ張った。

どれだけ戦力を整えてもヘボはヘボということか。悔しい。

もう一回と言いたいが、今回の主役はザブトンの子供たち。

楽しめたか？　ん？　さっきの対局で、この場面の時はこう動いたほうがよかった？

いや、そうするとこうされるんじゃ……いやいや、こうなるから……おおっ、勝っていた。

………。

俺よりザブトンの子供たちのほうが将棋、上手い。

つまり……。

「クロヨン、もう一回だ！　次は俺が動かすが、頭脳はザブトンの子供たちだ！」

あれ？　どうしてコマを全て揃えるんだ？　コマを減らしてくれないのか？　真剣にやらないと

負ける？

…………。

俺よりザブトンの子供たちのほうが上なのは理解しているけどな。複雑な気分だ。

いい勝負だったけどクロヨンには勝てなかった。

クロヨン側のコマを背負っているザブトンの子供たちからも知恵を貸してもらったのに……残念。

ん？　将棋のコマの模型が気に入ったのか？　別に持っていってもかまわないぞ。

ただ、全員には作れないからな。あまり自慢したりしないように。

さて、ザブトンの子供たちと遊ぶ第二弾は……どうした？　チェスのコマの模型も欲しい？

第二弾はあとでいいから？　わかった、作ろう。

今回のコマを背負っているのは拳大サイズの子供たちばかりだ。

雑誌サイズや半畳サイズの子供たちには小さい。

…………。

わかった、そんな目で見ないでくれ。頑張るから。

後日。

将棋対チェスの戦いが盤上で行われていた。

どっちが優勢かはわからないけど、熱戦なのだろう。

途中、子猫が乱入。

パッと散るザブトンの子供たち。

俺が子猫を抱《かか》えてどかすと、また戻って先ほどの配置に。ううむ、見事。

## 閑話　セレスティーネ＝ロッジーネ

私の名前はセレスティーネ＝ロッジーネ。

ロッジーネ家の三女です。こんな感じで偉そうに挨拶しても、農村の娘の一人ってだけなんですけどね。

その農村の娘が奇妙な運命に巻き込まれます。

原因は聖痕。

私が十歳の時、両手の平に変なアザができました。

可愛いデザインではなかったので隠していたのですが、村に来た教会の人が見つけてしまいます。

教会の人はかなり興奮し、村の長《おさ》と私の父に話をしました。

その結果、どうやら私は村を出て、教会の人と一緒に行くことになったのです。残念ですが、よくあることです。

行き先が教会の人と一緒なので、多少はマシなのかもしれません。

ただ一点、不満があるとすれば、教会の人が私の父に払ったお金の額でしょうか。

安い。安すぎます。その値段だと山羊も買えません。

私の価値はその程度なのでしょうか？　その十倍払っても罰は当たらないと思うのですが？　悲しいです。

なのでグレました。

形ある物を壊したくなる年頃というのもあったのでしょう。

もったいないので実際に物は壊しませんが、教会の人に連れられての移動中、かなり反抗的な態度を取りました。

馬車に乗ってくださいと言われたら、馬車の屋根の上に乗り、食事ですと言われたら、ほかの人の分まで食べました。

…………失敗でした。

どうやら、私はまるっきり教育を受けていない娘のように思われ、そう扱われました。

「馬車の中に入って、一番奥の席に座ってください。席とは椅子のことです。椅子の上に座ってください。座るというのはお尻を置くということです。はい、よろしい。ではその姿勢のまま、動かないように。特に足をバタバタさせるのはよくありません。いいですね？」

なにをするにもこんな感じになってしまった。何度か謝ったのですが、駄目でした。

はい、もう逆らいません。


教会の人に連れられたのが大きな街の立派な教会。

私はそこで神の声を聞く修行をすることになりました。

修行中、教会の偉い人が何人も私を見に来ました。

私、修行しなくていいんですか？　挨拶の度に色々と中断させられるのですけど？　あ、また着替えるのですね。今度はどこの誰ですか？

相手によって服装を替えなきゃ駄目なのって凄く面倒です。

わかりました、一番いい礼服ですね。とてつもなく偉い人が相手っぽいですね。面倒です。


修行を開始して二年ほど経過した頃です。

実質、半分も修行していないような気もするのですが私は神の声が聞こえるようになりました。

最初は空耳かなぁと思っていたのですが、どうやらそれが神の声らしいのです。

聞こえるだけです。会話はできません。

声は何十人もが同時に喋《しゃべ》っているような感じです。

その中から意味ある言葉を聞き、私は発するだけです。

この時、私は何を発したか知りません。不思議なのですが覚えていないのですから仕方がありません。

ただ、教会の偉い人が全員、私に頭を下げていました。


その日から私は聖女と呼ばれ、お世話係が十人、付きました。

部屋も最上級の部屋に。夢のような暮らしです。

ただ、毎日一回、神の声を聞かないといけないのが大変と言えば大変です。

まあ、私以上に大変なのが教会の人でしょうけど。

神の声を聞いたあと、歓喜して泣いたり、恐怖に怯えて失神したり……私は一体、何を言っているのでしょうか？

気になるのですが、誰に聞いても教えてくれません。

私に余計な知識を入れると、神の声が歪《ゆが》むからだそうです。

なるほどと思いますが、不満です。


神の声が聞こえるようになってから、どれだけの日が経《た》ったでしょう。

四カ月ぐらいですね。

教会が何者かに襲撃されました。村育ちの私はパニックです。

襲撃してきたのは真っ黒な服を着た人たち。

私の眼前にまで来ました。襲撃者の目的は私だったようです。

でも、なんとか撃退に成功。

相手も、まさか私が攻撃するとは予想していなかったようです。

村育ちの娘は、自分の身を守るために色々と学んでいるのです。

教会に来たあとも寝る前に一時間、練習しているのですから。

その練習の成果である左ショートフックが襲撃者の右腹に突き刺さりました。下から突き上げるような軌道が特徴です。

そして襲撃者の悲鳴。

ふふふ、どんな屈強な人もあそこを殴られると悶絶《もんぜつ》するのですよ。

的確に殴らないと駄目なんですけどね。

ダウンするまでに三発、同じ場所を殴りました。そして崩れ落ちる襲撃者のアゴを右のアッパーで突き上げます。会心の攻撃でした。

ただ、襲撃者はダメージを負いつつも撤収。逃げられてしまいました。残念。

しかし、私は頑張った。勝利のポーズ！

私のお世話係たちは引いていましたけど。

いや、貴女《あなた》たちが私の前に出て守らないと駄目なのでは？　護衛も兼ねているって、最初に会った時に挨拶してくれましたよね？　今晩から、一緒に練習します？


襲撃は何度もありました。

二度ほどさらわれてしまいましたが、何かされる前に取り戻されたりと忙しかったです。

あ、襲撃者さんの一人と顔馴染《なじ》みになりました。私が最初に攻撃した襲撃者です。

なんでも雇われの人らしく、私に同情的だったりします。

でも、きっちりさらうんですよね。扱いが丁寧なのは助かります。

教会側も無能ではありません。

援軍を呼んだり、腕に自信のある冒険者を雇って相手を調べたりしています。

ですが、どうも後手に回っています。

はい、またさらわれました。

三回目です。

今度は、どのタイミングで助けてくれるのかな？

…………助けが来ませんでした。教会側は無能だったようです。まったく。

半年ほど、誘拐された先で神の声を伝えました。

逆らえません。逆らうと酷《ひど》い目に遭いますからね。

素直に従っていれば、丁寧に扱ってくれますし、食事も用意してもらえます。
こっちでは毎日ではなく、一週間に一回ですし、偉い人も少ないみたいなので楽です。
…………。
助けに来るのはもう少しあとでもいいんじゃないかな、って思ってしまいます。

私を助けに来たのは教会側ですが、別の勢力でした。
そしてその時に判明したのですが、私を誘拐した勢力も教会勢力でした。
…………。
どういうことでしょう？　ややこしいです。
まあ、どの勢力も私が目当てなのはわかりました。いいでしょう。
一番、待遇のいい場所に参りましょう。
「目をつぶすと、神の声をより聞くことができるとの言い伝えがあるらしい」
あ、駄目。あの勢力は駄目。遠慮します。誰か助けて！

誘拐を繰り返されて数年。
私は色々な場所に行きました。大変でした。

ええ、楽な勢力から厳しい勢力に誘拐された時は辛《つら》いです。

特に、食事が美味しくない勢力に誘拐された時は自力での脱出を考えました。

毎日、三食が粥《かゆ》って……しかも、ほぼ水みたいな薄さだし。

それなのに偉い人は豪勢な食事を取っていたので真剣に神罰を願いましたね。


最終的に、私を確保したのはコーリン教の本部付きの武力集団。怖いことで有名な一団です。

私はそのまま教会本部で匿《かくま》われるのかと思ったのですが、とある村に放り込まれました。

ここでしばらく、身を隠すようにと。

元村娘だからと気をつかってもらったようですが、これまで色々と経験したのです。

刺激の少ない村の生活に、今の私が満足……数えきれないほど着替えました。これが神の試練だとするなら、残酷です。

私だって羞恥心《しゅうちしん》ぐらいあるのですよ。あと、生意気言ってすみません。お世話になります。よろしくお願いします。

はい、許されるのでしたらしばらく部屋に……あ、遅くなりましたが部屋をお与えいただき、感謝します。

ご飯、超美味しいです。

村に慣れるのに、凄く時間がかかってしまいました。

ご迷惑をおかけしました。すみません。

そして、このワイン色のスライムには助けてもらいました。

時々、お酒を持ってきてくれましたしね。ありがとう。

一緒に鬼人族メイドに叱られたのは忘れられない思い出です。盗み飲みしてごめんなさい。


この村では私は特別扱いされません。一人の娘として扱ってくれます。

なので私も聖女ではなく、一人の娘として村で働きました。

収穫は懐かしかったです。

この村の作物は、どれも実りが豊かでうらやましいです。


しかし、聖女として本当に働かなくていいのでしょうか？　この村にいると、めちゃくちゃよく神の声が聞こえるのですけど？

ええ、綺麗に。まるで横にいるぐらいの感覚で。

あら？　猫ちゃん、どうしました？

ふふ、最初の頃は怖かったのですが今は平気ですよ。

なぜ、私は猫ちゃんを見て気絶してしまったのでしょう。ああ、謝らないでください。猫ちゃんが悪いわけじゃないですから。抱っこしてあげましょう。

うーん、なんでしょう。この変な気持ちは。まるで神様を抱っこしているような……気のせいですね。

一緒に、創造神様に挨拶に行きましょう。私の日課なんです。

あの像は凄いですよね。村長の手作りらしいですが、自然と頭が下がります。

あの像を管理する仕事とかさせてくれないかなぁ。

村に来て一年と少し。

正式に村に移住することになりました。

コーリン教の本部の偉い人が、色々と私の行き先を探してくれていたようですが、どれも上手くいかなかったようです。

謝ってもらいましたが、そんな必要はありません。

私はこの村で生きていきます。

しかし、職場は別です。

私の職場は、村の地下道を通った先にある〝五ノ村〟の教会になります。

地下道を通ったはずなのに、そこを抜けると小山の上に出るのは不思議ですが、気にしません。

村での生活で不思議には慣れました。

私はその教会のトップになりました。

いいのですか？　私一人しかいないから、そうなるのはわかりますが……いえ、できるだけ頑張りますよ。

ですが一人というのは……すみません。

実は、恥ずかしながら私は教会の神事に関しては詳しくないのです。

私は聖女ですが、祭具のポジションでしたから。

動き回らずにジッとしているだけだったので。

事情を知ったコーリン教の本部の偉い人が、神官を何人か連れて来てくれました。本気で助かります。

はい、色々とお願いします。

え？　私も勉強しないと駄目？

……………。

わかりました、頑張ります。

でも明日から。今日は〝大樹の村〟で収穫のお手伝いをするのです。

そうそう、〝五ノ村〟での収穫祭に関して、ヨウコさんと相談しておきます。

私は派手なほうがいいと思うのですが、貴方《あなた》はどう思います？

……………すみません。聞き方が悪かったようです。

収穫祭の食事は豪勢なほうがいいですか？　それとも質素なほうがいいですか？

ですよね。

では、その方向で相談しておきます。


私の名はセレスティーネ＝ロッジーネ。

神の声を聞くことのできる聖女ですが……あまり気にしなくなりました。

「教会の裏に畑を作ってもいい？　本当ですか？　育てる作物は私が選んでいいんですよね？　ありがとうございます」

子供のころの夢だった、自分の畑が持てましたから。

ふふ、私の畑を荒らした者は許しませんよ。

神様にお願いして呪いますからね。そして私の必殺の左ショートフックを喰《く》らうがいい。

〝大樹の村〟の村長とは、農作業の話で盛り上がれます。

# 7 冬の〝五ノ村〟

俺は工房で一体の創造神像を彫りあげた。

サイズは人間よりちょっと大きめの二メートル超。

〝五ノ村〟の教会に飾るため、少し大きめにとの発注だったからだ。

自分でもいい出来栄えと満足。

少し失敗したと思ったのは、彫った場所。始祖さんがうらやましそうな目で見ている。

いやいや、始祖さんには前に注文された分を渡しただろ？

「全て集めたくなるのが人の悲しい性《さが》」

アンタ、吸血鬼だろう。

輸送するのを手伝ってくれるなら、彫るけど？　即決だった。

ありがたいが、まったく同じとはいかないぞ。木が求めた形になるからな。

おっと、芸術家みたいなことを言ってしまった。ふふふ。

「ところで村長。この横にあるのは？」

「クロとユキとザブトンと猫と酒スライムのミニチュア」

「どれも躍動感があるね。お土産として作るのかい？」

「まさか。〝五ノ村〟の聖女……じゃなくて、セレスが欲しがったからな」

聖女と呼ばず、セレスと呼んでほしいと本人から言われたので注意している。

考えてみれば役職呼びだからな。ちょっと反省。


始祖さんの転移魔法と、リザードマンたちの協力で〝五ノ村〟の教会のホールに創造神像を設置。

いい場所に置いてもらえるみたいだが、大丈夫なのだろうか？

始祖さんが問題ないと言ってくれるが、ここの責任者はセレスだからな。

創造神像の背中に、後光を表現する棒を何本も背負わせる。それ用の穴をちゃんと作っておいた。

漫画の集中線を立体にしたような感じだ。

余計かなとも思ったけど、わかりやすさ優先。

始祖さんが驚いているが、見たことのない技法なのかな？　神様の像の表現としては古くからあると思うのだけど？


クロたちのミニチュアは、ホールではなく奥のセレスの私室に。

植木鉢の根元に設置される。

なるほど、いい場所だ。

その後、〝五ノ村〟を少し見学。

ユニコーンを運んだ時は、のんびりできなかったからな。

〝五ノ村〟は前よりかなり発展していた。

小山の上はハイエルフたちが頑張ったので、立派な村になっている。

目立つのは北寄りに建てられた村長屋敷と、その隣の教会。少し離れて村議会場、あとは広いグラウンドと小さな牧場。牧場の横に交易所がある。


〝五ノ村〟の代表、村長代行をヨウコに任せているので、村長屋敷はヨウコ屋敷と呼ばれているらしい。

その屋敷の倉庫の地下に転移門があり、〝大樹のダンジョン〟に繋がっている。

ヨウコ屋敷は村長代行のプライベート空間とされており、普通の家扱い。

現在、ヨウコが選んだ使用人たちが二十人ほど生活している。

一応、彼らには転移門のことは秘密。

フタが秘密を守っているが、使用人たちが調べに来たことはないらしい。

それと、マーキュリー種が新しく三人。ヨウコの補佐として働いている。


ヒー＝フォーグマ。

中年のベテラン戦士のような風貌の男。

考えるよりも剣で斬る方が得意そうだが、意外にも頭脳派。

万が一の時、〝五ノ村〟で編成する軍の中心になる予定だ。

〝五ノ村〟の後家さんたちに人気があるらしく、昼には多くの差し入れが渡されている。

「それがしの腹はそれほど大きくはないのだが……うぷっ」

律義に全部食べている。


ロク＝フォーグマ。

若い文官青年。

メガネを着用し、いかにも頭がいいですよという雰囲気。

出会った当初はクールに気取っていたが、文官娘衆から引き継いだ仕事量を前に早くも崩壊。

熱血キャラになっている。

「ミヨをこっちにまわしてくださいよ。さすがに私一人じゃどうにもなりませんって！」

すまん、頑張ってくれ。


ナナ＝フォーグマ。

一見、普通の村娘。

失礼だが、どこにでもいそうな感じ。

だが、その実力は凄い。

多くの情報から必要な情報を取り出す処理能力、大事な情報を見落とさない勘。

〝五ノ村〟を拠点に、情報収集の取り纏《まと》めをやってくれることになっている。各地での作物の値段やニュースは大事だからな。

現在は、情報収集をする人材の選定、訓練中だそうだ。

…………。

情報収集する者が、どうしてナイフの扱い方を訓練しているのだろう？　護身用かな？

ヨウコ屋敷はプライベート空間にしているので、ヨウコの公務は村議会場で行っている。

村議会場は大きな会議室と小さな個室で構成され、ヨウコはその小さな個室の一つを村長代行の公務室にしている。

そこでは〝五ノ村〟で選ばれた秘書が男女数人、ヨウコの仕事を手伝っている。

この秘書たち。どこかで秘書の経験があるのかテキパキしていて凄い。

そして、ヨウコが思った以上にしっかりと村長代行をやっていた。今度、ヨウコの好きな料理を作ってやろう。

大きな会議室には椅子とテーブルが円形に並べられており、一つだけ一段高い椅子がある。

俺はそれを見てヨウコの席かなと思ったけど違った。俺の席だそうだ。

その右側が村長代行の席と、俺を案内している秘書が説明してくれた。なるほどそうですか。

ところで相談ですが、あの一段高い椅子を普通にするのは……駄目かな？

駄目だった。

〝五ノ村〟の村議会に出席する機会がないことを祈ろう。


村議会場には食堂がある。

ここの食堂長は、ビッグルーフ・シャシャートの『マルーラ』で働いていた者。

「まだまだ未熟ですが、よろしくお願いします」

出されたカレーは、十分に美味かった。


教会はセレスと神官が運営している。

〝五ノ村〟の冠婚葬祭は全てここでやることになったそうだ。

結婚式、葬式はわかるが……ああ、成人の儀みたいなことをするのか。

あとは新年の祭りとか、収穫祭ね。

ヨウコと相談しながらやっていくらしい。

大変だろうが、頑張ってほしい。

グラウンドはイベントを開催する際の場所だが……普段は子供たちの遊び場として開放している。

側面では広いスペースの確保が厳しいからな。

小さな牧場は、馬車や連絡用の馬の飼育場所。

一時預かりのような場所で、麓《ふもと》に大きな牧場を作る予定に……もう完成していると。なるほど。

それだったら、ユニコーンはこっちに預けたほうがよかったかな？

え？　違う？　ユニコーンを預けた牧場が、協力して作ってくれた？

馬の大半も、その牧場の馬と。そうなのか。また挨拶に行かないとな。


交易所は、馬車で運ばれる荷物の一時預かりと販売場所。

本格的な交易所は小山の麓にあるので、こちらは小さい。

最初にできたのは上の交易所なのだけど、やはり馬に坂道は厳しいとの意見が出たので、麓にも作ることになったらしい。

これは冒険者たちの活躍で、麓がそれなりに安全になったおかげだな。

上の交易所は、主に麓の交易所の荷物を預かる場所として活用されている。


こんな感じの小山の上に対し、側面部分の建設速度も凄い。

人の数は力か。

一応、冬なので無理しない程度に抑えているらしいが……それでも、上から見れば何カ所も建設中の場所があって活気がある。

現在の人の数は……気にしないでおこう。

ヨウコ、任せたぞ。


冬なので寒いが、〝大樹の村〟のような積雪は見当たらない。

この辺りはまだ降っていないそうだ。だが寒くないわけじゃない。

また、どうしても小山なので風が強い。

各家には、その風対策が施されているらしい。

扉や窓が蝶番《ちょうつがい》を使った開き戸ではなく、横にスライドさせる引き戸が多いのはそのためかな？

窓はそうだけど、扉は道をふさがないためね。小山の側面だから、道幅も広いとは言い難《がた》いからな。

なるほど。

地域の特色だなぁ。一番目立つのは転落防止の柵と、転落した時を考えて各所に設置された網だけど。

家の上に網を張っているのがあるのは、誰かが上から落ちてきたからだろうか？　屋根の色が一部違うから、そうなんだろうな。

死者の話は聞いていないから怪我《けが》か。重傷じゃなければいいけど。

馬車の一団が、南側の大きな道を上《のぼ》ってきた。

馬車の幌《ほろ》には、ゴロウン商会の紋章。

馬車は交易所に入らず、ヨウコ屋敷に向かう。

ゴロウン商会から海産物が運ばれる時期だったか。今晩は新鮮な海産物を楽しめるな。うん、寒いし鍋にしよう。


俺は〝五ノ村〟見学を切り上げ、ゴロウン商会の馬車を追いかけた。

ヨウコ屋敷の新人門番に、不審者として止められた。

……顔を覚えられていない。ちょっとショック。

## 8 顔を覚えてもらう

俺が〝五ノ村〟で不審者扱いされたことは、思ったより重く扱われた。

俺としては、鍋をつつきながらの夕食時の軽いトークのつもりだったのだが……いやいや、顔見せパレードとかする気はないぞ。銅像とかも必要ないからな。変なことを考えず、鍋を食べよう。

海鮮鍋、美味しいなぁ。

……わかった。

もう少し、〝五ノ村〟の行事に積極的に参加するから。それでいいだろ？　頼むから本気トーンで話し合わないでくれ。

あと、俺を不審者扱いした門番は悪くないぞ。

職務に忠実だっただけで……あ、うん、そうだよな。家の主に吠えかかる番犬は不要だよな。クロたちはそんなこと、しないもんな。

…………。

昔、寝ぼけたクロの子供に吠えられたことがあるけど黙っていよう。ややこしくなるから。


とりあえず、〝五ノ村〟に行って顔を見せることとなった。

少なくとも、ヨウコ屋敷で働く者には面通しをするようにと。はい、サボッていた俺が悪いんです。できるだけ、接触しないようにしていた態度も改めます。

だからって、この服装は必要ないんじゃないかな？　ザブトンに作ってもらった中で、一番派手なやつだよな？　どこの王侯貴族だってぐらい、ビラビラとか刺繍《ししゅう》がいっぱいあるやつ。これを着て、村長ですって挨拶するの？　おかしくない？

え？　派手さが足りない？

…………わかった。

これで諦めるから、旗指物《はたさしもの》とかは勘弁して。


ザブトンが寝ていてよかった。

起きていたら、喜んで派手な服を作っただろう。

なぜかザブトンは俺に派手な服を着せたがるからな。


十日間、〝五ノ村〟で昼食をとった。

一日目、二日目はヨウコ屋敷で、そこで働く者たちと。

ヨウコは参加する必要ないよな？　朝晩、顔を合わせているだろ？　聖女のセレスも参加と。

別にかまわないけどな。


三日目は村議会場で。

マーキュリー種の三人との昼食を終えて帰るつもりだったのだけど、なぜか会議に参加することになった。

うん、あの席に座らされた。

でもって会議の内容が、明日以降の俺の食事場所について。

大人が何人も顔をつき合わせてする話だろうか？

四日目、村議会場の一室で、名前の長い先代四天王の一人と、同じく先代四天王のパルアネンと昼食。

いや、二人は俺の顔、知っているだろ？

よくわからないけど、秩序があるのね。わかった。

で、二人の顔が腫れているのは？

どちらの家で昼食にするか決めるため、二人で殴り合った結果と。

…………。

なにをやっているのかな？　そして、村議会場で食べている現状を考えるに、引き分けだったのだろう。

五日目以降は、〝五ノ村〟の冒険者詰め所、麓の交易所、宿屋などの施設を視察しつつ、食堂などで食事。

一人なら気楽だったのだけど、俺のほかにヨウコ、セレス、マーキュリー種の三人、先代四天王の二人が同行。

ほかに護衛として〝大樹の村〟から一緒に来たガルフ、ダガ。〝五ノ村〟からはピリカと、ピリカの弟子が十人ほど。

…………。

それなりの集団になっていて、大変だった。

俺の顔見せと立場の説明が目的なので、同行した者は俺を最上位として扱ってくれる。

ありがたいのだが、恥ずかしい。

あと、目の前にいるのにほかの人を通して話をする意味ってあるのかな？

ああ、そんなにガチガチにならないで。えーっと、〝五ノ村〟の南エリア代表者だったよな。

雰囲気に呑《の》まれるタイプなのだろうか。自己紹介の時、噛《か》み噛みだったから名前がよく聞こえなかった。

この後、一緒に昼食だけど、それまでにもう少し仲良くなれたらなと思う。


なんだかんだで忙しい十日間の昼だった。

毎回、終わったあとに〝大樹の村〟に帰れてよかった。ホッとする。

思い起こせば、教会の神官を〝五ノ村〟に連れて行く前に、始祖さんとフーシュは俺の前に連れて来て挨拶させていた。

丁寧だなと思ったけど、あれは必要なことだったんだな。おかげで、今回の日程に教会での昼食を入れずにすんだ。

…………。

立場だなんだがあるんだな。わかった。

十一日目、教会で食事となった。

疲れた。

ちなみにだが、今回の〝五ノ村〟の昼食で一番ニコニコしていたのは先代四天王の二人。

かなり張り切って、いろいろと手配してくれた。

お礼に、何かプレゼントでもしたほうがいいのだろうか？　お金は駄目だよな。

…………。

褒賞メダルでいいかな？

とりあえず、二人に三枚ずつ。

ほかにヨウコに三十枚預けて、今回の件で協力してくれた人に配ってもらうことにした。

褒賞メダルなら、色々と交換できるチケットみたいなものだ。

好きな物と交換してもらおう。

うん、交換リストは〝大樹の村〟と同じで。

え？　それは駄目？

〝五ノ村〟専用の交換リストを用意していると、〝五ノ村〟に来ていた文官娘衆の一人が指摘してくれた。

リストを見せてもらったが、大半は一緒だけど一部が削除されている。

「〝五ノ村〟の規模で、村長の手作り品を求められても困るでしょう」

……確かに。

「それと、〝五ノ村〟の住人全てに褒賞メダルを配るのは現実的ではありません。〝五ノ村〟では通貨が流通していますしね」

なるほど。

褒賞メダルは、通貨の代用品。通貨が流通している場所では不要か。

そのあたりは、次の会議で話し合う予定だったと文官娘衆の言葉。

確かに大事な問題だな。

えーっと、〝五ノ村〟の者に褒賞メダルを渡すのはいいのか？　大丈夫？　よかった。

じゃあ、そんな感じで。


褒賞メダルを受け取った先代四天王二人が、思いっきり感謝を表してくれた。

えっと、……失礼だけど二人の忠誠心の向く先は魔王だよな？

その態度、大丈夫か？　俺、魔王から恨まれたくないぞ。


余談だが、門番から不審者扱いはされなくなった。

ただ、普段の服だと一瞬、止められそうになる。

うーん、服装って大事だな。

# 9 竜族の話

竜にも色々ある。

まず、竜族の頂点に君臨するのが、神代竜族《エンシェントドラゴン》。

神によって生み出され、神の時代を生き、そして今まで血脈を受け継いでいる。神話に出てくる竜は、全部これ。

ただ、神代竜族は十二の血統があったのだけど、今は半分も残っていないらしい。

現在、ヒイチロウ、ラナノーンを含めても世界で五十頭もいないそうだ。

「しかも、大半が爺《じじい》と婆《ばばあ》でな。どこかに隠れて寝ておる」

そう説明してくれるのが神代竜族の長、ドース。ヒイチロウを抱えて、ご満悦顔だ。

その神代竜族の下に、混代竜族《エルダードラゴン》。

神の時代のあとに生まれた血統の竜族。

炎竜族《フレイムドラゴン》、水竜族《ウォータードラゴン》、氷竜族《アイスドラゴン》、風竜族《ウインドドラゴン》、大地竜族《アースドラゴン》などが有名。

種族ごとに得意不得意が明確にあり、縄張り意識も強い。また、強い混代竜族は神代竜族に匹敵するが、弱い混代竜族は本当に弱い。頭脳も個体によってまちまちで、賢く温和なのもいれば、馬鹿で乱暴者なのもいる。

そんな混代竜族が、世界に二百頭ぐらいいるそうだ。

そして、その混代竜族の大半が、神代竜族の下についている。正確には、血統ではなく個人に。

例えば炎竜族はハクレンの妹のセキレン個人に従っている。

なので、ドースが命令しても炎竜族は言うことを聞かない。聞くのはセキレンからの命令だけだ。

まあ、命令じゃなくてお願いぐらいなら聞くこともあるそうだが。

ほかに、水竜族、氷竜族、風竜族はライメイレンに。大地竜族はハクレンの妹のスイレンの旦那、マークスベルガークに従っているそうだ。なるほど。

…………。

ドースに従うのはいないのか？

「ヒイチロウがいれば十分」

ムフーっと鼻息荒く言われても。

混代竜族が全部まとまってもドースには勝てないので、どうでもいいというのが本音らしい。

横にいるドライムがそう教えてくれた。

混代竜族を従える竜は、基本的には面倒見のいい竜が多いそうだ。

ライメイレン、セキレン、マークスベルガーク……なるほど。


神代竜族、混代竜族以外に、有名なのが色竜族《カラードラゴン》。

赤竜族《レッドドラゴン》、青竜族《ブルードラゴン》、黄竜族《イエロードラゴン》、緑竜族《グリーンドラゴン》、黒竜族《ブラックドラゴン》などがそれにあたる。

これは数えられないぐらいいる。正確には、統制が取れていないので数えられない。

ドースたちも、特に興味がないので詳しくは知らないそうだ。その程度の力しかないらしい。

一応、世界で一万頭〜二万頭ぐらいかなと言われている。

群を作ったり、個々に活動したりと色々やっている。

神代竜族、混代竜族に従う種族もいれば、敵対する種族もいたりする。

本当に様々なので、色竜だからこうとは言えないらしい。


竜族という時、神代竜族、混代竜族、色竜族の三つをまとめて指すことが多い。

ただ、竜という名は力の象徴であり、強い種族にはよく付けられたりする。

石竜《ストーンドラゴン》、岩竜《ロックドラゴン》、針竜《ニードルドラゴン》、群竜《サークルドラゴン》、海竜《シードラゴン》……。

その名前から、竜族と勘違いされる例も多々あるそうだ。

〝大樹のダンジョン〟にいるダンジョンウォーカーも、地竜《グランドドラゴン》と呼ばれているしな。

まあ、竜族はほかの種族に竜の名が使われても気にしない。本当に気にしない。

実害があれば滅ぼせばいいというスタイルらしい。なので、実害がないなら放置が基本。

しかし、世の中には気にする者がいる。

それは竜族ではなく、竜族を信奉する者。

信奉対象に勝手に入られては困るということなのだろう。過激な者は、偽竜族を滅ぼせとばかりに行動する。

そんな行動も竜族はまったく気にしないのだが、今回は事情が違った。


事の発端は、下級竜人《アンダードラゴン》。

話の流れからわかると思うが、この下級竜人は竜族とはまるっきり関係がない。

一言で表現するなら、鱗《うろこ》の少ないリザードマン種で亜人の一種だ。暴れ者で嫌われ者。

この下級竜人が、赤竜族の子供をさらった。

目的は、信仰の対象とするため。竜族の強さにあやかろうとしたのだ。

ブチ切れたのが、赤竜族と竜族を信奉する種族。

まず、竜族を信奉する種族が圧倒的多数で下級竜人の集落を襲い、赤竜族の子供を救出した。

ここまではよかった。

悪かったのは、不運にも救出時に赤竜族の子が怪我《けが》をしたことだ。

子をさらわれた上に、怪我をさせられたとなって赤竜族はさらに激怒。

下級竜人は当然として、救出した竜族を信奉する種族も滅ぼす勢いで暴れそうになった。

止めたのが近くにいた風竜の一頭。

しかし、赤竜族の怒りは収まりそうにない。風竜なら赤竜族を滅ぼして終わらせることもできるが、事情が事情なのでと対策を考えた。

結果、ライメイレンが呼ばれた。

連絡方法は伝言ゲームで、最終伝言者は悪魔族のグッチ。

ライメイレンとしては、そんなことよりも抱えているヒイチロウの方が大事なので無視したようだが……。

グッチは頑張った。本当に頑張った。

「ヒイチロウさまが大きくなったとき、ライメイレンさまの活躍を聞きたいと思うのですが？」

「私の活躍の話なら何百とあります」

「いつの話をするつもりで？　聞く話が全て生まれる前ではヒイチロウさまも実感しにくいでしょう。それよりも、ヒイチロウさまが一歳の時にこんなことがあったのです、と話されるほうが喜ばれるのではないかと」

なんとか説得。

ただし、ライメイレンが出発したのはドースとドライムを呼び寄せ、ヒイチロウを万全の態勢で守ってから。

えっと……本当の母親であるハクレンが近くにいるんだけど？　まあ、ドースが喜んでいるからいいか。

ドライムはラスティとラナノーンのほうが気になっているみたいだけど。

ということで、今はライメイレンの代わりにドースとドライムがいる。

ドースがかなりヒイチロウを甘やかしているが……ライメイレンが帰ってきたときに揉《も》めないよな。頼むぞ。


ああ、忘れていた。

ドースに頼みがあるんだが、いいか？

実は少し前から、ライメイレンがヒイチロウの世話をするときに凄く若い姿になる。

外見年齢が自由自在なのはわかっている。そこに驚いたりはしない。最初見た時、誰だって思ったけど。

ただ、どうもヒイチロウに「ばーば」ではなく、「かーたん」と呼ばせようと狙っているようなんだ。

ハクレンが気付く前にやめさせ……なぜ、その手があったかみたいな顔をしている。

あ、こら、若い姿になるんじゃない！　くっ、腹立たしいほどのイケメン！

だが、ヒイチロウの「とーたん」は俺だぞ！


余談だが、炎竜族がセキレンに従っていることを一般人は知らない。

なので、一般人はセキレンのことを炎竜族の最上位個体として認識。

セキレンは火炎竜《ファイヤードラゴン》と呼ばれているそうだ。

ちなみに、当人はそう呼ばれていることに関して、特に気にしていない。


もう一つ、余談。

色竜族に、白竜族《ホワイトドラゴン》はいない。

遥《はる》か昔、白い神代竜によって、紛らわしいと滅ぼされたそうだ。

その白い神代竜の血統の末に、ドライムの奥さんであるグラッファルーンがいる。

彼女は白竜姫《ホワイトドラゴン》と呼ばれているそうだ。


ライメイレンが帰ってきたあと、ドースと一戦あった。

平和的にとお願いしたので被害は少ない。

だが、その戦いをウルザとグラルがめっちゃ喜んでいた。教育に悪いなぁ。

あー興奮し過ぎないように。家に戻るぞ。もうすぐ夕食だからな。

戦いの練習なら、明日にでもガルフとかダガに頼んだらいいんじゃないかな。

……わかった、俺も参加するから。今日は大人しく家に戻るんだ。

これ以上抵抗するならハクレンに……ハクレンの名を出すと素直だな。複雑な気分だぞ。

夕食後。

ションボリするドースを宥《なだ》めつつ、ラスティ、ラナノーンとドライムの間を取り持つ。

ラスティも俺が言えば、ラナノーンをドライムに預けてくれる。

……待て、ドライム。その抱え方はなんだ？　ラスティのとき、どうしていたんだ？

ある程度大きくなるまで、任せてもらえなかったと……なるほど。

ラスティがラナノーン関連で、ドライムを邪険にするのもそのあたりか。

あー……俺もあまり威張れないが、小さい子の抱き方はだな……親子の交流だった。

ん？　ドースもラナノーンを抱っこしたいのか？

かまわないが、ラナノーンに対してはヒイチロウほど執着していないよな？　孫には遠慮しないけど、曾孫《ひまご》には遠慮があるとかそんな感じか？

そんな感じらしい。

あと、ラスティが怖い？　こんなに可愛いのに？

そう言ったら、ラスティに叩《たた》かれた。

# 10 冬の〝温泉地〟の様子

昼だけど、温泉に入る。

ふひぃ〜。

寒い冬に入る温泉は、芯から温まる。

目の前には、ライオンの家族。ここは男湯のはずだけど、雄雌は気にしないようだ。

俺はライオンの子供の背中を撫でる。

出会った時は小さかったのに、今は親とほぼ同じぐらいになっている。タテガミがないから雌なのだろう。

ああ、はいはい。お前たちもね。ほかのライオンの子が、私も背中を撫でてほしいと寄ってくる。

かまわないが、やっぱりでかくなったな。なかなかの圧迫感。一頭ずつだぞ。俺も休みに来ているんだから。

子ライオンの背中を撫でている俺の横には、リラックスした死霊騎士《デスナイト》がゆったりと湯船に浸かっている。

頭の上にタオルを載せるのは、誰に教えてもらったのだろうか？

少し離れた場所で、全長三メートルぐらいになった地竜ことダンジョンウォーカーが潜っていたりする。

息が続くのかなと心配したけど、数日間潜っていても大丈夫らしい。

亀みたいな感じなのかな？

ダンジョン内にずっといるものだと思っていたら、時々〝温泉地〟に来て潜っているそうだ。

一応、引率としてアラクネのアラコが同行。

普段は一緒に入っているらしいけど、今は俺がいるのでアラコは女湯に。

というか、それなら地竜も女湯にいけばいいのでは？　この地竜が雄か雌か知らないけど？　気にしないでくださいとアラコが言っていたので、気にしないけど。

ん？　地竜が頭だけ出して……きょろきょろ。アラコを探しているのかな？

俺が女湯の方を指さすと、理解したのかそっちに向かって泳いでいった。なかなか速い。

地竜がいなくなった場所に、クロの子供が飛び込んだ。一頭が飛び込むと、次々に入ってくる。

こらこら、プールじゃないんだから静かに入りなさい。泳がない。子ライオンの列に割り込まない。順番を守るように。

お前たちが一番だから。拗《す》ねないの。

温泉に飛び込んできたのは今年生まれのクロの子供たち。

生まれた時にくらべれば体はかなり大きくなったが、心はまだまだ子供。やんちゃで暴れたい盛り。

さっきまで、〝温泉地〟周辺で大人に交じって狩りをしていた。

温泉に入りに来たということは、一段落したのかな？

俺のいる男湯に飛び込む前に、ライオン用に作った体を洗うための湯に入って、泥は落としてきているみたいだ。お湯は綺麗に使わないとな。

少し遅れて、子供たちを引率していたクロの子供たちがやって来た。

うん、お前たちは静かに入るな。よしよし。

そして、ご苦労さま。獲物は狩れたか？

………。

パニックカリブーを一頭、仕留めた？　よくやった。あとで褒めてやろう。いまは子ライオンを撫でているからな。

お前たちは賢いな。黙って列を作るか。

だが、わざわざ温泉の中で並ぶ必要はないんだぞ。

そこ、深いだろ？　ほら、鼻先しか出てないじゃないか。耳にお湯が入るの、苦手だろ？　無理しなくていいから。

わかった、並ぶならこっち側で……。

子ライオンを撫でたあと、クロの子供たちを撫でてやった。

俺は頑張った。

ん？　ああ、お前がパニックカリブーを見つけたのか？

今年生まれの子供の一頭が自慢げな顔をしている。

わかったわかった、お腹をワシャワシャしてやろう。

…………。

もう一回、列が形成されてしまった。

えーっと……わかった。期待した目で見ないでくれ。頑張るから。

こっちに来ている数が少なくてよかった。

…………えっと、子ライオンはわかるけど、死霊騎士たちは並んでどうする気だ？

お前たちのあばら骨をワシャワシャするのは嫌だぞ。


俺が〝温泉地〟に来た目的は、温泉に入ることだけではない。

いや、ライオン一家に野菜を渡したり、〝温泉地〟の施設の補修をしたりなどあるが、今回の本命は〝温泉地〟で転移門の管理をしているアサ＝フォーグマ。

彼と話をすることだ。

話の内容は、簡単に言えば転移門の管理の期間に関して。

俺としては、一つの仕事を専門にお願いするのが喜ばれるかと思っていたのだが、どうもベルやゴウと話をするとそうではないらしい。

ミヨに話を聞いても、色々とやれるほうがいいとのこと。

そんな話の中で、アサは大丈夫なのかという話になった。

とりあえず、当人抜きで話し合っても無益だったので、話を聞きに来たのだ。


結論。

特に問題はないとのこと。

転移門の管理者といっても転移門に張り付いているわけではない。

定期的に転移門がちゃんと動いているかどうかのチェック。初めて使用する者に対してのルールやマナーの説明。転移門使用者の通行記録。この三つさえやってくれたら、あとは自由だ。

ライオン一家や死霊騎士も協力しているので、比較的楽にやれているそうだ。

転移門小屋に併設されたアサの自室を見て納得。趣味満載の部屋だ。

今は釣りに凝《こ》っているみたいだ。手作りの竿《さお》が何本もある。

釣りをしている最中も、子ライオンか、この〝温泉地〟を警備しているクロの子供たちが一緒なので安全と。

「転移門を使えば、〝大樹の村〟や〝五ノ村〟にすぐに行けますので、困ることはありません。お気遣い、ありがとうございます」

なるほど。

「私より、フタの方が少し心配です」

「ん？」

「〝五ノ村〟では、ヒー、ロク、ナナが村長代行の下で精力的に働いていると聞いています。転移門の管理だけのフタが不満ではないかと」

「ああ、それは大丈夫だ。本人から進言された」

「本人から？　フタが失礼しました。申し訳ありません」

「気にするな。不満を持って仕事をされるよりいい」

「そうですか。それで、どうなったのですか？」

「ミヨが笑顔で書類仕事を手伝わせている」

「……」

「書類仕事に対して人手が足りないのは、俺の不手際《ぎわ》だ。ビッグルーフ・シャシャートと〝五ノ村〟が俺の予想を遥かに超えて書類仕事を生み出していた。対策を講じているから、春ぐらいからは楽になるはずだ。フタもその頃には解放されるだろう」

多分。

「そうですか。喜ばしいことです。……ごほん。話は変わりますが、ゴウとホリーさまの仲に関して、情報があればいただけると」

「ゴウの恋路に興味があるのか？」

それとも、アサもホリーを狙っていたとか？

「素敵な女性ですが、邪魔はしません。素直にゴウの幸せを願ってですよ。ホリーさまが絡《から》むと、ゴウの口がどうにも堅くて」

「確かにな。しかし、それはホリーも同じでな。文通みたいなことをやっているようではあるのだが……」

「文通。それは聞いていない話です。ベルに見張るようにお願いしておきましょう」

「盗み読みは駄目だぞ」

「もちろんです。先ほども言いましたが、素直にゴウの幸せを願ってです」

「本音は？」

「ははは。んー……何をのろのろと、もっと積極的になれ！　と言いたくはありますが、恋の速度は個人で違いますから。見守りますよ」

ただ、アドバイスをさせてくれたらなぁと呟《つぶや》くアサだった。

恋愛話とか好きなのだろうか？

ゴウの奥手ぶりの例をあげ、嘆いている。いや、実年齢は知らないが、見た目が年配者のカップルなんだから、生々しいのはどうかと思うぞ。

「ああ、そうでした。村長はベルのことをどう思っています？」

いかん、矛先がこっちに向いた。即時撤退。夕食の準備をしよう。

もちろん、パニックカリブーの角《つの》を使った料理だ。独り占めなんかはしないぞ。

夕食タイミングで、女性陣が〝温泉地〟に来る予定。

それなりに賑やかな夕食を〝温泉地〟で楽しんだ。

## 閑話　移住者

俺たちはこれまでお世話になっていた避難先の村から旅立ち、新しく作られる村を目指した。

道中は楽ではなかったが、旅団を組んでの移動だったので危険は少なかった。

ただ、新しく作られる村に到着してからの生活の不安から、領主さまが用意してくれた旅費は極力使わずにいた。なので腹は常に減っていた。


旅団の移動ルートは領主さまに指定されており、俺たちはそれに素直に従っていた。

そして、俺たちと同じく新しく作られる村を目指す旅団と出会い、合流する。

出会ったのは一つや二つの旅団ではない。何十という旅団と出会い、合流した。

新しく作られる村の直前、〝シャシャートの街〟に到着した段階で二千人を超えた旅団になっていたことには、不安があった。

これだけの数を受け入れてくれるのだろうかと。

旅団に参加している者のほとんどが、俺たちと同じようにこれまで住んでいた場所を戦《いくさ》で失った者たちだ。

受け入れられなかったら、未来がない。

ほんとうに不安だ。


しかし、その不安は必要なかった。

新しく作られる村は、俺たちを受け入れてくれた。

それを聞いたときの俺たちの歓声は、大地を揺らすかのようだった。


そして、まず俺たちに与えられたのは家。

一家族に一軒だ。

十人は生活できそうな大きさの家なのに、ほんとうにいいのだろうか？

ああ、生活の決まりがあるのはわかっている。

トイレに行ったあとは手を洗う？　当たり前のことだ。

共同の場所は綺麗に？　当然だろう。

ゴミは定められた場所にって、俺たちは子供かなにかと思われているのではなかろうか？

いや、確かに当たり前をちゃんと言葉にして伝えるのは大事だ。

俺の当たり前が、横にいる人の当たり前と違うことはよくある。
真面目に決まりを確認し、覚えよう。

次に与えられたのが食事。
一日三回、腹いっぱいとまではいかなくても十分な量の食事が支給された。
驚くべきことに、肉が入っている。
近くの森で狩った魔獣や魔物の肉だそうだ。美味い。

最後に与えられたのが仕事。
職人にはその技術を活《い》かせる仕事が割り振られた。
誰も文句を言わない。
当然だ。
これまで自分たちがしてきた仕事を存分にさせてもらえるのだ。
与えられた家や食事の分、きっちりと働いて返す。
そう思っていたのに、働いたらお金をもらえた。
……なにこれ？
働いた分の報酬だそうだ。
…………。

この新しい村を作っている人はなにを考えているのか！

ここに住人が何人いると思っているんだ！

いちいち、報酬など払っていたらあっというまに金が尽きてしまうぞ！

我々を新しい村の一員として受け入れてくれたのなら、報酬など不要！　村作りに協力させてほしい！

そう訴えたら、移住者の取り纏《まと》め役の一人にされた。

それはかまわないが、その、このお金は？　取り纏め就任祝い？　いや、だからお金をもう少し使わないようにしようよ。

さて、俺は大工仕事などもできるが、本職は農業。

取り纏め役の一人になったからと調子に乗るわけではないが、畑を作りたい。

ぱっと見ただけでも村の周囲に畑はない。

しかし、開墾できそうな場所は多くある。開墾道具はちゃんと持参してきている。

いきなり収穫を得るのはむずかしいが、五年後十年後を考えれば悪いことではない。

いや、必須の作業だろう。

一日でも早く作業を開始したほうがいいに決まっている。

なのに駄目？　どうして？　え？　魔獣や魔物が出る？　そりゃ出るでしょうけど、それに怯《おび》えていたら農業なんて……めちゃくちゃ強い？

冒険者たちが駆除するまで開墾は駄目と……えっと、わかりました。

残念。


数カ月後。

やっと畑作りの許可が出た。ありがたい。

いや、ほかの仕事が嫌というわけではないが、やはり俺は農業をやりたいのだ。

ところで使者殿。揚げ足をとるようで申し訳ないが、畑作りの前に森を切り開かなければいけないだろう？　……あれ？

昨日まで森だった部分が平地になっていた。

木の根も雑草もない。耕せば、すぐに畑になるような感じ。

ここで作業？

……開墾は重労働。

しなくていいなら、しないほうがいいに決まっている。

なので、細かいことは気にしないことにした。

やっほー、農作業だー！

あ、作業前にどこまでを担当するかでしたね。

えっと……これぐらいでどうでしょう。

広すぎる？　し、失礼しました。ですが、俺の村全体でこれぐらいなければ生活が……え？　村全体ではなく、俺の一家族の畑？

で、では、その、これぐらいで……もう少し頑張れ？　では、これぐらいで……五年間は借地扱いだけど税さえ納めれば無償？　六年目から俺の畑扱いになる？　……ありがとうございます！

死ぬ気で頑張ります！

はい、ほかの者とも協力していきます！　お任せください！


俺の一家族だけでなく、ほかの家族も問題なく土地を借りられる。

戦で失った畑よりも遥かに大きい土地だ。

今度こそ守り抜かねば。もう失わない！

そして、改めて俺は覚悟する。

俺は新しく作られる村の住人だ。

…………。

どう見ても村の規模じゃない？　街だろ？　誰だ、余計なことを言うのは！

俺たちを受け入れてくれた村長さまが村と言えば村なのだ！

そう、俺は〝五ノ村〟の住人だ。

異世界のんびり農家

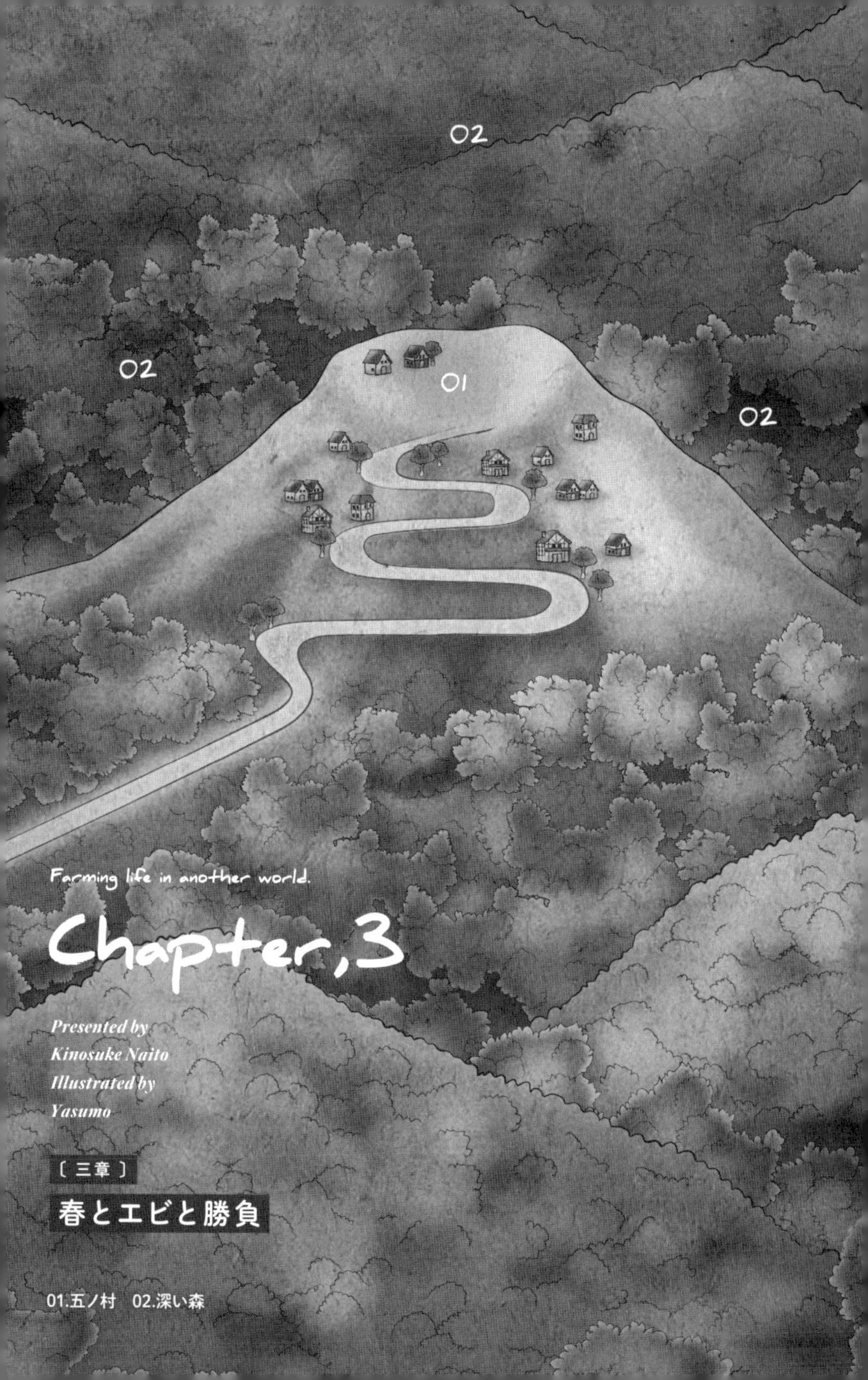


Farming life in another world.

# Chapter,3

*Presented by*
*Kinosuke Naito*
*Illustrated by*
*Yasumo*

〔 三章 〕

## 春とエビと勝負

01.五ノ村　02.深い森

# 1 十三年目の春

春が来た。

目を覚ましたザブトンと挨拶。変わりがないようでなにより。

おや？　その手に持っている、派手な服はなにかな？　明らかに、自重していない派手さだよな？

王様とかが重要な儀式で着るみたいな服だぞ。キラキラと宝石みたいなのがこれでもかってぐらい、ついてるし。

これは……ああ、ザブトンの子供たちが集めたのか。凄《すご》いなぁ。ははは。

…………。

これはあれか。

ザブトンが寝ている間に、派手な服を着て〝五ノ村〟に行った件の埋め合わせをしてほしいと。

しかしだ、別にほかの人の作った服を着たわけじゃないぞ。ちゃんとザブトンの作った服を着て行ったんだからな。

…………わかった。着よう。今日一日だけだぞ。だから、そんな目で見ないでくれ。

俺の気持ちとは真逆に、村の住人たちからの評判はよかった。

なぜだ？　これが普通なのか？

え？　なにこれ？　短い杖《つえ》？　持てと？　持つけど……なぜ歓声が上がる。

これってドースが持ってきた杖だよな。なんの効果もない普通の杖だって聞いているが？

……マントも着けろと。もう好きにしてくれ。だけど、今日だけだからな。

わかった、村中を自分で歩くから。神輿《みこし》みたいなので担ぐのはやめて。


アルフレートも俺と似たような格好をさせられていた。

俺と違って、誇らしげだ。

横にいるウルザやナートに褒められたからかな？　似合っているぞ。まるでどこかの王子さまみたいじゃないか。いや、我が家の王子さまだな。

並んで歩けばいいのか？　わかったわかった。

しかし、村の住人全員で、村のあちこちを移動する意味ってあるのかな？　春になったとはいえ、まだ寒さも残っているのだから注意するように。

〝一ノ村〟、〝二ノ村〟、〝三ノ村〟から住人が急いで集まってきた。

なんだ？　そんなに俺のこの格好が見たかったのか？　〝四ノ村〟からも？　遅れたことを謝る必要はないぞ。場所が場所だからな。

〝大樹のダンジョン〟からも、アラクネのアラコや地竜《グランドドラゴン》、ラミア族や巨人族が出てきた。

わざわざ出てこなくても……。

なぜかそのまま宴会になり、一日がつぶれた。

なんだったのだろう。みんなが楽しそうなのでよかったが……習慣化しないことを祈りたい。

しかし、見そびれたと悶《もだ》えている面々がいるからどうなるか。

始祖さんやドースは無視するとしても、クロの子供たちで各村を警備していて参加できなかった者たちにはなんとかしてあげたい。

してあげたいが、あの服をもう一回着るのは……まだ心の整理が終わっていない。

コスプレと思えばいいのだろうけど、俺とアルフレートだけコスプレというのは恥ずかしい。

わかった、来年な。でもって、その時は全員で着飾ろう。うん、それなら俺の恥ずかしさも減る。

ティゼルやウルザも着たそうだったしな。

…………。

来年の話だからな。

文官娘衆がゴロウン商会に生地を大量発注する準備をしているので、少し焦《あせ》る。

まさか、一年かけて準備するのか？

予算は村から出すけど……わかった、頑張ってくれ。


一年の最初から疲れたが、やることはやらないといけない。

ちょうど各村の代表も来ていることだし、そのまま集まってもらう。

メインは村の方針と褒賞《ほうしょう》メダルの分配。その予定だったが、メインはクレームだった。

「今回のようなことをする際は、事前に連絡をお願いします」

すみません。

「連絡が遅ければ、我々は参加できないところでした」

ごめんなさい。

「料理をするにも準備が必要なのですが」

本当に申し訳ない。

「〝温泉地〟の死霊騎士さんたちとライオンさんの一家からクレームの手紙が届いております。読み上げます」

はい、拝聴します。

どうしてこうなったのだろう？　俺が一日だけと言ったからかな？


話し合いもしっかりする。

村の方針に関しては、冬の間に会議を何回かやっているので問題ない。

「各村の収穫量を安定させることと、備蓄の増加。それと火の用心」

収穫量に関しては、各村共に大きな問題はない。現状維持でかまわないので、無理しないように。

備蓄の増加に関しては、万が一を考えて、各村だけである程度の生活ができるようにすること。

食料だけでなく、燃料や衣服なども。

これは、次の火の用心が絡《から》んでいる。


冬の間に、〝三ノ村〟で小火騒《ぼや》ぎがあった。

子供が火を不用意に扱ったことが原因。

幸いなことに怪我《けが》人はなく、家も燃えなかったが、室内に置かれていた藁《わら》や衣類がいくつか燃えたらしい。

すぐに鎮火《ちんか》できたが、ヒヤリとする出来事だ。用心してほしい。

ああ、グルーワルド。そう何度も謝らなくても。

鎮火後、グルーワルドは俺にだけでなく各村を回って報告と謝罪をしていた。

責任感が強いのはわかるが、思いつめなくていいからな。子供も火遊びをしたわけではないし、事故のようなものだ。叱《しか》るのは大事だが、罰を与え過ぎないように。

ケンタウロス族の世話役のラッシャーシも、気にし過ぎないように。お前がその場にいたわけではないのだから、どうしようもないだろう。


それよりも、火事に関しては最低限の対策しかしていなかったことを再認識できたと喜ぼう。

燃えにくいらしいけど家は木製。用心は大事。

なので、火を扱う場所の近くに防火用の水を入れた水槽や樽《たる》を設置。

わかっている。魔法で水は出せると言いたいのだろう。

だが、子供だけで火を出した時のことを考えよう。今回がそうだったろ？

水は腐るから定期的に交換しなければならないから仕事が増えるが、頑張ろう。

それに関連して先ほどの備蓄の話。

各村にある家が一軒、火事で全焼したと想定して、その家に住んでいる一家が一年は生活できる備蓄を村単位でしておくようにと決めた。

現状、そうなったとしても〝大樹の村〟の備蓄でなんとかなるだろうけど、各村の心の余裕と自立心を考えてだ。

備蓄をするために生活が苦しくなるのは望むところではないので、各村で加減するように。

努力目標であって、達成できなかったからと罰することはないぞ。やり過ぎないようにな。


次に褒賞メダル。

各自や各村に配るのだが、今回は〝五ノ村〟の扱いをどうするかで悩んだ。

結論としては、〝五ノ村〟の村長代行であるヨウコ、聖女のセレス、転移門管理者のフタ、マーキュリー種の三人、それと〝五ノ村〟の統治に尽力してくれている先代四天王の二人に褒賞メダルを渡すことにした。

そのほか、〝五ノ村〟の村長代行分として別に五十枚、ヨウコに渡す。ほかの村より多いが、これは人口を考慮してのこと。

〝一ノ村〟、〝二ノ村〟、〝三ノ村〟、〝四ノ村〟の者たちには、〝五ノ村〟の状況を説明して納得してもらった。

それと、〝温泉地〟の代表者としてアサが就任。

死霊騎士でもよかったのだが、コミュニケーション能力の問題。

わかりやすいジェスチャーをしてくれるが、それでは色々と不便なことがあるだろう。当人たちも納得しているので問題なし。

そのほか、色々と話し合って……最後にヨウコから。

「〝五ノ村〟の収入、どうする？」

実は去年の税収だけで、それなりの額が納められている。各種の経費を差し引いても大幅な黒字だそうだ。

「搾《しぼ》り取ってないよな？」

「詳しくは知らぬ。ロクは〝魔王国〟の平均より安いと言っていたぞ」

人の数は力ということか。

「……そうだ。フラウ。その金って魔王領に納めなくていいのか？」

「納めなくていいそうです」

即答だ。

そのあたりは〝五ノ村〟建設時に話し合ったからな。間違いないだろう。

それなら……。

「〝五ノ村〟の税なのだから、〝五ノ村〟のために使ってしまえ」

税とは、本来そのために集められるものだ。

ある程度はヨウコに任せる。

それに大幅な黒字とはいえ、〝大樹の村〟がゴロウン商会に預けている金額と比べると、微々たるものだ。

〝五ノ村〟の議会で税の使用用途の報告と相談を忘れなければ、大きな問題にはならないだろう。

そのあたり、ヨウコはしっかりとやっているので信用できる。

「承知した」

ヨウコの返事で、話し合いは終わった。

そのまま宴会に突入。二日続けての宴会になってしまった。

まあ、いいか。


後日。

俺が着飾った宴会の話を聞いた〝南のダンジョン〟のラミア族と、〝北のダンジョン〟の巨人族から嘆きの使者が到着した。

「なぜ、誘ってくださらなかったのか……」

「見たかった」

来年の実行時には、必ず呼ぶことになった。

## 2 畑とエビとサクラ

耕す。おもいっきり耕す。気持ちがいい。

だが、調子には乗らない。

〝大樹の村〟の畑の大きさは去年と同じ。

このあと、〝一ノ村〟、〝二ノ村〟、〝三ノ村〟、〝四ノ村〟を回って新しい畑作り。各村で畑にする場所や育てる作物を決めておいてもらったのでスムーズ。

耕し足りない分は、〝大樹のダンジョン〟の中を耕す。

〝温泉地〟のアサから依頼があり、〝温泉地〟から少し離れた場所に畑を作る。

果樹も欲しいのね、了解。

〝南のダンジョン〟の出入り口付近と、〝北のダンジョン〟の出入り口付近に畑を作りに行く。

冬の間に行った時、ラミア族が畑作業に関して興味あったようなので。

でもって、ラミア族のためだけに作るとあれかなぁと思って、巨人族にも打診したらぜひにと。

小さい畑なので収穫物はそのままラミア族と巨人族で食べてくれてかまわない。

本格的に畑作業がしたくなったら、声をかけてくれ。


最後に〝五ノ村〟。

ここが一番、気をつかう。なので最後になった。

まず、着替え。

はい、ちゃんといい服を着ましたよー。

挨拶。

はい、こんにちは。

崇《あが》めなくていいからねー、手を振るぐらいで……誰かな？　万歳三唱を教えたのは！

ここ、〝魔王国〟領だからね。魔王が見たら勘違いするようなことは駄目だぞー。

挨拶に来るのが遅くなってすみません。でも、冬の間にそれなりに来たと思うけど？　今年も一年、よろしく。貢《みつ》ぎ物はいらないからね。あー、受け取らなきゃ駄目と。では、ありがたく。直接受け取るのも駄目と。

ここは一度、ヨウコが受け取って……ヨウコの前に、マーキュリー種のヒーが受け取るのね。面倒だなぁ。

いや、貢ぎ物の目録を作っているロクの方が面倒だよな。

はい、頑張ります。


貢ぎ物の受け取りに半日かかった。

その後、宴会。

宴会といっても、挨拶攻勢によって俺はほとんど食事できない。これは嫌がらせだろうか？　もう少し、俺のことを考えてだな……顔を見せる機会が少ないからこうなる？　そう言われてもだな。

それに〝五ノ村〟の代表はヨウコだぞ。

「我は村長代行であろう？」

「いや、そうだけど」

俺よりヨウコと顔を繋《つな》いだほうが利益があると思うけどなぁ。

まあ、笑顔で挨拶。

疲れる。

だが、今日一日だけだ。我慢。


翌日、やっと作業。

うん、門番に不審に思われるぐらいがちょうどいい。

作業は〝五ノ村〟の小山の上。

本来なら屋敷ができた時になにかを育てる予定だったのだが、ピリカの件であと回しにしていたら冬になってしまった。申し訳ない。

『万能農具』なら冬にやっても育つのかもしれないけど、作物のことを考えると無理はしたくない。食料難なら考えるけどね。

ダンジョンイモが頑張ったのか、〝魔王国〟内には食料が十分に行き渡っている。今年の冬は、餓死者が出なかったらしい。

ただ、来年ぐらいからは食料の値下がりを気にしなければいけないらしい。

ちょうどいいが、ずっと続いてくれたらいいのだけど、世の中は難しい。

〝五ノ村〟の小山の上には緑が少ないので、果実をつける木を育てることにした。

「〝大樹の村〟の宿の近くの木、あれを何本か頼む」

ヨウコの要望だが、宿の近くの木ってなんだっけ？　背の低いやつじゃなくて……ああ、桜か。

「あれ、観賞用で食べられる実をつけないぞ？」

「代わりに、あの美しい花を咲かすのであろう？　そういった余裕も必要だと思うが？」

確かに。

ああ、ヨウコが最近、宿のほうに行っているのはそれだったたか。

今が咲き始めだからな。


では、一部に桜を集中的に植えてみよう。

数年かかるが、満開の日はここで花見も楽しいかもしれない。

「花見とは？」

「ん？」

言葉にしてしまったか。


その日の晩、〝大樹の村〟で花見を行うことになった。

俺の花見の説明を聞いた村のみんなが動いた結果だ。

まあ、花見とは言っても、桜の近くで行う野外宴会だ。

宴会ならみんな慣れている。そう問題は起こらない。

手の空いているニュニュダフネが集まり、提灯《ちょうちん》の代わりに夜を輝かせてくれた。

桜のライトアップにもなっているな。

木の長椅子には赤く染めた布を被《かぶ》せ、ちょっと高級感。音楽は静かな感じで。

「なるほど、なるほど」

ヨウコが思いのほか、喜んでいる。

まあ、〝五ノ村〟で苦労させているからな。これぐらいはかまわない。

「村長、持って来たぞ」

ドワーフたちが酒の入った大樽を八つ、運んできた。ありがとう。飲み始めていいぞ。食事は少し待ってくれ。

鬼人族メイドたちが、宿の厨房で料理を開始している。

本日の料理のメインはエビ。養殖しているエビが予想以上に増えたらしい。一年経《た》っていないのに大成果だ。

でもって疑問。

そんなに簡単に増えるのに、ほかでは養殖をやっていないのか？

「村長。あのエビの養殖は、ここ以外では難しいかと」

養殖をやっているリザードマンが言うのだから、そうなのだろうが……どういうことだろ？

エサの問題かな？　まあ、エビが美味《おい》しいから文句はない。

人がぽつぽつと集まり、鬼人族メイドの料理が運ばれて来ると宴会が始まる。

クロたちは……ああ、俺の席の近くでまったりね。よしよし。

少し遅れて、ルーやティア、ハクレンに引率された子供組も到着。

子供たちには退屈かもしれないが、雰囲気だけな。

揚げたエビ、蒸したエビ、焼いたエビ。

酒の香り……は駄目だぞ。ウルザ、グラル、それを置きなさい。君たちはジュースで我慢。ほら、こっちのコップを持って。上を見て。桜を愛《め》でよう。

…………。

すまない、ザブトンの子供たち。

桜の木に隠れて何か準備していたのか？　いいんだぞ、やってくれて。

雰囲気が違う？　き、気にするな。

## 3 〝五ノ村〟の珍客

桜が散った頃、梅の木を育てるのもありだなぁと思い出した。

梅干し、梅酒。

うん、完全に忘れていた。今から育てても収穫は数年先になる。

もっと早く育てればよかったと思いつつ、数年後の楽しみができたと切り替える。

〝五ノ村〟に珍客が続いたらしい。

一組目は、コーリン教の神官一行。

ずいぶんと偉そうな格好の神官たちだったそうだ。

対応したのはヨウコ。

神官一行の話は修飾語がいっぱいだったが、簡単にまとめれば〝五ノ村〟で教会を建設する許可が欲しいというもの。

教会はすでにあるが、宗教関係は自由にしていいと俺が伝えていたので、ヨウコは許可を出した。

問題はここから。

建設の許可をもらった神官一行は、なぜか建設に関する準備をまったくせず、現在ある〝五ノ村〟の教会を譲渡《じょうと》するように求めてきた。

ヨウコはこれらに対して拒絶。

「我が村では信仰は自由。お主らが教会を建てたいなら好きにせよ。ただし、それはお主らの金でだ。我らの財布と善意をあてにされても困る」

神官一行はこの返事に怒り、コーリン教を敵に回すのかと恫喝《どうかつ》。

しかし、その恫喝に怯《おび》えずヨウコは笑顔で対応。

「これは失礼した。我は宗教のことには疎《うと》くてな。申し訳ない。教会のことは……そうだな。教会にいる者と話し合って解決するのがよかろう。我はどのような結果が出ても受け入れると約束しようではないか」

この言葉を教会譲渡に賛成したと受け取った神官一行は、意気込んで教会に押しかけた。

そこに待っていたのは聖女のセレスとフーシュ。

フーシュは、ちょうど自分の推薦した神官たちがちゃんとやっているかの視察中だった。知っていた。

始祖さんと一緒に〝大樹の村〟に来て挨拶していたから。セレスに案内され、転移門を使って〝五ノ村〟に移動していた。

ヨウコもフーシュが来ているのを知っていたよな。神官一行が来る前にセレスとフーシュが挨拶に来ていたのだから。


教会でどのような話し合いが行われたかは知らないが、教会を譲渡しろと主張していた神官一行は〝五ノ村〟から退去した。

全員、なぜか脇腹を抱えて苦しそうだったらしいが……。

「フーシュが殴ったのか？」

「神に誓って私は殴っていませんし、それに類する暴行も働いておりません」

嘘《うそ》じゃありませんと、堂々としている。本当っぽい。

じゃあ、なにがあったのか？

…………。

聖女のセレスは、酒スライムと酒を飲んでいる。

まさかな？

うん、きっと腹でも壊したのだろう。神罰だな。

そういうことにしておこう。


状況をここまで詳しく知れたのは、夕食の時に文官娘衆やマーキュリー種のロク、ナナが再現劇としてやってくれたからだ。

なかなか見事だった。

そして、文官娘衆に余裕ができてよかった。

〝五ノ村〟で文官を集めたのが上手《うま》く機能し始めているようだ。

任せるのは〝五ノ村〟関係だけだけど、それだけでも担当してもらえると楽になるらしい。

マーキュリー種のフタ、ミヨの目にも活力が戻ってきている。よかった。


しかし、コーリン教にも色々あるんだな。

「コーリン教は信仰の在り方を定めたものではなく、宗教の在り方を管理する組織ですから。コーリン教と一括《ひとくく》りにしても、中は多数の宗教、宗派があります」

一緒に夕食をとっているフーシュが教えてくれる。

「自分と他者の信仰を大事に。という理念に賛同していれば、どんな神を信仰していてもコーリン教を名乗れます」

確かにそんな感じのことを、前に始祖さんから説明された覚えがある。

「ただ、今回のような教会を明け渡せ的な内容はコーリン教としてはアウトです。顔と名前は覚えました。彼らの未来は暗いでしょう」

フーシュの顔が怖い。

始祖さん、助けて……まだ〝温泉地〟から帰って来ていないみたいだ。

お疲れなのかな？


次の珍客はドワーフの一団。

〝五ノ村〟にもドワーフがいるが、彼らとは毛色が明らかに違うらしい。

数は三十人ほどで、全員が上質の武具を身にまとっていた。

対応したのは今回もヨウコ。

ドワーフの一団は、ヨウコに会うなりこう宣言。

「この村では貴重な魔鉄粉《まてっこ》を使った武具を作っていると聞いた。その魔鉄粉、我らに譲られたし」

魔鉄粉は、太陽城の下にくっついていた岩部分から採取している貴重な鉱物。一部を武器の材料として〝大樹の村〟で使用し、できた製品を〝五ノ村〟で販売している。

「購入希望ということか？」

「否！　魔鉄粉は未熟な者には扱えぬ。優れた素材は、優れた者の手にあるべきだ」

「よこせ……ということか？」

「うむ」

ヨウコはドワーフの一団を叩《たた》きのめし、牢《ろう》屋に叩き込んだ。

話にならないぐらい、弱かったらしい。

「武器をこれでもかと自慢していたから、目の前で一つずつ砕いてやった」

ヨウコがドワーフの一団を叩きのめすシーンは、再現してくれなかったので、ヨウコがカラカラと笑いながら説明してくれる。

ヨウコなら大丈夫だろうけど、無茶はしないようにな。

それと……牢屋なんてあったのか？

「作らせた」

日当たりの悪い北側斜面にあるらしい。

なんでも、〝五ノ村〟では軽犯罪が一定数、あるそうだ。

暴力、破壊行為、恫喝《どうかつ》、タカリ……その処罰用だそうだ。

〝大樹の村〟では考えられないが、〝五ノ村〟は人が多いからな。

どうしてもそういった犯罪は起きてしまう。

まだ重大な犯罪が発生していないのが救いだな。

そして、ドワーフの一団を放り込む場所があってよかったと思うべきか。

いや、勝手に牢屋に放り込んでいいのか？　問題ないか。

〝五ノ村〟には徴税権だけでなく、警察権、裁判権も、〝五ノ村〟自身にあるんだった。

「それで、いつ出すんだ？」

「我は千日ぐらい放り込みたいが、〝五ノ村〟の者たちの目もある。十日ぐらいと考えている。それに関連して、インフェルノウルフか、デーモンスパイダーを借りたい」

「何をする気だ？」

「何もせん。ただ、牢屋の前で待機してもらうだけだ。見張りだな」

なるほど。

もちろん、貸さない。

牢屋の前なんかにいて、クロの子供やザブトンの子供が嫌な目にあったらどうするんだ。

それに、魔王とビーゼルから、〝五ノ村〟にクロの子供やザブトンの子供を連れ込まないようにとお願いされている。

命に関わるとかの内容でないなら、駄目だ。

「むう、つれないの」

「見張りが不足しているわけじゃないんだろ？」

「うむ。ただ、牢屋の見張りにおる者は、どうも過激でな」

「過激？」

「〝五ノ村〟に恩を感じているのか、牢屋にいる者に対して厳しい」

「……行き過ぎているのか？」

「そこまではない。が……自分が正しいと思っている者の行動は油断ができんからな」

「あー……」

〝五ノ村〟を大事に思ってくれるのは嬉《うれ》しいが、そう思わない者に対して攻撃的になるのは困る。

「なんだったら、俺が牢屋の見張りに声をかけようか？」

逆効果だと笑われた。

えー、笑うところかな？

とりあえず、ドワーフの一団に反省が見えたら、早めに解放する予定らしい。


三組目は、エルフの一行だった。

数は十人。軽装なれど全員が武装し、その代表は男性。

これも対応したのはヨウコ。

エルフの一行の話は簡単。

〝五ノ村〟周辺では、冒険者たちが大々的に魔物や魔獣を退治している。

それによって、魔物や魔獣の縄張りが移動。

移動した魔物の一部がエルフの里を襲って迷惑している。

責任を取れということらしい。

「なるほど。話はわかった」

「そうか。では、どう責任を取ってもらうかだが……」

「待て。その前に、確認をさせてもらおう。お主らの里を襲った魔物と、〝五ノ村〟の関係を証明する証拠は？」

「証拠？」

「そうだ。証拠だ」

「そんなもの、あるはずがないだろう」

「では、我が村が原因であるとは言えまい。ほかのことが原因かもしれん。そのような話では、我が村は何もできん」

「証拠はなくとも、この村の行為が我が里に迷惑を掛けたのは明白だろう！」

「証拠もないのに？　お主らの思い込みであろう」

「貴様。エルフ族を侮《あなど》るか」

「侮っているのはどちらだ？　大勢で押しかけて、証拠もない言いがかり。舐《な》めるのもほどほどにせんと怪我をするぞ」

「一戦、交《まじ》えることになるぞ」

「お主らが仕掛けてくるなら、いつでも受けて立とう」

「……どうあっても、責任は取らないと言うのか？」

「現状では、お主らの言いがかりにすぎん」

「言いがかりではない。この村が魔物退治を行った。それゆえに、我が里に魔物が来たのだ」

「昨日、村の鶏が卵を産まなかった。それはエルフの里で、誰かが乱暴に歩いたからだ。責任を取れ。証拠はないが、関係性は明白だ。そう言われて、お主らの里は謝ってくれるのか？」

「なにを馬鹿なことを。それこそ、言いがかりであろう」

「そうか？　お主らの論法通りだぞ」

「我らをからかっているのか？」

「いや、話に付き合っているだけだ。お主らの里を襲った魔物の名前は？」

「なんだ、急に？」

「質問だ。お主らの里を襲った魔物の名前は？」

「……名は知らぬ。大きな甲羅を持つ亀のような魔物だ」

「なるほど。我も知らぬな。強いのか？」

「強い」

「歩くのは速いのか？」

「足は遅い」

「なにを食べていた？」

「木だ。エルフ族が大事にしている木を何本も食い荒らされた」

「数は？」

「一頭だ」

「なるほど。お主らの里を襲った魔物は、その一頭だけか？」

「うむ」

「もう倒したのか？」

「う、うむ」

「そうか。では、最後だ。我が村とお主らの里の距離は？　お主らの足で、何日かかる？」

「五日だ」

「そうか。七日ぐらいかと聞いていたが、思ったより速いな」

「里の位置を知っているなら聞くな」

「お主らの口から聞きたかっただけだ。さて、やはりお主らの言い分は、言いがかりだぞ。我らのせいで魔物が移動したなら、その一頭のわけがなかろう。それに冒険者たちには肉食の魔物や魔獣を中心に退治してもらっている。木を食べる魔物なら放置だ。わざわざ危険を冒《おか》してまで追い払ったりせん」

「いや、しかしだな」

「魔物は倒したのであろう。我らに文句を言うなら一人か二人で十分だ。なぜ十人で来た？　暇なのか？　そうではなかろう。お主らは魔物を倒すために集まった者たちだ。その者たちが、そのまま ここに来て、くだらぬ言いがかりをつけている。……つまり、まだ魔物を倒せていない。助けが欲しいなら、素直に頭を下げよ」

「……」

「それと、小僧。もう少し感情を抑えよ。焦っていることが相手に伝われば、交渉にならんぞ」

「小僧ではない。見た目は若くとも、これでも二百年は生きている」

「では、少しは賢くなれ。無駄に年を重ねるな。まあ、これは我も耳が痛いがな」

なるほど。

その後、態度を改めたエルフの一団から正式に魔物退治の要請が入ったと。

「連中は、〝五ノ村〟の戦力を借りたかったのであろう。だが、対価を惜しんだ」

〝五ノ村〟が自主的に討伐に出るように、言いがかりをつけ始めたと。

なら、倒したと言ったのは間違いだな。

素直に手に余っているから倒しに来てくれと言うべきだった。


それで、〝五ノ村〟から討伐隊を出したのか？

「〝五ノ村〟に来ていたリザードマンと獣人族の戦士が、喜んで指揮していたぞ」

あー……ダガとガルフか。

「それにピリカとその弟子たち、冒険者たちが続いた。それなりの戦力になった。そう負けはせんだろう」

「負けはせんって、相手は未知の魔物なのだろう？」

「いや知っている。グータートルと呼ばれる魔物だ。防御力は高いが、攻撃力はそれほどでもない。少し変わった攻撃をしてくるが、用心すれば問題ない。ピリカには伝えてある」

「……エルフに知らないふりをしたのは？」

「下手に知っているなどと言えば、ほらみろと言われてしまうではないか」

確かに。

「そのエルフたちはどうしたんだ？」

「半数は道案内。もう半数には、対価として遠方に走ってもらった」

「対価？」

「うむ。タダ働きはよくないからな」

牢屋に入れたドワーフたちを引き取りにくるよう、ドワーフたちの居住地に向かってもらったそうだ。なるほど。


しかし、本当に珍客が続いたな。

そして驚くことに、その珍客三組が来たのが、同じ日とは……。

〝五ノ村〟は、ヨウコに任せておけば大丈夫そうだ。

見事に捌《さば》いてくれた。

「昔、統治者っぽいことをした経験があるからな」

頼もしい。これからもよろしくお願いする。

ああ、ロク、ナナも頼りにしている。ヒーは……〝五ノ村〟の戦力が低下しているから留守番ね。

頑張ってくれと伝言を頼んだ。

## 4 通勤馬車と挑戦状

〝大樹の村〟の俺の屋敷から、村の南の〝大樹のダンジョン〟まではそれなりに距離がある。

大体、二キロと少し。

これを近いと思うか、遠いと思うかは個人差があるだろう。俺は少し遠いと感じている。

そして、〝大樹のダンジョン〟の入り口から、〝五ノ村〟や〝温泉地〟に続く転移門のある場所には、歩いてそれぞれ十五分ぐらい。

これも近いと思うか、遠いと思うかは個人差があるだろう。俺は少し遠いと感じている。


正直な話をしよう。

冬場、〝五ノ村〟や〝温泉地〟に行くのが面倒だった。もう少し、便利にならないかと思う。

しかし、防犯の都合もある。

最初に話し合った場所だ。そこに文句は言わない。

だが、〝五ノ村〟に仕事で行く者や、夜に〝温泉地〟に向かう者などがいるだろう。

往復でなんだかんだと時間を使うのはもったいないと思う。

そこで俺が提案したいのが、乗り合い馬車。

まず、俺の屋敷から〝大樹のダンジョン〟の入り口までの往復移動の一路線。これは時間を決めての定期便にしたい。

次に、〝大樹のダンジョン〟の入り口から、各転移門の設置場所までの二路線。この二路線は入り口で待機しておき、利用者が来たら乗せて移動開始。転移門の設置場所に到着したら、利用者を降ろし、空席にして入り口に戻る。

防犯を考えて、ダンジョン内は片道だけ。

計三路線の運航を計画したい。


種族会議を招集し、俺は自分の考えを打ち明けた。

ここから話し合いを重ね、来年ぐらいには乗合馬車の一路線でも運航できればいいなと思っていたのだが……。

急遽《きゅうきょ》、馬車作りが始まった。

俺と山エルフが、ほぼ総掛かりで作っているので、あっという間にできるだろう。

……………あれ？　馬車を新しく作る必要はないよな？

〝大樹の村〟には馬車が数台ある。

収穫物を運ぶための荷馬車が四台と、幌のない馬車が二台、そして屋根付きの豪華な馬車が一台と、キャンピング馬車が一台。

俺としては、幌のない馬車をそのまま使うつもりだったのだけど？

「ちゃんとした馬車を作りましょう」

山エルフたちが、ノリノリで作っているからかまわないか。

数時間で一台が完成した。

サスペンション搭載型の乗客移動用。横の壁をなくして乗り降りをしやすくした上で、雨対策として屋根はある。サイズ的には御者を含めて、七人乗りになるだろうか。


試乗。

その前に、馬とケンタウロス族のどちらが馬車を引くかで揉《も》めた。

今回は馬が勝ったようだ。

満足そうな馬が、力強く馬車を引く。うん、問題はなさそうだ。


次に、ダンジョン内用の馬車を作る。

ダンジョン内だから屋根は不要。

小回りを考え、小さめの車体に。

御者席のない四人乗り。

…………。

車輪が四つあるリヤカーに、椅子を載せたみたいな物ができた。

シンプルだから、一時間で完成した。


試乗。

今回は馬やケンタウロス族ではなく、ダンジョンにいるラミア族が引いてくれることになった。

「いいのか？」

「はい。お役目をいただけると励みになります。是非」

俺としてはケンタウロス族に任せようと思っていたが、やる気があるならラミア族に任せよう。

ラミア族は手で馬車を引くのではなく、下半身の尻尾の先で馬車を摑《つか》み、引いてくれる。

パワーは十分。

んー……なんだろう。震動が違う。凄く快適。

そして、馬車は五分ぐらいで転移門のある場所に到着した。

クロの子供やザブトンの子供が先行し、障害物を排除しながら最短ルートを通ったとはいえ速い。

満足。


これで、馬車を乗り継げば十分ぐらいで〝五ノ村〟に移動できることになった。

一番喜ぶのは、毎日通っているヨウコと聖女のセレスだろう。

と思っていたのだが、一番喜んだのは村の女性陣。

〝温泉地〟に行きやすくなったと評判。

みんな、ちょっと遠いと思っていたようだ。

ダンジョン内用のリヤカーのような馬車は増産され、現在は八台が稼働。

ラミア族だけでは足りず、それなりに大きくなったザブトンの子供や、巨人族が頑張ってくれていたりする。

今度、馬車を引いてくれた者だけを集めて、慰労会でもしよう。


馬車が稼働して少ししたぐらいに、〝五ノ村〟に来客があった。

牢屋にいるドワーフを引き取りに来た者たちだ。彼らもドワーフ。

まず、彼らは牢屋にいるドワーフたちの無法と無礼を謝罪。迷惑料として、大樽四つに入った鉱石を〝五ノ村〟に納めた。

ヨウコとしては、牢屋にいるドワーフたちも反省の弁を述べているので、要求されるがままに解放に同意という流れを考えていた。

しかし、違った。

引き取りに来たドワーフたちは、牢屋にいるドワーフたちの解放を求めなかった。

「牢屋のドワーフは、引き取ってくれぬのか？」

「この村の法に則《のっと》り、処罰してほしい」

「では、お主らは何をしに来たのだ？」

「謝罪と迷惑料を納めるため。それとだ……」

ドワーフの一人が、斧《おの》をヨウコに差し出した。

「見事な業物《わざもの》だな」

「ワシが打った」

「そうか。献上品か？」

「くれてやってもかまわぬが、話がある」

「なんだ？」

「この村では魔鉄粉を使った武器があると聞いた。間違いないか？」

「うむ。多少、値は張るが商店で取り扱っておるはずだ」

「ここで打っているのか？」

「……そのようなものだ」

「では、その斧を作った者に見せてほしい」

「それだけでいいのか？」

「かまわぬ。ワシらは南側の宿……名はなんだったかな？」

「麓《ふもと》付近なら『猫の目亭』で、中腹なら『狐《キツネ》の火亭』がある」

「『猫の目亭』だ。そこに泊まっておる」

そう言って、ドワーフを引き取りに来た一行は帰っていった。

〝大樹の村〟で魔鉄粉を使って武具を打っているのは、獣人族のガットとガットの弟子二人。

ヨウコが受け取ったドワーフの斧を見ながら、ガットは燃えていた。

「村長！　これは挑戦状だ！」

俺には普通の斧にしか見えないが、そういうことらしい。

「勝負の場を！」

そうなった。

## 5 勝負という名の祭り

〝五ノ村〟にあるヨウコ屋敷の正面にある大きなグラウンド。

そこに大勢の人が集まっていた。賑《にぎ》やかで、活気がある。笑顔もあった。

俺はそのグラウンドの片隅に設置された椅子に座っていた。

日差しを遮る屋根もあり快適なのだが……この椅子の高さはなんだろう？　監視員かな？　遠くがよく見える。

その俺の横で、ヨウコが大々的に宣言した。

「皆の者。待たせたな。これより、鍛冶勝負を始める！　参加チームは前に出よ！」

ヨウコの宣言により、グラウンドの中央を空けるように人が移動する。

そして、そこに出てくる参加者たち。

勝負はチーム戦。

一人で鍛冶作業をするのは現実的じゃないらしい。


最初に姿を見せたのがガットと弟子二人、そして見慣れない獣人族が二人の獣人族チーム。

見慣れない獣人族二人は、ガットが〝ハウリン村〟から呼んだお手伝い。この五人で勝負に挑むらしい。


次にヨウコに斧を渡した、このイベントのきっかけを作ったドワーフの一団。

人数は……六人。勝手に斧ドワーフチームと俺が名付けた。


そして、さらに続くドワーフだけのチームが三つ。

牢屋に入っていたドワーフが三つに分かれ、参加するようだ。

こっちは、牢屋ドワーフA、牢屋ドワーフB、牢屋ドワーフCチームと名付けた。


続く組もドワーフが多いが、魔族や人の姿も交じっている。

これは〝五ノ村〟にいたドワーフを中心としたチームらしい。これは〝五ノ村〟チーム。


以上、六チームで行われる。

ヨウコはたっぷりと時間をとって見渡したあと、重々しく頷《うなず》く。

「では各チーム、望みを宣言せよ」

この鍛冶勝負。

優勝チームには望みが一つ、叶《かな》えられる。

もちろん、望みは実現可能な範囲でだ。

優勝したあとで無理や無茶を言われても困るので、最初に宣言してもらってチェックする。


ガットの獣人族チームが宣言する。

「望みはない。ただ、そっちのドワーフ。俺たちが勝ったら、腕が足りないとは言わせないぞ」

ガットは斧ドワーフチームを睨《にら》む。

対して、斧ドワーフチーム。

「ワシらのチームの望みは、魔鉄粉を安価で譲ってもらいたい。そこの獣人族の鍛冶師より、優れた武器を作ってやろう」

睨み合う、獣人族チームと、斧ドワーフチーム。

それを無視して牢屋ドワーフA、B、C。

「恩赦を！」

〝五ノ村〟チーム。

「村議会の食堂、無料食べ放題三日間！」

ヨウコは頷き、問題ないと確認。

同時に、横にいたロクが紙に記録する。

「よろしい。では……」

ヨウコが俺にふってきた。

事前に言うことは指示されているが、緊張はする。

「今回、作ってもらうのは剣鉈《けんなた》。刃渡りは自由。では、勝負開始！」

大きな歓声が上がった。

そして、各チームが〝五ノ村〟の麓の鍛冶場に向かう。

この勝負のために、建設された鍛冶場だ。

各チームに一カ所、全六カ所。全てが同じ作り。

そして、素材置き場には大量の素材をいろいろと用意している。

目利きは自分でやらないといけないということだ。頑張ってほしい。


さて。

俺は椅子に座ったまま、各チームが去ったあとのグラウンドを見る。

周囲には観客。その視線が俺に集まっている。
わかっている。
「では、これより五ノ村祭《ごのむらさい》を始める」
俺の宣言で、先ほどよりも大きな歓声が上がった。
五ノ村祭。
ヨウコと聖女のセレスが前々から計画していた〝五ノ村〟での祭り。
ガットとドワーフたちの勝負をする場を用意するついでにと、実行された。
〝五ノ村〟住人の興味は、鍛冶勝負よりも祭りの方が強いみたいだ。

グラウンド周辺や、大通りに設置されたお店から漂ってくる様々な食べ物の匂い。
鍛冶勝負の準備には十日かかったが、同時に祭りの準備もしていた。
十日あれば、近隣の街や村からも人が来る。お客だけでなく、商売人も。
特にゴロウン商会のマイケルさんが熱心だった。何店も出店している。
〝大樹の村〟からも、鬼人族メイド数人が参加している。
普段と違い、代金を取るので会計で少し手間取っているが人気は凄い。
持ち込んだキャンピング馬車が目立っているのかな？
食事だけでなく見世物、音楽、簡単な競技など、賑やかだ。
この祭りは七日間、続く。

長いと思うが、鍛冶勝負が七日間にわたって行われる長丁場だからだ。

それに合わせたとヨウコは言っているが、元からそれぐらいの期間を想定していたっぽい。

俺の公式の参加は最初と最後だけなので、気は楽だが……まあ、〝五ノ村〟のことはヨウコに任せている。

俺は椅子から降りて、祭りを……あ、護衛は付くのね？

祭りを楽しんだ。


三日後。

斧ドワーフの一人が、ヨウコに面会を求めた。

「村長代行殿。勝負の場を整えてくれたことには感謝するのだが……その」

「なにか問題でも？」

「あまりにも、ワシらの勝負がないがしろではないか？」

「十分に興味を持っているが？　食事や酒だって、ちゃんと差し入れているだろ？」

「それには感謝しているが……その、注目が足りん」

「そう言われても困る。鍛冶場に見物客を入れてもいいのか？」

「危ない、駄目だ」

「一時間で一本とか打てるか？」

「やろうと思えばできるが、早仕事は碌《ろく》な結果にならん」

「であろう。鍛冶勝負は客を呼べるようなものではないのだ。そう怒るな」

「しかしだな」

「望みはなんだ？」

「ん？」

「我に何か頼みたいことがあるのだろ？」

「……勝負の結果にかかわらず、あの変形する馬車の仕組みが知りたい。あれは見事だ」

「それだけか？」

「あと、あそこで提供されている料理と酒を。列が長すぎて、並んでられん。こっちは鍛冶勝負の最中なのだぞ」

「わかったわかった。手配しておこう。ちなみに、この酒がそこの酒だが……飲んでいくか？」

「すまぬ。いただこう」

# 6 〝五ノ村〟の戦い

五ノ村祭は七日間、続く。

だが、ずっとやっているわけではない。祭りは日が昇ってから、沈むまで。なので夜は通常営業。

まあ、あちらこちらで宴会の賑やかな声は聞こえてくるが、店の中や個人の家ならセーフ。

外でなければ問題なし。

麓で行われている鍛冶勝負は夜通し行われるが、それは作業的に仕方がないこと。

〝五ノ村〟住人も広い心で、見守っている。

…………。

もう少し興味を持って見守ってあげようよ。

いや、強制じゃないから。ごめん。

さて、鍛冶勝負なのだが……俺はお題とした剣鉈を知らない。

剣鉈ってどんなのだ？　普通の鉈とは違うのだろうか？

お題を決めたヨウコに質問すると、実物を見せてくれた。

少し長い鉈……剣としても使える鉈ということだろうか？

地方では、マチェット、マチェーテなどと呼ばれることもある実用性重視の武具というか日用品で、森の中を歩く時に使うそうだ。

「刃の長さによって名前が変わることもあるが、気にする必要もあるまい」

なるほど。

ところで、鍛冶勝負の勝敗はどうやって決めるんだ？

「考えている。が、村長がガットのチームを勝たせたいと望むなら、そう手配するが？」

「怒るぞ」

「ははは。冗談だ。まだ短い付き合いだが、村長の好みはわかっている。公平に審判しよう」


俺はヨウコと別れ、〝大樹の村〟に戻った。

こちらは日常。

うん、お祭り空気満載の〝五ノ村〟とのギャップに毎回、驚かされる。

転移門の凄さだな。

〝五ノ村〟の祭りには、自主参加。

行きたい者は参加していいと言っている。お金も渡す。

ただし、子供は必ず大人同伴。

そう伝えたら、いくつかのグループに分かれて行くことになった。

意外だったのはウルザ。

最初は行く気満々だったが、クロの子供たちやザブトンの子供たちが行けないことを知ると途端に行くとは言わなくなった。

アルフレートやティゼルも、それに倣《なら》った。

優しい心を持っていることは嬉しいが、我慢する必要はないぞ。遠慮なく行ってきなさい。ハクレン、ウルザを頼む。

アルフレートとティゼルには、ブルガとスティファノに同行してもらう。

本来なら、ルーやティアが同行すべきなのだろうけど、二人は最終日、鍛冶勝負の結果を観に行くそうだ。

ヒトエは後日、ヨウコが自分で連れ歩くそうだ。

ナートは最終日を希望。父親であるガットの勇姿を見たいそうだ。

獣人族の男の子たちは……初日に行っていた。人混みでかなり苦労したようだ。


俺は子供たちを見送ったあと、自室に戻って敷物の上にうつ伏せになる。

ちょっと現実逃避。

うつ伏せになった俺の頭や背中に子猫たちが乗ってきた。君たち、もう大きいんだから遠慮しなさい。かなり重いぞ。

どんっと横から衝撃を感じたら、クロと目が合った。

添い寝してくれるのかな？

反対側にはいつの間にかユキがいた。

…………。

えっと、身動きが取れないんだけど？

三十分ぐらい、そのままだった。

現実逃避終了。

向き合おう、現実と。


〝五ノ村〟で問題が発生した。

五ノ村祭を計画した段階で、グータートルを退治に向かったガルフたちは帰ってきていなかった。

知らせないまま祭りを開催するのは悪いと思ったので、連絡要員を派遣。

連絡要員はガルフたちに無事接触、祭り期間中には帰るとの返事をもらって帰ってきた。

なんでもグータートルは退治したけど、やっかいな魔物がほかにもいそうだから退治しておくとのことだ。大丈夫かと心配していたが、先ほどガルフたちが〝五ノ村〟に帰ってきた。

エルフのお偉方二組を引き連れて。

片方の代表は、真面目そうな中年男性エルフ。もう片方の代表は、気の強そうな女性エルフ。

双方、俺とヨウコに会うなり、降伏宣言。

「我が身はどうなってもかまいません。どうか里には温情を」

これが真面目そうな中年男性エルフ。

「我が首で、此度《こたび》の一戦。終わらせていただきたい」

こっちが、気の強そうな女性エルフ。

俺はどういうことだとガルフを見ると目を逸《そ》らしたので、問い詰めた。

「待ってくれ村長。俺たちは悪くない。道案内してくれているエルフに従って、魔物を退治していただけなんだ」

じゃあ、どうしてこうなっている？

「なぜか、エルフ同士の抗争に巻き込まれて、防衛してたら両方が降《くだ》ってきた」

……防衛していたら？

「た、多少、攻勢には出たけど……」

多少？

「夜襲してきたから、夜襲し返したりとか……」

…………。

頭が痛い。

なぜ魔物退治に出かけたら、エルフの里二つが降伏してくる事態になるんだ？

あー、まず、こっちの損害は？　怪我人がいる？　冒険者が数人。

死人は？　いない。よし。

相手側の損害は？　怪我人、死人は？　怪我人多数だけど、死人は出していない。よーし、最悪は免《まぬが》れた。

次に……〝魔王国〟内で争ったことになるよな？　これ。

とりあえず、各自の事情を聞き取ろう。

エルフ二組には悪いが、しばらく宿に滞在していてくれ。

宿代はこちらで……え？　祭りで宿は満室？

………。

屋敷の部屋で。

事情を伺《うかが》いに、文官が行くと思うがよろしく頼む。

ヨウコ、世話役をつけてくれ。

ガルフ、ダガ、それにピリカとピリカの弟子たち。色々とご苦労だった。

無事に帰ってきてくれたことは嬉しい。

戦いも、自衛からの反撃だから仕方がなかったのだろう。だから、言わせてもらおう。

「よく勝った」

詳しい話は明日、聞かせてもらう。今日は休め。

「あ、すまん。お前たちに同行していた冒険者たちはどこだ？」

この場には遠慮していないのかもしれないが、彼らからも事情を聞きたい。

「祭りに行きました」

…………。

俺が考え過ぎなのかな？

〝魔王国〟との関係を考えると、深刻な事態だと思うんだけど？

駄目だ、ちょっとリフレッシュ。

……と思って〝大樹の村〟に戻って現実逃避していた。

うーん、ヨウコは特に気にしていなかった。

勝ったことを素直に褒めていた。

やはり、俺が考え過ぎなのか？　実はたいしたことがないのか？

〝魔王国〟側に連絡し、事情を説明、必要なら謝罪をと思うと心が重いのだが……。


翌日。

先代四天王二人に相談した結果、たいしたことはなかった。

〝魔王国〟内には、大小様々な領地がある。

〝魔王国〟以外への無許可での攻撃は禁止だが、〝魔王国〟内の領地同士の戦いは禁止されていない。

理由があれば戦ってもかまわないそうだ。

それでいいのか〝魔王国〞と思ったが、広大な領地を維持するにはそれが必要なのだそうだ。

要は、〝魔王国〞と敵対しないこと。

それが大事なのだそうだ。

でもって、今回のように〝魔王国〞に所属しているエルフの里を降したことは、別に〝魔王国〞に敵対する行為じゃないと。

……………そうなのか？

「エルフの里を皆殺しにしたとなれば問題ですが、降して配下にしても〝魔王国〞としては戦力低下になりませんから」

いやいや、争って怪我人とか出たじゃないか。

そう言いたかったが、そういう風習の国なんだと呑《の》み込んだ。

「ともかく、勝利したことはめでたい。私からも何か渡したく思います」

喜ぶ二人を見ながら、俺は昨日、悩んだのはなんだったのかなぁと思った。


この後、改めてエルフ二組と謁見《えっけん》。

謁見って偉そうじゃない？　面会ということで。

先代四天王二人にも同席してもらった。

「二つの里の降伏を認める。〝五ノ村〞に従え」

「ははぁ」

これで終わった。

…………。

〝大樹の村〟に戻って、ザブトンの子供たちと遊ぼう。

昨日、遊べなかったからな。

## 閑話 ドワーフのファノ

ワシの名はファノ。

二百人からなるドワーフの一団を率いる長《おさ》だ。

といっても、十数年前に長になったばかりで指導力を問われている最中。

少し前まで、気ままに鍛冶ができていたのに、長になったあとは面倒事ばかり。先代の長がいつも不機嫌そうな顔をしていた理由がよくわかる。

そんな中、はねっかえり連中のグループがとある村に迷惑を掛け、牢屋に入れられたと知らされた。

教えてくれたのは、近くの森に住むエルフ。

おかしい、ワシらを嫌っている凶暴なエルフがどうして情報をくれるのだ?

いや、情報は素直に助かる。

引き取りに行けば牢屋に入れられたドワーフたちを解放してくれるのだな。

ありがたいが、あの連中にはワシも頭を悩ませていた。

そのまま放り込んでいてもらいたいので放置したいのだが……。

迷惑をかけた村は、あの〝五ノ村〟だそうだ。

最近になってできたばかりだが、〝魔王国〟の有力者が集まっているという。

放置は無理だな。

長として迷惑をかけたことを謝罪せねばならん。ワシは情報をもたらしてくれたエルフに礼を言い、旅の準備を始める。

……え? 情報を受け取ったサインが欲しい? 必要なのか? いや、サインぐらいするが……

うむ、大事なのだな。わかった。


ワシは、比較的温厚な者数人と〝五ノ村〟に向かった。

乱暴者を連れて行っては、揉め事が増えるかもしれんからな。

旅立ち前に情報を収集したが、牢屋に入れられた連中の目的は、〝五ノ村〟で売り出されていた武具。正確には、その武具に含まれている魔鉄粉。

連中のことだから、タダで寄越《よこ》せとか言ったのだろう。

まったく、それが通用するのはドワーフの社会の中だけだ。ほかでは通用せん。

ほかでは素直に魔鉄粉を使わせてくださいと言うべきなのだ。

そのあたりを理解しようとせん。だから、長候補にもなれんのだ。


〝五ノ村〟に到着した。

ワシの口は大きく開いていたと思う。

〝五ノ村〟は大きな村だと話には聞いていた。

だが、これのどこが村だ。巨大な街、いや都市ではないか！

あの馬鹿者どもめ！　こんな場所を相手に迷惑をかけたのか！

くっ……胃が痛い。


幸いにも、〝五ノ村〟の代表……村長代行殿はとても温和な人物だった。

あっさりとこちらの謝罪を受け入れてくれた。一安心。

この様子なら、牢屋に入ったドワーフたちを無闇に殺したりはしないだろう。ならば特に解放を願ったりはしない。そのまま、ここの法に従って処罰してほしい。

連中にもいい薬になる。

迷惑をかけた分、この村で働いて罪滅ぼしするがよい。

おお、そうだ。忘れておった。

ワシは斧を村長代行殿に差し出す。

「見事な業物だな」

ワシが打ったものだが、そう言ってくれるか。嬉しいものだ。

手間をかけてすまないが、これを魔鉄粉を使った武器を打った者に見せてほしい。

それで理解してくれるだろう。

ワシらは連絡を待つ。

南側の宿……名はなんだったかな？　似たような名の宿が多くてややこしい。

村長代行殿よ、そのあたりはもう少しなんとかした方がいいと思うぞ。

鍛冶勝負になった。

あれ？　なぜだ？　ワシはなにを間違えた？

この村の鍛冶師に、ワシの斧を見せれば理解してもらえると思った。

ワシは、〝魔王国〟で有数の鍛冶集団の技術を取り入れた鍛冶師であると。

魔鉄粉を取り扱うに、不足はなかろうと証明したつもりだった。

ひょっとして、ワシの実力を試すための場か？　それなら断れんが……対戦相手を見て、ワシは驚いた。

ガット殿？　〝ハウリン村〟の村長の息子さんの？

え？　この村の鍛冶師って、まさかガット殿なのか？

……………ま、まずい。完全に失敗した。

ワシの技術は、〝ハウリン村〟の技術。ワシは〝ハウリン村〟で数年間、修業したこともある。

そのワシの斧……〝ハウリン村〟の鍛冶師に〝ハウリン村〟の技術を取り入れた斧を見せるって、挑発と一緒じゃん！

どうしよう、睨まれている。

ち、違うんです。本当に違うんです。えー、えっと。

「そっちのドワーフ。俺たちが勝ったら、腕が足りないとは言わせないぞ」

んー……ガット殿、睨みながらも口の端が笑っている。

これはひょっとして、ワシのことを覚えている？

ワシと会ったとき、まだ鍛冶場にも入れなかった子供だったのに……いやいや、懐《なつ》かしさは横に置いておいてだ。

ワシは後ろにいるドワーフたちの視線を気にする。

今のワシは長だ。その長であるワシが、誤解が元とはいえ勝負を挑まれているのだ。ええい、仕方がない。

「そこの獣人族の鍛冶師より、優れた武器を作ってやろう」

ワシだって、遊んでいたわけじゃない。鍛冶師としての腕、見せてくれよう！


鍛冶勝負は一週間の長丁場。

その間、〝五ノ村〟は祭りをするらしい。

くうっ、楽しそうな音楽。美味《うま》そうな匂い。料理や酒は差し入れられるが、この匂いじゃない。

もっと美味そうな匂いの料理があるだろう。酒も。そう酒もだ。

いや、いかん。鍛冶に集中。

ワシの一世一代の剣鉈を打つのだ！

しかし、美味そうな匂いの料理と酒は気になる。

交代で並びに行くか？

ええい、こうなるのだったらもう少し人数を連れて来るべきだった。


三日目。

村長代行殿にお願いしたら、美味そうな匂いの料理と酒を用意してくれた。

交代で食べる。

料理はカレー、ピザ、うどん、そして串カツと言うらしい。

うむ、どれも美味《うま》い。

とくに串カツが気に入った。

ほほう、この串は鶏肉で、こっちは野菜と……なかなか楽しい。

酒。

驚いた。こんな美味い酒は初めてだ。しかも色々な種類がある。

その色々な種類の中で、特に輝くのが麦酒《ビール》。

串カツに合う。

麦酒は串カツのための酒ではないかと思うほど合う。

ああ、いかん。

鍛冶を忘れてしまいそうになる。宴会に突入してはいかん。宴会は鍛冶勝負が終わってからだ。


最終日。

腰を抜かしそうになった。

ドワーフ族の王ですら気を使う男、エルダードワーフ族のドノバンさまが見物に来ていた。

彼の目当ては鍛冶勝負。

……え？　酒じゃないの？　あ、この村の酒はドノバンさまが作っていると……凄く美味かったです。

さすがのワシでも、ドノバンさまが見ている前では緊張する。

鍛冶勝負の審査方法は、シンプル。

使ってみればわかると、審査員たちが鍛冶勝負で作られた剣鉈を手に、用意された細い木材を次々に切っていく。

うむ、悪くない出来。

ガット殿の剣鉈もなかなか。

忌々《いまいま》しいのが、牢屋に入っていたドワーフたちの作った剣鉈。いい出来だ。

あいつら、態度はあれだが、腕はいいんだよな。

〝五ノ村〟チームと呼ばれている者たちの剣鉈も悪くない。

最近、冒険者たちの間で流行《はや》っている、剣を中ほどで少し曲げた形だな。投擲《とうてき》にも適しているとか。勉強になる。

しかし、先ほどから少し気になっているのだが……審査員がなぜエルフ？

しかも、こんなところで審査員をするようなエルフに見えないのだが？

ワシの記憶違いでなければ、ゴーンの森の樹王と、ガレッツの森の弓王じゃなかったかなあの二人？

そっくりさんかな？

でもって……ハイエルフも交じっていない？　見間違いかな？


審査の結果、鍛冶勝負の優勝は〝五ノ村〟チームとなった。

牢屋に入れられた連中は贔屓《ひいき》だなんだとクレームを言っていたが、ワシは納得。

ワシの作った剣鉈は、見た目を重視し過ぎた。

それに対し、〝五ノ村〟チームは実用重視。

冒険者相手に、注文を受けてきた経験が活《い》かされているのだろう。

ガット殿は……普段から魔鉄粉を使っている弊害《へいがい》だろうな。

今回の鍛冶勝負で用意された素材はそれなりに一流の素材だが、魔鉄粉はない。ガット殿は、魔鉄粉なしで勝負することになったのだ。

魔鉄粉がある場合とない場合では、打ち方や扱う火の温度が違う。

今回は、そのあたりを調整しながら打ったので実力を発揮しきれなかったという感じか。

勝負があと一週間長ければ、ガット殿が優勝していただろう。


勝負に負けて悔しくはあるが、この結果には満足だ。

さて、ガット殿に謝罪して誤解を解かねば。

斧は挑発のつもりで見せたのではないと……。

あれ？　ガット殿の周囲に、見覚えのある方々が……えーっと……右から、吸血姫《ヴァンパイア・プリンセス》に殲滅《せんめつ》天使に皆殺《みなごろ》し……。

「ガットを挑発したのは貴方《あなた》だったの？」

「あら、ルーさん。ファノ氏をご存じでしたの？」

「ええ、気に入っていた短剣の砥《と》ぎ仕事を頼んだことが何度か」

そう、何度か頼まれた。覚えている。

夜中に叩き起こされて、今すぐ砥げという横暴な依頼主だった。

「その短剣は、貴女《あなた》に折られちゃったけどね」

「あー、私の右腕を斬り落とそうとした短剣？」

「そう、それ」

「あれはよく斬れたわねー」

「もったいなかった。で、そっちも名前を知ってるってことは？」

「ええ。天使族の武具の一部をお願いしています」

数代前の長からの付き合いだ。死ぬほど締め切りが厳しい。

また、細部の装飾に拘《こだわ》るからかなり面倒臭い……いや、難しい。

なぜ鎧《よろい》の内側に彫り物を求める。見えないだろう。天使族はそれを喜ぶが、俺には理解できん。

耐久度が落ちるだけだろう？　打撃を喰《く》らったら、肌に彫り物の痣《あざ》が残るぞ。

いや、下に服を着ているからそんなことはありえないだろうけど。

ともかくだ。

彼女たちがこの村の関係者というのは雰囲気でわかった。

結論。

この村には関わらないでおこう。魔鉄粉は扱ってみたかったが諦める。それしかない。

ん？　おお、村長代行殿。今回は色々と……え？　優秀な鍛冶師は何人いてもいい？　いや、ワシらは明日にもここを発《た》って……牢屋のドワーフを部下につけるから？　あの連中がワシの言うことを聞くわけがないから。今から宴会？　それは嬉しいですが……ドノバンさまの酒がほかにも色々と？　おおっ。


翌日。

ワシの率いるドワーフの一団は、〝五ノ村〟で鍛冶仕事をすることになっていた。

なぜだとはいわん。

酒が悪い。串カツが悪い。なんか新しい料理も美味しかった。

…………。

ワシの……いや、ワシらの未来が明るいといいな。

## 7 ザブトンの子供と遊ぶ

ザブトンの子供と遊ぼうと思うが……なにがいいだろうか？

本人たちに相談。

……。

ザブトンの子供劇団の発表を観ることになった。

上演される劇は三本。舞台は俺の部屋のテーブルの上。

おお、ちゃんと衣装や舞台まで用意して。

え？　幕もあるの？　本格的。


一本目は、王道の勧善懲悪もの。

魔物が悪い冒険者に苛《いじ》められていると、やって来たいい冒険者が助けてくれるというもの。

起承転結がしっかりしていて、わかりやすい。

そして、なかなかの大立ち回り。


二本目は料理バトルを題材にしたミュージカル。

食事の美味しさを表現するために、ミュージカルにしたのかな？

二十匹が足を揃《そろ》えてのダンスは圧巻。


三本目はミステリー。

おおっ、斬新な殺され方。

そして、なかなかのトリック。舞台装置まで使ってきたな。

舞台装置協力は山エルフと。なるほど。


どれも十分ぐらいの内容だが……面白かった。

全員、一生懸命やっていたな。

ああ、失敗は気にするな。

ミュージカルの時、ちょっと複雑なステップで足が絡まってしまったんだよな。

怪我はないな？　ああ、そのミスで止まらず、よく頑張ったぞ。

そして、周りのフォローは見事だった。


総括としては……どのチームも、舞台の広さをもう少し利用しよう。

ちょっと狭い感じがした。

あと、セリフのプラカードを持つのはいいアイデアだと思うが、もう少し字が大きい方がいいんじゃないかな。

黒子を導入するのもいいかもしれない。

黒子はわかるか？　舞台に立つんだけど、観客からはいない者として扱われる役者を助ける者のことだ。

ちゃんと黒子ってわかる格好をしないと、駄目だぞ。

ははは、みんな面白かった。


…………。

しかし、これは一緒に遊んだというのだろうか？

俺は観ていただけだが？

ここは一つ、一緒に……劇は無理だな。

よし、山エルフたちのように舞台装置に協力を……うぬ、見事な作りこみ。今回使っていないほかのギミックもある。舞台装置に俺の出る幕はなさそうだ。

仕方がない。ならば俺は照明装置を作ろう。盛り上がるぞ。

ザブトンの子供たちも賛成してくれている。

問題は光源だが……電気はないからな。ここはルーに頼んで魔法でなんとかしてもらおう。

ん？　ルーに頼むのは大変じゃないかって？　確かに大変だ。だが、お前たちのためだ。任せておけ。

そして、次は子供たちに見せてみよう。俺だけじゃもったいない。大丈夫だ。

ハクレンがしっかりと教えているから、文字は読める。ティゼルはちょっと怪しいけど……。

ミュージカルなら文字が読めなくても楽しんでもらえるだろう。ああ、絶対だ。


俺はその日、ザブトンの子供たちと一緒に、照明装置を作ることに集中した。

俺一人で作ったら、一緒に遊ぶことにならないからな。


照明装置が完成し、喜ぶザブトンの子供たち。

そして、俺の背後で待機状態のザブトン。

………。


期待した目をしているところ悪いが、もう夜だ。

遊ぶのは明日でいいかな？

ザブトンの頷きに安堵《あんど》しつつ、集中し過ぎたと反省。

腹も減っている。アンに怒られる前に、夕飯を食べにいこう。ザブトンの子供たちも、ちゃんとご飯を食べるんだぞ。

揃って、わかっていますと足を振る姿が可愛《かわい》くて、思わず笑ってしまった。

## 8 戦いの経緯

エルフたちや冒険者たちからの事情聴取で、エルフの里と争った経緯が判明した。

ガルフ、ダガ、ピリカ、ピリカの弟子二十人、冒険者たち三十人。一行は五十人を超える集団になっていた。

そこに五人のエルフを案内役としていたのだが、ターゲットのグータートルを退治したことを彼らの里に報告するため三人が離脱。ガルフたちのそばにいるエルフは二人になった。

ほかの魔物退治と食料確保を考え、森の中を移動。

それをガレッツの森の小部隊が発見。小部隊の目的は、里の見張り。

発見した場所は里の縄張りから少し離れた場所なので、戦闘になるはずはないのだが。不幸なことに、ガルフたちのそばにいるエルフ二人と敵対する関係にあった。

ガレッツの森の小部隊のリーダーは若手で、敵対するエルフ二人とガルフたち一行を見て盛大に勘違いした。

「どこかから軍を呼んだ」

小部隊のリーダーは、〝ガレッツの森の里〟に援軍を要請。

〝ガレッツの森の里〟から、百人を超えるエルフが出撃した。

ガレッツの森のエルフの戦い方は、散開したうえで包囲しての弓や魔法による遠距離攻撃が基本。

その基本に従ってガルフたち一行を包囲し始めたころ、里に報告に向かった案内エルフの三人が戻ってきた。

ただ、彼ら三人は合流できなかった。

包囲し始めたガレッツの森の軍勢によって攻撃を受け、三人とも負傷。捕縛された。

この時、三人には同行者がいた。里から魔物退治の礼を言うために、そこそこ偉い者がいたのだ。

彼は片腕を怪我しながら撤退。里に戻って叫んだ。

「ガレッツの森の連中が攻めてきた！」

案内エルフたちの里は〝ゴーンの森の里〟。

〝ゴーンの森の里〟からも、百人を超えるエルフが出撃した。

不幸なことに、〝ゴーンの森の里〟から出撃したエルフたちは、ガルフたちのことを聞かされていなかった。

重ねて不幸なことに、ガレッツの森の軍勢の攻撃により、案内エルフ二人が早々と負傷。

誰も状況を説明できないまま、〝ゴーンの森の里〟と〝ガレッツの森の里〟が争うことになり、そのど真ん中にガルフたちがいることになった。


これに対し、ガルフたちは冷静だった。

まず、先制攻撃をしてきた〝ガレッツの森の里〟の軍勢に対し、反撃。

ガルフ、ダガ、冒険者たちは遠距離攻撃に徹する軍勢に手を焼くが、活躍したのがピリカとピリカの弟子。

弓や魔法を避け、急速に接近。一撃でエルフを倒していった。

そうしている間に、〝ゴーンの森の里〟の軍勢が接近。

〝ガレツの森の里〟と敵対するエルフなのだが、ガルフたちはそれを知らない。素直に敵の援軍と勘違いした。

その誤解を解ける者はいなかった。

昼、夜、昼と戦い。

二つの森の里からさらに援軍が到着。

合わせて五百人のエルフが戦う戦場のど真ん中で、ガルフたちが現状打開の手を考えた。

それが相手の本拠地の攻略。

敵の動きから、敵の本拠地らしき場所は二カ所あると推測できていた。どちらかが本命だろうと。

戦闘が続いて、テンションが上がっていたのだろう。

敵に対して少数なのに、ガルフたちは戦力を二つに分けた。

そして、二日目の夜に二カ所ある本拠地をそれぞれ目指して移動を開始。

追いかけてくる敵を撃退しつつ、共に四日目の昼に敵の本拠地……里に到着。

二つの里は降伏を宣言した。

一緒に話を聞いていた者たちがまとめるには、不幸な遭遇戦だったとのことらしい。

怪我人だけで済んでよかった。死人がなくて本当によかった。

エルフの里側にも、ガルフたちにも治癒魔法を使える者がいたのが大きいらしい。

しかし、それなら案内していたエルフを先に治療すれば敵は半分だったんじゃ……。

「無限に使えるわけじゃないんだろ？　俺たちのことはいいから、あんたらはあんたらの身を守ってくれ」

案内していたエルフは、そう言って気絶したと。

無駄に頑張ったのが裏目になってしまったのか。

まあ、俺が嘆《なげ》けるのも、話として聞いているからだよな。現場にいたらパニック状態だったに違いない。

ガルフたちは頑張った。

そして、今回の結果は、全員が最善を目指した結果だと思おう。


最初に〝五ノ村〟に来たエルフたちの里〝ゴーンの森の里〟。

その代表者は中年男性エルフ。

木を操る魔法が得意らしい。「ゴーンの森の樹王」と呼ばれているそうだ。

グータートルを退治したガルフたちを攻撃したのが〝ガレッツの森の里〟。

その代表者は気の強そうな女性。

弓が得意で、「ガレッツの森の弓王」と呼ばれているそうだ。


……里なのに王なのは、なんだろう？　見栄的なものだろうか？

まあ、代表者二人が率先して〝五ノ村〟のために働くと宣言したので、受け入れている。

二つの森は敵対していたそうだが、一緒に働くのは大丈夫なのかな？

敵対していた理由を聞いたヨウコが、まったく深刻な内容じゃないから気にしなくていいと呆《あき》れ顔だったので、気にしないことにした。


ともかく、二人はそれぞれ数人のお供と共に〝五ノ村〟に移住。

先代四天王二人の提案で、〝五ノ村〟の頂上近くに家を用意することになった。

そこまでする必要があるのか？

「〝五ノ村〟の近くに縄張りを持つ勢力の代表者です。厚遇しておけば、ほかの勢力と争わずに済みます」

それは必要だな。

ぜひ、家を用意しよう。

二人には何をしてもらうんだ？

冒険者たちと一緒に魔物や魔獣の退治と、〝五ノ村〟の内政の手伝いをやってもらうのか。

魔物や魔獣の退治はわかるが、内政の手伝いって……樹王は大丈夫そうだけど、弓王は無理っぽくないか？

おもに外部との交渉役？　失礼だけど、そっちの方が無理じゃないか？　顔が広いのかな。

とりあえず、顔見せとして祭りの最終日の鍛冶勝負の審査員をお願いした。

俺と一緒に来ていたハイエルフのリアも審査員として参加。

二人と知り合いだったのかな？　リアは二人に積極的に話しかけている。

「二人に警告しておきました。今後、〝五ノ村〟に迷惑をかけることはないでしょう」

えーっと、ありがとう。

鍛冶勝負でガットが勝てなかったのは残念だが、結果に文句は言わない。

優勝した〝五ノ村〟チームのために、いや、出場者のために俺が料理を作ってやろう。

ははは、遠慮するな。

いや、〝五ノ村〟ではヨウコや先代四天王二人が頑張っているからな。俺にできることは少ないんだ。樹王と弓王にもお裾分けだ。

斧ドワーフチームも〝五ノ村〟に滞在というか、本格的に移住してくることになった。

鍛冶関連で頑張ってくれそうで、助かる。

牢屋ドワーフチームA、B、Cは……牢屋に一日だけ戻ったあと、斧ドワーフの下で働かせるのね。了解。


やはり〝五ノ村〟は外との交流が多い。

俺なら早々にギブアップだな。ヨウコは大丈夫か？　余裕？　うーん、頼もしい。

では、〝五ノ村〟は任せたぞ。

あ、無闇に攻めるのはなしだからな。攻められたら仕方がないけど……。

「村長に心配させるような真似《まね》はせん。〝五ノ村〟の面倒は我に任せよ」

経験に裏打ちされた貫禄《かんろく》を感じる。やはり頼もしい。

美人領主って感じだな。

まあ、夜には〝大樹の村〟に戻って、狐の姿でだらけているのだけど。

「困ったことがあったら相談するように。あまり役に立たないけど、愚痴ぐらいは聞くぞ」

俺の言葉に、少し間をおいてからヨウコは盛大に笑った。

応援したのに……。

「すまぬ。が、村長が役立たずなら、世はなんと厳しいことか。もう少し自信を持ってもらわねば、お主のそばにいる者も困ろう」

むう、考えておこう。

〝五ノ村〟新人事

村長代行　ヨウコ

相談役　先代四天王二人

武官筆頭　ヒー

文官筆頭　ロク

情報収集官　ナナ

警備主任（仮）　ピリカ

警備員　ピリカの弟子

外交官　樹王と弓王

# 9 薬棚と棚部屋

春に育て始めた作物の収穫がもう少しというところで、俺は工作部屋で木工に励んでいた。

作っているのは薬棚。ルーからお願いされたので、頑張っている。

薬棚といっても、引き出しだらけの棚のことだから、サイズさえ間違えなければ難しくはない。

引き出しのサイズはルーから希望を聞いている。

深さは二十センチ、幅も二十センチ、奥行きが六十センチ。その引き出しを納める棚は十列×十段。正面からみれば正方形の棚になる予定だ。

まずは棚を作り、その次に引き出しを作っていく。

棚は簡単。

これまで何度も作った経験が活かされている。サイズもしっかり計算し、測った。

もちろん、木の厚みも計算に入れている。

引き出しは、きっちりと作り過ぎると駄目。動かなくなる。多少の余裕が必要。

うん、一つ目の引き出しで気付けてよかった。

しかし、どうしたものか？　実は引き出しの部品は最初に全部、切り出してしまった。

あとは組み立てるだけの状態……。

自分のキッチリした作業が裏目に出るとは。削るか？

いや、それよりも棚を新しく作ろう。うん、そっちの方が早い。新しく用意する部品も少なくてすむしな。


新しい棚を作ってみた。

スムーズに引き出しが動く。緩すぎず、きつすぎず。完璧。

では、頑張って残りの引き出しを全部作る。

引き出しには、四隅に飾り金具と、取っ手が付けられている。

この飾り金具と取っ手は、ガットの弟子たちが作った物。

引き出し百個分と予備十個。

見事に同じ形とサイズ。惚《ほ》れ惚《ぼ》れする。

ただ、取り付けを一人でやるのは大変。

手伝ってくれたのはザブトンの子供たち。引き出しと飾り金具、取っ手を俺の前に持って来てくれるだけでも助かる。


なんだかんだと時間がかかってしまったが、薬棚が完成した。

自分で作っておいてなんだが、いい出来だ。

さっそく、ルーの下《もと》に運ぼう。

棚を運ぶ際、引き出しを固定しないと危ない。

どうしようかと思ったら、ザブトンの子供たちが糸で固定してくれた。助かる。

そして、輸送。

ザブトンの子供たちが三十匹ぐらいで棚を持ち、そのまま移動を開始。

ほかのザブトンの子供たちが、先導、誘導、扉の開閉をやってくれる。本当に助かる。

ルーが研究している部屋まで、運び終えた。

薬棚を見たルーの反応は上々。

「ありがとう。大事にするわ」

さっそく薬を入れるのかと思ったら、全ての引き出しに同じ草を入れていた。

あれ？　求めていたのは大きい棚だった？

「そうじゃないわよ。これは薬棚の魔除け。大丈夫だと思うけど、一応ね。薬の変質は困るから」

消毒みたいなものだろうか？　まあ、ルーのやることだ。間違いではないだろう。

「不具合があったら言ってくれ」

俺はそう伝えて、ザブトンの子供たちと共に工作部屋に戻った。


工作部屋では、最初に作った棚が残っていた。

さて、これをどうしよう？　つぶすのはもったいない。

この棚用の引き出しを作るか？　それとも、このまま棚として活用するか？

見た感じ、靴箱のようにも見えるから靴箱……ちょっとサイズが狭いんだよなぁ。

悩んでいたら、ザブトンの子供たちが棚に入っていく。

……。

拳大のサイズのザブトンの子供たちには少し広い個室。

雑誌サイズのザブトンの子供たちには、狭い個室。

これぐらいの方が落ち着く？　そうか。

じゃあ、これはザブトンの子供たちの部屋にするか。

問題は、この棚をどこに設置するかだが……外がいいか？　それとも屋敷の中で空いてる部屋の一室でかまわないか？

屋敷の中がいいのね。わかった、アンに許可をもらおう。

「この屋敷は主さまのものですので、ご自由になさってかまいませんよ」

どうして私の許可が必要なのですかという顔をしているけど、俺は騙《だま》されない。

前に空き部屋を一つ、勝手に改造したらしばらく機嫌が悪かったのだ。

「以前の件は、お部屋に土を敷き詰めたからです」

敷き詰めたって、直接じゃないぞ。

ちゃんと下に木箱を置いて、そこに土を盛っただけじゃないか。

目的は室内栽培ではなく、ウルザの土人形のため。

ウルザの部屋でルームキーパーをしている土人形が、普通の部屋で落ち着けるのか疑問に思ったのだ。

そして、どんな部屋が落ち着けるだろうかと試行錯誤しての一案だった。

まあ、結果的に土人形は普通の部屋で問題なしと聞いている。

それより、ウルザが脱いだ服をそこらに放り出したままなのをなんとかやめさせたいと苦悩していた。

ともかく、屋敷の空き部屋を使う許可はもらった。

なのでさっそく設置。

うん、いい感じだが……ザブトンの子供の数に対し、明らかに棚の小部屋が足りない。

あぶれたザブトンの子供たちが、俺を見ている。

………わかった。頑張ろう。


引き出しは要らないのだ。簡単簡単。

三日で合計八つの棚を作った。

屋敷の空き部屋は棚部屋になった。

これでもザブトンの子供の総数には足りないのだが、複数で同時に使ったり、交代で使ったりするようだ。微笑《ほほえ》ましい。

微笑ましいが、なんだろう。

養蜂というか養虫をしている気分。

ん？　俺の足元にいるのは、雑誌サイズよりも大きい、半畳サイズのザブトンの子供。

…………わかった。

大きめの棚と、空き部屋がもう一つ必要だな。

…………さすがに二畳サイズの子供は棚じゃなくて空き部屋をそのまま使えばいいと思うんだが？

いや、まあ、そうされると空き部屋の数が足りなくなるけどな。わかった。

棚と言っていいのか困るが棚を一つ……いや、複数だな。

それと空き部屋をもう一つ。

まあ、お前たちには色々と助けてもらっているからな。これぐらいは気にするな。


棚部屋は、ザブトンの子供たちの休憩室として周囲に認識された。


数日後。

拳大サイズのザブトンの子供が中心の最初の棚で、異変があった。

いくつかの棚の小部屋が、ザブトンの子供たちの糸でふさがれていたのだ。

いままで見たことがない行動だ。

なんだこれ？　繁殖？　それとも脱皮？　蜂のように、蜜を集めているわけじゃないよな？

ふさがれた棚の小部屋の隣の小部屋にいるザブトンの子供が、問題ないと言っているので……心配だけど信じて放置する。

その日から、ふさがれる棚の小部屋の数が増えた。最終的に二十一カ所。


さらに数日後。

春の収穫を始めたころ。

最初にふさがれた棚の小部屋が開いた。

………。

出てきたのはザブトンの子供。

見たことのない種類だ。

だが、いつも通りに足を上げて挨拶をしてくれる。うん、どんな姿でも変わらないな。よしよし。

脱皮だったのかな？　ピカピカだぞ。あ、姿が変わっているから変態かな？　それとも進化？

まあ、脱皮でいいか。

ほかの小部屋からも、別の新しい種類のザブトンの子供たちが出てきた。

背中の模様がなかなかカッコイイじゃないか。

おっと、一匹目の方も凛々《りり》しいぞ。ははは、そう怒るな。

ルーたちに見せに行ったら、顔を引き攣《つ》らせていた。

そんなに怖くないだろうに。

女性だからクモが苦手なのだろうか？　いやいや、ザブトンの子供たちとは普通に接している。

やっぱり、見慣れないからかな？

お、アルフレートとウルザは元気に挨拶しているな。怖くないよな。よしよし。

以後、棚部屋はザブトンの子供たちの脱皮部屋としても活躍した。

…………。

これまでは、どうしていたんだ？

木の洞《うろ》とかでやっていたと……もっと、早く作ってやればよかったな。すまない。


余談。

棚の小部屋の一室に、猫の子ウエルが入って寝ていた。

そんな狭い場所に入らなくても……。

ザブトンの子供たち、すまない。すぐに回収する。

ん？　このままで、かまわないのか？　それは助かるが……世の中、助け合い？　お前たちは優しいな。

俺もその優しさを持てるように頑張る。

そう決意する俺に対し、寝ているウエルはうるさいと寝ぼけた鳴き声で抗議してきた。まったく。


ルーとアンの会話。

「あれって、死を告げるクモよね？　一匹で王国を滅ぼしたって話の」

「文献に描かれてた形と一致します」

「でもって、もう一種類はカーススパイダーのエリートタイプ」

「あれが一匹いる群れと、いない群れじゃ脅威度が十倍違うといわれているクモです」

「群れって……カーススパイダー一匹でも、大騒ぎなんだけどね」

「そうでした。ここに住んでいると、いろいろと感覚が狂います」

「まったくね」

# 10 進化

見慣れぬ男が屋敷内にいた。

二十代中ほど。百八十を少し超える長身だ。

長い髪を後ろで縛っているが、女と見間違えることはない凛々しさがある。

執事服を着て、ピシッと立っている。

執事服から悪魔族の者かとも思ったが、彼の横にいるのがルー。ルーだから吸血鬼のお友達だろうか？　それとも、マーキュリー種の新顔かな？

「アースと申します」

綺麗《きれい》な挨拶を見せられた。

「これはご丁寧に。ヒラクです」

…………ん？　妙な感じ。なんだこれ？　俺はルーを見る。

するとルーはイタズラが成功したように笑ってから、教えてくれた。

「彼は土人形よ」

え？

俺の疑問に反応したように、彼の姿が泥に変わり……そのまま崩れる。

そして出てきた土人形と手袋。おおっ。

小さい体だとそろそろウルザの面倒を見るのが厳しくなってきたと、土人形がルーに相談したらしい。

土人形としては、新たに面倒を見る者をウルザにつけてほしいという考えだったのだが、ルーは違った。

「小さい体で不便なら、大きい体になればいいじゃない」

ルーが作り出したのは魔力の込められた粘土。

〝大樹の村〟の高品質な畑の土に魔力を込めつつ、薬草などで調整した魔粘土。

本来は、ダンジョンや屋敷に設置する罠《わな》などに利用する物だそうだ。

「これだけじゃ駄目だけど、罠を自動で回復させる仕掛けに使うの」

それを土人形の身体として採用。変幻自在の土人形になったようだ。

土人形は、それを証明するかのように色々と変身してくれる。巨大な手、彫刻、ガラス瓶と液体、そして先ほどの男性。

「このビジュアルはルーの好みか？」

「私の好みなら旦那さまになるわよ。これは土人形のイメージ」

「なるほど」

しかし、見事な変身だ。服も再現している。

色も変化するからか、よく見なければ気付かない。髪、肌、服と見た目の質感を変えている。

髪は整髪剤で固めた感じになっているけど本物みたいだ。肌も……うん、潤いを出しているな。

柔らかそうだが、触ると土だ。

服は本物のようだが……シワや汚れが少なすぎる。

「手袋だけ、本物なのは？」

「触るものを汚さないようにです」

ああ、本物の手に見えても土だからな。ウルザのことを考えてか。

「村長。今後はこの姿で活動したいと思います。ご許可を」

「ああ、かまわないぞ。じゃあ、その姿の時はアースと呼べばいいのかな？」

「はい。よろしくお願いします」

アースは意気揚々と、ウルザの部屋に向かった。

…………。

ウルザの部屋で一悶着《ひともんちゃく》あった。

うん、あれが土人形だって普通はわからないよな。

ウルザが土人形をどこにやったと大暴れし、アースが土人形の姿に戻って説得するまで凄く大変だった。


ちょっとした変化。

ウルザが色々と自分でやるようになったらしい。

アースが喜んで報告にやって来た。

あと、彼の執事服や靴が本物になった。ザブトンの子供たちのプレゼントだそうだ。

嬉しそうな報告をしているところ悪いが、それは知っている。ザブトンの子供たちにお願いされ、靴底は俺が作ったんだ。


小さな変化。

ウルザのそばにいるアースに、アルフレートが対抗心を燃やしている。微笑ましい。

だが、そんなに急いで大人になる必要はないんだぞ。


大きな変化。

ルーが大量に魔粘土を作り、それを〝温泉地〟に運んだ。

その魔粘土を使い、死霊騎士たちの体にしてみた。

思ったより細身なんだな。しかし、筋肉はしっかりあると……生前の姿か？　それともイメージかな？　全員、美形だ。

しかし、急にどうしたんだ？　……元の姿だと、怖がる者がいると。

確かに死霊騎士を見慣れぬ者がここに来たとき、かなり驚いていると聞いている。

だが、すぐに慣れるだろ？　今後、〝五ノ村〟から連れて来る者が増えるかもしれないから、その対策？　なるほど、それでルーに相談したのか。

気をつかわせて、すまない。

耐水性もあるから、そのまま温泉にも入れるとルーは自慢している。

俺からの注意は……一回、元の姿に戻ってだな、ライオン一家の前で変身するのをお勧めする。

うん、余計な面倒は避けよう。


小さな苦情。

「しかし、畑の土がごっそりなくなってたのはルーのせいだったのか」

ニュニュダフネのせいかと考えていた。疑ってすまない。

そして……。

「あはは。ごめんなさい」

研究熱が暴走した結果らしい。

まあ、まだ育てていない場所だからかまわないといえばかまわないが……。

「言えば渡すから」

「うん、次からはちゃんと言うわ」


大きな苦情。

「どうしてみんな相談事はルーさんに……私だっているのに」

酒樽《さかだる》を抱えるティアの愚痴に付き合った。

まあ、たしかにそうだな。ティアも魔法のスペシャリストなのに変だよなぁ。

「ですよね。私って相談しにくいですか？」

そんなことはないぞ。俺の相談にはよく乗ってくれるじゃないか。

「なのに相談事はルーさんにばかり……うううっ」

よしよし。

今度、誰かに頼んでティアに相談してもらおう。

## 11 男のロマン

男というのは、役に立ちにくい物にロマンを感じたりする。

例えばキャンピングカー。

素敵だが、普段はどうするの？　どこに置いておくの？　そこに住むの？

そういった疑問を無視して、キャンピングカーにロマンを感じる。

例えばツリーハウス。

木の上に家って生活しやすいの？　強度的に大丈夫？　昇り降りが大変じゃない？

そういった疑問を無視して、ツリーハウスにロマンを感じる。

感じてしまう。それが男なのだ。

だから、作った。

うん、男とは時に暴走してしまうものなのだ。しかし、後悔はない。

キャンピングカーは以前に作ったキャンピング馬車があるので、今回は別のもの。

作ったのはツリーハウス。

村の周囲の森には、巨大な木がいくらでもある。

高さが十メートル、幹《みき》の直径が五メートルぐらいの木を選んだ。家を建てやすそうというか、家を建ててほしそうな形をしていたので、これだと直感した。

難しかったのは、木に登る方法。

道具もなしに木に登るのは難易度が高い。

ロープを引っかけて、それをよじ登る。……うん、無理。縄の梯子《はしご》も厳しい。

最終的に木の梯子を作った。

十メートルの木の梯子も怖かったので、五メートルぐらいは通常の階段を組み立てた。

木に穴を開けて棒を差すタイプの階段も考えたけど、それも足を踏み外しそうだったので。

階段と木の梯子の複合で。

そして、木の上に家を建設。

二畳ほどの小さな家だが、いきなり木の上で作らない。

まず、木の下で建設。

問題点を改善したあとで分解し、木の上で組み直した。

分解した家を運ぶのが大変だったが、ザブトンの子供たちが協力してくれた。

木の上から落ちないように厳重に固定。落下防止に、木の上の周囲に柵を作った。

そして、家の中に一人用のベッド、小さな棚、テーブルを作る。

照明も必要か。木の上だから、火はさすがにまずい。

これはルーから借りよう。

最後に、干し肉、果物、飲み物、食器を持ち込み、棚に収納。

そうして完成した俺の城。


落ち着く。

かなり落ち着く。俺は狭い家が好きなのだろうか？　ふふふ。

おっと、ザブトンの子供たち協力ありがとう。ああ、好きなだけいていいぞ。

お前たち用の小さな棚を壁の上に作ろうか。下は俺が踏んでしまうかもしれないからな。

ん？　上を見ている俺の足元にフワッとした感触。

見るとクロがいた。

…………。

階段を登ってきたのかな？　お気になさらずという顔をされてもな。

かまわないが降りられるのか？　木の梯子だぞ？　あ、困っている。

まあ、クロの身体能力だ。なんとかなるだろう。


よーし、完成記念に酒を飲むぞ。

クロの分は皿に。ザブトンの子供たちのはコップでいいか？

…………。

なぜ、酒スライムがいる？　俺の運んだ食料品に紛れ込んでいたのか？　……そんな甘えた顔をしなくても、わかっている。お前の分だ。

ふふ、かんぱーい。


落ち着けたのは三日だった。

うん、三日見逃してもらえたというべきか。

俺の城は、子供たちに包囲された。

はい、降参。明け渡しましょう。

だが、落ちるなよ。怪我は駄目だからな。

まあ、ザブトンの子供たちが見守ってくれるだろうけど……。

しかし、子供は凄いな。ロープでスルスル登ったり、降りたり。

あー……ウルザ、グラル、ナート、スカート姿でそれは駄目だと思う。上まで登れる階段を作るから、そっちを利用するように。

あと、子供だけでここに来ちゃ駄目だぞ。森の中だからな。

今回はハクレンが一緒だからいいけど。

うおいっ、ウルザ。それはお酒！　駄目。まだ早い。回収。

飲んで落ちたらどうするんだ。


ん？　アルフレート、どうした？

こんな小屋を、自分で作ってみたい？

アルフレートの後ろにいる獣人族の男の子たちも頷いている。

…………。

実はここから近い場所に、似たような木があるんだ。


思わぬ親子というか男の交流だった。

## 12 派閥

世の中、人が集まれば派閥ができる。

それは〝大樹の村〟でも同じ。

「目玉焼きは両面焼くの。それが至高」

「片面の方がよくない？　見た目が綺麗だし、黄身は半熟の方が美味しいでしょ」

「私は卵焼きの方が好きかな」

「村長が作ってくれたダシ巻きは？」

「あれは別枠でしょ」

平和だ。

口論で収まっているうちは。

ちなみに、俺は……ゆで卵派。塩を振って食べるのが好きだ。

昔から好きだったわけではなく、この村で生活を始めてから。

最初は卵も塩もなかった。今は卵も塩もある。

日々の当たり前に感謝しつつ、俺は暴力に発展しそうな争いを止めた。

「三日間、卵禁止」

村は祭りの準備に忙しくなっている。

今回も文官娘衆に任せているので、気は楽だ。

ただ、俺も遊んでいるわけではない。祭りに出す料理の研究に参加している。

そんな俺の目の前にはボウルに入れられた大量の卵。禁止にしても鶏は卵を産んでくれるので、当然の結果。無駄にはできない。

とりあえず……煮卵を作ろう。

まず、卵をゆで卵にする。冷ましてから、酒と醤油《しょうゆ》、酢、砂糖に水と香草を少々で作ったダシに漬け込む。以上。完成する三日後が楽しみだ。

しかし、全ての卵を煮卵にするのはどうなのか？

今日の分はいいとして、明日、明後日《あさって》の分も煮卵にするのか？

…………。

鬼人族メイドたちに相談。

「パンに使うのはどうでしょう？」

「ケーキにも使えますね」

「プリンはどうですか？」

なるほど。

では、明日、明後日の分はパンやケーキ、プリンに使おう。うん、それがいい。

翌日。

卵の使い道で派閥ができていた。

「パンです。菓子パンに使いましょう」

「ケーキが最強です」

「プリンでいいじゃないですか」

…………。

二日目、三日目の分の卵も煮卵になった。


ごほん。

俺だって、祭りの前に料理ばかりやっていたわけではない。

ヨウコから大事な相談を持ちかけられていた。

「〝五ノ村〟からの招待客に関してなのだが……」

俺としては盛大に招きたいと考えたが、それはやめておいたほうがいいと周囲から言われたのでやめた。

まさか全員から言われるとは思わなかった。

まあ、村人の数に対して多すぎる人を呼ぶのは問題か。ただでさえ、〝一ノ村〟、〝二ノ村〟、〝三ノ村〟、〝四ノ村〟から人が来るのだ。

対応できない人数を招くのは間違いと俺も自覚している。

しかし、ひょっとして〝五ノ村〟全員を招待すると思われたのだろうか？　さすがの俺もそこまで非常識じゃないぞ。

ピリカとピリカの弟子や、教会の神官、ヨウコ屋敷で働いている者など関わりがある者を中心に、あとは先代四天王の二人や〝五ノ村〟の村議員を考えていただけなんだけどな。

………。

それでも五百人ぐらいになるか。

うん、駄目だな。

ヨウコと話し合った結果、〝五ノ村〟からは招かないことになった。

中途半端に招くと、格差が生まれるとヨウコが心配したからだ。

なんでも〝五ノ村〟で派閥ができ上がりつつあるらしい。

それって、大丈夫なのか？

「数がいるからな。ある程度、派閥ができてくれないと統治しにくい。我が推奨した面もある」

現在、〝五ノ村〟には二万人近い数の者が生活している。

そんな村を統治しようとすれば、中間でまとめる者が必要。その中間のまとめ役が派閥リーダー。

仕事や住んでいる場所で派閥ができているらしい。

「信仰でも派閥ができそうだ」

「信仰？」

セレスがまとめていると思ったが？

「村長絶対派、村長見守り派、村長積極派、大樹の村派、ハイエルフ派、ドノバン派……目立つのはそんなところか」

「なんだ、それ？」

「絶対派は……村長を竜《ドラゴン》のように恐れ崇《あが》める考え方の派閥。見守り派は、村長をそっと見守ろうとする派閥。積極派は、逆に村長の役に立とうと積極的に前に出る派閥だな」

…………。

「大樹の村派は、頂上派とも呼ばれている。村長を含めて〝大樹の村〟関係者を崇めようって派閥。ハイエルフ派は、樹王、弓王を中心としたエルフたちが中心。ドノバン派は、ドワーフたちが中心だな」

「害はないのか？」

「害はない。密《ひそ》かに集会を開いている程度だ。問題なかろう」

いや、問題がある気がするけど……邪魔ならつぶすから心配するなと笑うヨウコが少し怖い。

〝五ノ村〟からは誰も招かないが、〝大樹の村〟を知っている者には祭りのことを伝え、自主的な参加をお願いした。

結果、先代四天王の二人だけが参加することになった。

# 13 お祭りっぽいお祭り

祭りの季節がやって来た。

〝一ノ村〟、〝二ノ村〟、〝三ノ村〟、〝四ノ村〟、〝温泉地〟、そしてさらに〝南のダンジョン〟、〝北のダンジョン〟から人が集まってくる。

来賓として、ドース、ライメイレン、ドライム、魔王、ユーリ、ビーゼル、グラッツ、ランダン、ホウ、始祖さん、フーシュ。

あと〝五ノ村〟から先代四天王の二人。

ずいぶんと人が増えたが、〝五ノ村〟を見たあとだとそれほどとは思わない不思議。まあ、錯覚なのだが。

現在の参加人数は……数え切れない。

「八百人を超えたぐらいです。予定より少し多いですが……問題はありません」

横にいた文官娘衆の一人が教えてくれた。

〝四ノ村〟から、夢魔族がいつもより多く来たようだ。

夢魔族ということで服装などが子供の教育に良くないだろうと思ったが、普通の村娘の格好をしている。

ゴウやベルが、祭りに参加するなら場をわきまえた格好をするようにと指導した結果だそうだ。

服はゴロウン商会に頼んで中古の服を購入して用意した。

ただ、普通の服では隠し切れない色気があるのは……どうしたものか？　胸とかお尻とか……見ていたら、その視線を遮るように俺の前に立った者がいる。

アンだ。笑顔が怖い。

別に悪いことをしていたつもりはないが、謝るべきことは謝る。

「すまない。えーっと、そろそろ時間かな」

「……そのようです。所定の位置に」

俺は了解と合図をして、事前に打ち合わせしていた場所に移動した。

その俺の横に、文官娘衆数人が並ぶ。

文官娘衆の一人が少し高く作られた舞台に上がり、挨拶。

諸注意を説明したあと、俺の出番。

俺はいつもの格好ではなく、ザブトンが作った新しい服。

今日のために作ったと言われると、着ないという選択肢は選べない。

真っ白なスーツ系の服に、金や赤の糸が各所を飾っている。背中には表が真っ白で、裏地が赤のマント。頭には金の王冠。超目立つというか、なんというか。

でもって祭り仕様なのか、手には旗棒。もちろん、旗棒には旗が取り付けられている。派手な刺《し》繍《しゅう》の大樹が描かれた旗が。

気分はビジュアル面を大事にするバンドのボーカル。いや、これは応援団の団長なのか？　だったら、頭には王冠ではなく帽子でよかったと思うけど？　何にせよ、浮いているよね？　この格好。

俺の困惑を肯定するように、俺の姿を見た住人たちが静まり返っている。

あー……さっさと終わらせよう。

「それでは、今年の祭りを始める！　みんな怪我のないように！」

俺の宣言は、大歓声で応えられた。

ありがとう。気合入ってるなぁ。ちょっとビックリしたぞ。


今年のお祭りは、三部構成。

内容も、各部で異なる。


第一部は子供の部。

内容は、障害物競走。

平均台や跳び箱、坂登り、網くぐりなど一般的な障害に加えて、頭脳を使うパズルやなぞなぞ、観客に向けてモノマネをして当ててもらう障害などが設置されている。

全員で楽しめることをコンセプトにしている。

ただ、勝ち負けも大事なので、レースに出場するメンバーはある程度、体力頭脳が拮抗《きっこう》するように決められた。

ケンタウロスの子供たちが全体的に強かった。
網くぐりあたりは厳しそうに思えたが、意外とスルスルと進んでいた。
モノマネのお題はクジで決められるので、ここは運。
モノマネを当てるのは誰でもいいのだが、大抵は親か同じ種族の者が回答席に出る。
そして巻き起こる爆笑と混乱の渦。
リザードマンの子供よ、鶏のモノマネはそんなに難しいか？
ハーピーの子供に、ライオンのモノマネは厳しいんじゃないかな？
「お父さん嫌いっ」
モノマネがわかってもらえず、怒り出す子供。
気持ちはわかるが、そのセリフはやめよう。
お父さんが泣いているぞ。
え？　俺が回答席に行くの？
走るのは……アルフレートの組か。
よ、よし、こいっ！
父と子の絆を見せてやろう！

……………。

アルフレートの視線が冷たい。

いや、正解はしたけど五回ぐらい間違えたからだろうか。

その俺の横で、ティゼルのモノマネをティアが一回で当てたものだから……すまなかった。

あと、土人形のアースは膝を抱えてなにを……あー、ウルザのモノマネがわからず、途中でハクレンと交代させられたことに落ち込んでいるのね。

いやいや、お前は頑張ったと思うぞ。

第二部は大人の部。

内容はリレー競争。

障害物はなく、普通のコースで勝負となる。

チームは自主的に決めてOKなので、大抵が各村や種族で固まって出場する。

当然、種族差が激しいのだが、そこは出場者同士で配慮することになっている。

足の速いチームは、足の速いチーム同士での勝負を求めるからだ。勝って当然の勝負は、やっても意味がないということなのだろう。

参加チームが話し合い、出場レースが定められた。

リレーではバトンの受け渡しが重要だが、種族の都合でバトンを持てない者もいる。

クロの子供たちやハーピー種だ。

その者たちは、バトンではなくタッチでもＯＫとなった。

ただし、クロの子供たちの場合は前足と前足、ハーピー種は羽と羽と定められた。


レースは盛り上がった。

ミノタウロス族と巨人族のレースは遅いが迫力があった。

ケンタウロス族とクロの子供たち、そして飛び入りの馬チームのレースは接戦だった。

勝ったのはケンタウロス族チーム。

クロの子供たちは、前足と前足のタッチでもたつくシーンが多かった。

馬チームは背中にザブトンの子供を乗せてバトンを保持、ザブトンの子供がバトンごと移動するバトンワークを見せてくれた。

ただ、道中の不利が多少あり、負けてしまった感じだ。

足の速いユニコーンの雌が参加していれば勝てただろうが、妊娠中なので不参加。うん、当然。

参加したいと言っても駄目。


やる気さえあれば、何度でも出場できるし、連続で走るのは禁止だけど同じレースに数回出てもＯＫというルールなので、色々なチームが作られてはレースが行われた。

目立ったというか、目立つのが魔王、ビーゼル、グラッツ、ランダン、ホウの五人がメンバーをそれぞれ集めたチームによるレース。

各種族一人までで、本人も走ることを条件に八人のチームが作られた。

俺も魔王チームで走ることになった。他チームからのブーイングが酷《ひど》い。

いや、俺の足はそれほど速くないから……。

そうじゃなくて、俺がいることでほかのメンバーを集めやすいと。なるほど。

魔王チームのインフェルノウルフは……ウノか。やる気満々だな。

ザブトンの子供やケンタウロス族も、足が速いらしい。

あと、ギラル。

あれ？　あ、遅れて来たのね。

グラルのモノマネは……あー、見られなかったのね。可愛かったぞ。

で、ギラルの足は……速いと。なるほど。

魔王はもう勝ったつもりでいるが、俺が足手まといにならなければいいのだが……うう、かなりのプレッシャー。

結果、ビーゼルのチームが一位。魔王チームは三位だった。

足手まといは俺だけでなく、魔王もだった。

「短い距離を瞬間的に動くのは得意なのだが、そこそこの距離を走るのはちょっと……」

あと、ほかのチームが遠慮なく勝ちに来ていたしな。

まあ、楽しかったから問題なし。


第三部は自主参加の部。

競技は盆踊り。

これは勝ち負けのない普通の盆踊りだ。

俺の提案。説明が大変だった。

「輪になって踊るのですか？　その場でくるくる踊るのではなく？」

「全員が同じ振り付けなのですか？」

「伴奏は太鼓や鳴り物を中心に……ですか」

言葉ではなかなか伝わらなかったが、輪の中央に櫓《やぐら》を立て、実演することで理解が広がった。

今では〝大樹の村〟の住人は盆踊りをある程度、理解している。

とりあえず、まずは見本ということで、〝大樹の村〟の住人だけで開始。

参加者全員が一丸となって踊る姿は美しい。

ただ、櫓の上では太鼓を鳴らす予定だったのだが、なぜか俺がその櫓に立つことになった。なぜだろう？

まあ、その方がスムーズだからと言われたら反対はできない。

俺が無理を言って盆踊りにしてもらったのだ。頑張ろう。

音楽がちょっと独特だが、そこに文句は言うまい。

俺の考えていた盆踊りとはちょっと違うが、満足だ。


日が暮れた。

盆踊りは参加者がいる限り、夜通し行う。

なので、いつも祭りのあとに開く宴会もスタート。

倒れるまで踊らないように。適当に休憩もいれてね。伴奏者も交代で。

はい、そこ、子供たちが参加するからスペースを作ってあげて。

見ていると、お酒が入って酔ったあとのほうが参加しやすいらしい。最初は遠慮していた者も参加し始めている。振り付けもそう難しくないしな。

櫓を囲む輪が三重になっている。

うーん、魔王の踊りは目立つな。ドースやギラル、死霊騎士も。振り付け無視のフリースタイル。

……問題なし。

それを見ていたからか、クロの子供たちやザブトンの子供たちが集まり、四重目の輪を作りはじめた。

お前たちも参加してくれるのか。

クロの子供たちは……独特のダンスだな。途中、ジャンプが入るのか。全然、問題ないぞ。上手い下手ではなく、気持ちが大事だからな。

おおっ、ザブトンの子供たちも独特のダンス。ははは、可愛らしいぞ。

ところで、俺はいつになったらこの櫓から降りられるのだろうか?

## 閑話　文官

私の名はホケロス。とある領地で文官として働いていました。

それがある日、領主さまによってこの〝五ノ村〟に派遣されることになりました。

出張かな?

違いました。私は売り渡されたようです。

酷い、私はこれまで領主さまのために必死になって働いたのに! この仕打ちはあんまりだ!

………。

ふふふふはははははははっ!

この私が、素直に売り渡されると思うのか！

抵抗してやる！　ああ、徹底的に！　そして私を売り渡した領主さま……いや、領主に復讐《ふくしゅう》をするのだ！

さあ、最初は誰だ！

〝五ノ村〟の村長代行？　ヨウコ？　聞かん名だな！　死ぬがいい！


私の新しい主人が決まりました。

ヨウコさまです。とても美しく、そして強い人です。

これでもまだ本調子ではないというのだから驚きです。逆らっちゃ駄目ですね。ははは。すみません、もう勘弁してください。


三日ほど治療で動けませんでしたが、元気に復帰しました。

私はヨウコさまの案内で一軒の家に向かいます。

なかなか立派な家ですね。どなたのお住まいですか？

……え？　私の家ですか？　新築のようですが？　あ、ありがとうございます。

それでその、この銀貨が詰まった袋は？　引っ越し資金？　すでに家具などが置かれていますが？　生活費？　えっと……お心遣い、感謝します。

信じられない待遇です。

負けはしたけど、私の実力を認めてくれたということでしょうか？　……違いますね。これから私がする仕事の報酬の先払いなのでしょう。

私と同じように売り渡された各地の文官が、ヨウコさまの前に揃います。

同じ仕事をしているので、見知った者も何人かいます。

…………。

あの、以前の主である領主さま？　どうしてここに？　出張ですか？　違う？

どうやら、領主さまもこの〝五ノ村〟に引っ越したようです。

えっと、領地はいいのですか？　それと、自惚《うぬぼ》れるわけではありませんが私と領主さまが抜けたら領地経営は危なくなるのでは？

息子さんに領地は任せたから、苦労するのは息子さんだと。

……承知しました、もう気にしません。

おっと、ヨウコさまが私たちに命令を与えてくれます。

お任せください、どんな無茶な命令でも引き受けましょう。

私に与えられた最初の命令は、勉強でした。

〝五ノ村〟の文官として働けるように、学べと。

正直、少し腹が立ちました。

これでも私は長く文官として働いてきたのです。即戦力であると自負しています。

いまさら学ぶことなどないと反論したら、ヨウコさまが構えたので謝りました。すみません。


不満ながらも私は勉強します。

ありがたいことに、ヨウコさまはちゃんと教師役を用意してくれていました。

本来は声をかけることすらできない偉い貴族のお嬢さんでしたが…………気にせず、教えてもらいます。


そして知りました。

文官の仕事とは、相手を殴って従わせるだけではないのだと。

これまで、ずっとそうしてきていたので疑問に思いませんでしたが、文官とは文と数字を扱う仕事なのだと確認しました。

はい、すぐに殴るのはやめます。

相手に要求を呑《の》ませるときに、高圧的な態度をとるのもやめます。

声を荒らげるのも駄目ですね。承知しました。

ちなみにですが、教師役が偉い貴族のお嬢さんだから素直に従っているのではなく、そのお嬢さんの護衛としてやって来た獣人族の男やリザードマンの男に殴られたので従っているだけです。

次は勝つ。

私の勉強は三十日ほどで終わりました。

ヨウコさまは、私にもっと勉強をさせたい感じでしたが、〝五ノ村〟の事情が許さなかったようです。

ええ、見ればわかります。凄い人数ですね。これ、全部が〝五ノ村〟の村人になるのですか？

そして、その管理を私たち文官がすると……。

軽く眩暈《めまい》がしますね。

ですが、いいでしょう。

学んでパワーアップした私の力、お見せするときです！


はい、すぐに破綻しました。

無理です。

文官の数は二十人もいません。それで万近い村人を管理するのは無理です。

しかも、もうすぐ万を超えますよね？　ヨウコさま、現実を見てください！

お手伝いが数人増えた程度でなんとかなる状況ではありません！

いいえ、私は死ぬ気で頑張りますよ。

ですが、物理的に不可能ということが世の中にはありまして。

根性では、数字は動きません。

学び直したから知っています。

書類、書類、書類……。
貴重な紙が大量に消費されていきます。
書類、書類、書類、書類、書類、書類、書類……。
誰だ！　書式を無視して書いているの！　出てこい！　殴ってやる！
書類、書類、書類、書類……。
計算も間違っている！　ええい、手間をかけさせるな！　殴ってやる！

仕事が落ち着くことはありません。
毎日、頑張っています。
ただ、ヨウコさまの強い命令で、徹夜は禁止されています。
食事もしっかり取り、夜はちゃんと寝るように言われています。
実はこの命令、ヨウコさまからではなく、まだ見たことのない村長の命令だそうです。
そうですよね、ヨウコさまは村長代行なので、どこかに村長がいるはずです。
失念していました。
挨拶せねばと思うのですが……仕事優先ですね。

承知しました。

ヨウコさまからは、いつか紹介すると言われましたので、それを楽しみにしておきましょう。

さあ、今日も仕事です。

書類どもよ、かかってくるがいい！

## 閑話　見ていたエルフ

俺は〝ゴーンの森の里〟のエルフ。

俺は四人の仲間とともに、〝五ノ村〟にやって来た。

…………。

名称詐欺だ。ここは村じゃなくて街だろう。多くの住人がいる。俺はこんな場所に喧嘩《けんか》を売る気はない。

なのに、俺たちのリーダーは初期の方針を変えず、強気で交渉に挑んだ。

俺たちの交渉相手が村長代行だったのが、リーダーとしては気に入らなかったらしい。

なにせリーダーは我らが樹王の息子だからな。村長本人が出てこないことで、舐《な》められたと思ったのだろう。

気持ちはわかるが、〝ゴーンの森の里〟と〝五ノ村〟では圧倒的に〝五ノ村〟が上なことは認めるべきだと思う。

数は力だ。

百人に一人の割合で強者がいるとすれば、千人の村なら十人いることになるのだから。


リーダーの交渉は失敗。

素直にお願いすることになった。

俺たちの目的は、グータートルの討伐。

俺たちだけでやれないこともないが、何人かは怪我するだろう。それは避けたかった。

そして、俺たちのお願いを受けて〝五ノ村〟から派遣された五十人の軍を俺たちは案内する。


グータートルは簡単に討伐できた。怪我人もいない。幸運だった。

リーダーを含めた三人の仲間が、〝ゴーンの森の里〟に連絡に走った。

残った俺ともう一人は〝五ノ村〟の軍とともに行動。

〝五ノ村〟の軍は、この辺りで魔物や魔獣の退治をするらしい。

彼らの実力なら、魔物や魔獣の退治は問題ないだろう。

問題というか不安は、この辺りは〝ゴーンの森の里〟とあまり友好的でない……正直に言おう、戦争中の〝ガレッツの森の里〟が近いこと。

下手に〝ガレッツの森の里〟に近づくと、俺たちがいることを理由に戦《いくさ》になってしまう。

注意しなければ。


そう思っていたら、攻撃を受けてしまった。

攻撃してきたのはやはり〝ガレッツの森の里〟のエルフ。

馬鹿どもめ。

俺ともう一人の仲間は、自身の体を盾にしてエルフの攻撃を受けた。

〝ガレッツの森の里〟がどうなろうと気にしないが、エルフと〝五ノ村〟の関係が悪くなるのは困る。

万が一、そうなったとしても、〝ゴーンの森の里〟のエルフは〝五ノ村〟の味方と認識してもらいたい。

だから、攻撃を受け……気を失った。


俺が目を覚ましても、周囲は戦いの渦中だった。

激しい戦いのようだが……状況はどうなっているのだ？

俺の仲間は……まだ気絶している。

〝五ノ村〟の軍は……盛り上がっている。

……あれ？

圧倒的多数に囲まれている防戦のように思えるけど、盛り上がれるの？

たしかピリカ殿だっけ？

お弟子さんたちと共に敵に斬り込むのはいいのだけど、どうして笑顔なのかな？　怖いよ。

ダガ殿、敵は〝ガレツの森の里〟のエルフで、ピリカ殿は味方。ピリカ殿に負けるものかと冒険者のみなさんを鼓舞するのはどうなのだろう？

ガルフ殿、指揮を諦めないで。一人で斬り込んでも……あ、〝ガレツの森の里〟のエルフたちが逃げ惑っている。凄い。

えーっと、防戦だけど攻め気が強すぎる気がする。

でも、味方なら頼もしい。頑張れ！

そう思いながら、俺は傷の痛みでまた気を失った。


いつの間にか、敵に〝ゴーンの森の里〟のエルフがいた。

どういうこと？　あれ？　いつ敵になったの？　ここに味方がいますよー！

ガルフ殿、ダガ殿、ピリカ殿、あれは味方、味方ですよー！

違う？　攻撃してきた？　そんな、ここに俺がいるのに。

え？　敵の軍を無視して里に奇襲をかける？　どっちの？　両方？　いや、道は知っていますが
……案内しろと？

俺の体は一つなので、案内できる里は一つだけ。

ここは〝ガレッツの森の里〞に案内を……ああっ、いつの間にか目を覚ましていた俺の仲間！

くっ、どちらがどちらの里を案内するか勝負だ！


俺は〝ゴーンの森の里〞に案内することになった。

これで俺は里の裏切り者だ。

いや、先に里が俺を裏切ったと思おう。

それに、俺が案内することで非道な行いを止めることができるはず。つまり、これは裏切りではなく、安全に里を売り渡す行為……駄目だ！　自分を騙せない！

ええいっ、悩んでいても仕方がない。

俺が頑張れば頑張っただけ、里に対して温情がもらえるに違いない！　きっと！　そう信じる！

「ダガ殿、食料庫はそこです！　武器庫はこっち！　水源はそことそこにあります！　あ、あの家の地下には隠し部屋があります！　避難所に逃げる暇などなかったでしょうから、きっとそこに隠れていますよ。発言力のある一家です。捕らえてしまいましょう！　あ、その辺りは木の上に注意です。弓で狙うポイントになっていますから」


〝ゴーンの森の里〞は〝五ノ村〞に降伏した。

ダガさまに降伏を伝える里長の樹王さまが俺を睨《にら》んでいるが、目を合わせないように頑張った。

俺は悪くない。

樹王さまが〝五ノ村〟に出向き、〝ゴーンの森の里〟は〝五ノ村〟の下についた。

樹王さまは〝五ノ村〟で生活することになるが、俺みたいな下っ端の生活に変化はない。

いつも通りだ。

そう思っていたら、〝五ノ村〟から呼ばれた。

ダガ殿が俺のことをかなり褒めて上に報告したようで、褒美《ほうび》がもらえるらしい。

ありがたいのですが、遠慮します。

俺はただ里を守りたかっただけで、私欲のために働いたわけではありませんから。

〝ゴーンの森の里〟をそのままにしていただけるだけで十分です。

あと、樹王さまの前で里を攻めた話はしないでください。俺の胃が痛くなるので。

そう言ったら、俺が〝ゴーンの森の里〟の里長代行になった。

…………。

樹王さまが〝五ノ村〟で生活するから、里長代行が必要なのはわかりますが……えっと、樹王さまの息子さんは？

まだ怪我が酷くて動けない？　そうですか。

えっと、それじゃあ回復するまでということで……ええ、俺は権力を求めないので。よろしくお願いします。

ちゃんとそう言ったのに、樹王さまの息子の怪我が回復しても俺が里長代行をやっている。

どういうことだ？

〝五ノ村〟の指示に従うのが里の意思？

そうかもしれないけど……あと、樹王さまの娘さんが俺の妻になりに来てるのはなぜですか？

いや、たしかに俺は独り身でしたが。あの暴れエルフ……失礼。お嬢さんと俺が釣り合うわけがないでしょう！

樹王さま、樹王さまは反対ですよね？　可愛い娘さんですよね？　あ、なにやら邪悪な笑み！

あの暴れエルフを俺に押しつける気だな！　復讐か！　それが復讐なのか！　謝るから許してください！


俺のこれからの人生はどうなるのだろう。

異世界のんびり農家

Farming life in another world.

# Final chapter

*Presented by*
*Kinosuke Naito*
*Illustrated by*
*Yasumo*

〔 終章 〕

## “五ノ村”の産業発展計画

01.鉄の森　02.あまり使われない道　03.かなり強い魔物がいる森　04.ガレツの森
05.強い魔物がいる森　06.ゴーンの森　07.五ノ村　08.シャシャートの街
09.魔王国の主要街道　10.比較的安全な平原

# 1 休憩

最初に村にやって来た猫、宝石猫のジュエル、二匹の子たちであるミエル、ラエル、ウエル、ガエル。

現在、屋敷には六匹の猫がいる。

六匹の活動範囲は、猫とは思えないほど広い。

屋敷の中や庭だけでなく、北は果実エリア、南は居住エリアの宿周辺、東は牧場エリア、西は居住エリアの風呂場ぐらいまで移動する。

ただ、ジュエルは基本的には屋敷からめったに出ない。出るのは子猫たちを迎えに行く時ぐらい。

最初に村にやって来た猫とジュエルは……行動パターンが大体決まっているので、時間や気温で居場所を特定できる。

問題は四匹の子猫。

子猫と言っているが、生まれてからもう一年経《た》っているので体は大人の猫とほぼ同じだ。

その体を使って、神出鬼没というのだろうか。なぜ、そこにという場所にいたりする。

お風呂場の湯船の縁《へり》の上や、宿の屋根の上、牧場エリアの牛の上に乗っていた時もあった。

牛につぶされないか、心配になる。


さて、この子猫四匹。

普段は大人しい。

暴れるにしても、屋敷の中では暴れない。俺がいるからではなく、たぶんアンの存在が重要なのだろう。

俺の言うことは聞かなくても、アンの言うことは聞く。俺が呼んでも無視することがあるが、アンが呼べば返事をする。

たぶん、普段エサを与えている者が誰か理解しているのだろう。子猫たちの中では、俺よりアンの方が上なのかもしれない。そこに文句はない。

四匹は絶対にアンの部屋で暴れたりはしない。うん、賢い。

四匹が暴れたのは、祭りで不在にしていた俺の部屋。

幸いにして、ザブトンの子供が数匹、警備に残っていたので被害は小さかった。敷物がボロボロになったぐらいだ。

俺が部屋に戻った時、四匹の子猫は糸に絡《から》められて身動きが制限され、情けない声で鳴きながら助けを求めていた。どうしたものか。

…………。

とりあえず、防いでくれたザブトンの子供たちを褒めよう。

四匹を解放すると、ミエルは俺に対し、なぜもっと早く助けないのだと怒った。

ラエルはしょんぼりと反省したあと、俺に甘えてくる。

ウエルは何事もなかったように俺のベッドの真ん中で横になった。

ガエルはボロボロになった敷物を、さらに攻撃。

攻撃し足りなかったのかな？　だが、やめような。


祭りで相手してやらなかった俺も悪いが、もう少し大人しくしてくれてもいいんじゃないかな？

ちなみにこの子猫たち。

子供たちの部屋には一切、近づかない。甘えにも行かない。

子供たちが怖いのではなく、母親たちが怖いのだろう。確かに、本気で怒らせると怖いからな。

ガエル、敷物を取り上げたからと俺を攻撃するのはやめないかな？

ミエル、怒っているのはわかるが、俺の頭の上で爪を立てるのは勘弁してくれ。

あー……俺ももう少し、怒ったほうがいいのかな？

そう考えると、ガエルは俺を攻撃するのをやめ、ミエルは爪を立てなくなる。

猫の察する力、恐るべし。


甘いのかもしれないが、猫のストレス解消に努める。

まず、爪を研ぐ板を新しくしよう。

ほどよく柔らかい木じゃないと駄目らしく、子猫たちは屋敷の柱などでは爪研ぎをしない。

子猫たちのお気に入りは、〝五ノ村〟で仕入れた木材片。

適当なサイズに切って決まった場所に固定しているのだが、面影がないぐらいにボロボロだ。

それを新しい物に交換。

すぐには使ってくれないが、数日もすれば傷だらけになるだろう。


次に子猫たちのトイレの清掃。

子猫たちのトイレは、スライムを使ったトイレではなく、普通に砂を敷いたトイレ。

トイレの清掃はその砂を排泄物と一緒に捨て、新しい砂を補充すること。あと、トイレ周辺は砂が散っていて汚れているのでそれも片付ける。

いつもなら鬼人族メイドがやってくれるのだが、祭りのあとで疲れているだろうからな。今日は俺に任せてもらおう。

猫のトイレは三カ所。全て宝石猫ジュエルと子猫たちの共用。頑張る。

余談だが、最初に村にやって来た猫は俺が使っているトイレで器用にする。

用足しのあと、ちゃんと手も洗う。賢い。


さて、次は……風呂。

子猫の四匹は拒絶サイン。最初に村にやって来た猫は素直にお風呂に入るのに。

じゃあ、毛繕《けづくろ》いで。

猫の毛を梳《と》く鉄ブラシをガットに作ってもらったんだ。

初めて見るから警戒しているな？　大丈夫だ。ちゃんとブラシの先は丸くなっている。

よーし、誰からいく？

…………並んでいた子猫四匹のうち、三匹が下がった。残っているのはウエル。

よし、ウエルから。安心しろ。全員やるから。


子猫たちと戯《たわむ》れた一日だった。

祭りのあとのテンションもあって、ちょっとやり過ぎたかな？

四匹の子猫は疲れた顔で眠っている。

今は子猫たちを迎えに来た宝石猫のジュエルを毛繕い。この鉄ブラシは成功だな。

ガットに頼んで、もう数本作ってもらおう。そして、クロたち用の鉄ブラシも。

さっきから俺の手元で気持ち良さそうにしている宝石猫のジュエルを、クロの子供たちがうらやましそうに見ている。

ジュエルが終わったら、お前たちを撫《な》でるから。

そう思っていると、スルスルと天井からザブトンの子供たちが降りてきた。いや、お前たちを撫でるのは無理がないか？　……ショックを受けたジェスチャーが上手《うま》いなぁ。泣き崩れんでも。悪かった。

イタズラばっかりの子猫たちを甘やかしているよな。撫でるのはあれだが、あとでちゃんと遊ぶから。

おっと、俺の遊ぶという言葉にクロの子供たちが反応した。そして、期待した目。

…………。

わかった、遊ぶのは明日な。

今日は撫でるだけで。

ああ、ジュエル、怒るな。手を休めてすまなかった。今はお前が一番だ。

ん？　ひょっとして、扉のところで俺を見ているのはアルフレートかな？　ティゼルもいる。そして、何か言いたそうな目。

…………。

もちろん、一番はお前たちだぞ。

祭りの前に、畑を耕しておいてよかった。

時間はある。

頑張ろう、俺。

# 閑話　〝五ノ村〟の酒事情

俺は〝五ノ村〟で酒場を経営している男。

俺の名はどうでもいい。そんな場合じゃない。

今、ピンチを迎えている。

原因は少し前に行われた五ノ村祭。そこで出所《でどころ》不明な美味《うま》い酒が出回った。

凄《すご》く美味かった。

これまで飲んでいた酒がドブ水に思えるぐらいの美酒だった。それが格安の値段で振る舞われた。

その時は深く考えず、俺もその美味い酒に酔っていた。

酔いが醒《さ》めたのは、祭りのあと。

あの酒を味わった者の前には、ドブ水に思える酒しかなかった。

「いや、この酒だって十分、美味しい。少し前まではこれで満足していたじゃないか！」

俺の叫びは空しく、がらんとした酒場のフロアに響く。

…………駄目だ。このままじゃまずい。

何が問題かって、自分さえ騙《だま》せていないことだ。自分に正直になろう。

あの酒が飲みたい。

〝五ノ村〟で酒の卸をしている商会には大小かまわず、全て当たった。

だが、どこも取り扱っていない。

商会でも仕入れ先を探しているらしい。

唯一、手応えがあったのがゴロウン商会。

〝五ノ村〟支店では取り扱っていないが、〝シャシャートの街〟の本店では取り扱っているらしい。

ただ、現在は品切れ中とのこと。次回入荷は未定だそうだ。

諦める？　否、諦めない。諦めきれない。あの酒が必要だ。

どうする？

〝シャシャートの街〟のゴロウン商会本店に行き、仕入れ先を……教えてくれるわけがない。

商会にすれば、仕入れ先を顧客に公開するメリットは欠片《かけら》もない。逆にデメリットが大きすぎる。

ああ、もうどうしたらいいんだ。

頭を下げろと言うならこれでもかというぐらい下げる。それとも店を畳んで、ゴロウン商会に入ればいいのか？

うぐぐ、困った。


悩んでいると、〝五ノ村〟の村長代行であるヨウコさまがお触れを出した。

その内容が、祭りの時に出した酒を少量ながら低価格で卸してくれるというもの。

おおっ、さすがヨウコさま！

住人の望みを叶《かな》えてくれる方だ！


〝五ノ村〟のある小山の頂上。

そのグラウンドが酒の購入会場とされており、そこには人が溢《あふ》れていた。

え？　どうしてだ？　ほかの店も欲しがるだろうけど、酒を扱う店ってこんなにあったっけ？

………違う。

ここにはお店の経営者だけでなく、一般の住人もいる。

そういえば、あのお触れには買える量の制限は書かれていたが、買える者の制限は書かれていなかった。

ヨウコさまのうっかりか？　いや、そうじゃない。

「卸業者の方は西側に、小売業者の方は中央に、そのほかは東側にお集まりください」

なるほど、元から一般も対象か。

そして、卸と小売と一般では、求める量が違う。

そのあたりを考慮してくれているのか。

それなら一般には売らないでほしいと思うが、卸業者のことを考えると文句は言えない。

俺は小売なので、中央に向かった。

中央に集まった小売業者に対し、スタッフから酒の管理方法、扱いに関しての説明がされた。

一般的な酒の管理方法であり扱いである。難しくはない。売り方も自由。

ただ、できるだけ一般販売はせず、景品等として扱うことを推奨された。

なぜだろうと思ったが、すぐに理由がわかった。

販売される量が少ないのだ。

たぶん、説明してくれているスタッフの後ろに積まれた樽《たる》が、例の酒なのだろう。

だが、ここにいる小売業者の数で割れば一樽もない。

その量では、確かに一般販売すればすぐになくなってしまうだろう。

驚いたのは値段。

祭りの時の三百倍の値段がつけられていた。さすがに文句が出る。

「安く卸してくれるんじゃなかったのか！」

「低価格と書いてあったぞ！」

ほかの小売業者の声。

俺も続こうと思ったが、ヨウコさまが来られたので黙った。

「お主ら。ここに来たということは、祭りで味わったのであろう。あの酒が、この値段で高いのか？

我は格安であると思うが？」

そう言われると、困る。

確かに、極上の酒だ。祭りの時の三百倍の値段でも安いと思う。

「祭りの時は、村長のはからいで特別に安く販売していたにすぎん。今回のこの酒も、村長が無理をして用意したものだ。文句があるなら、この場から立ち去るがよい」

立ち去る者はいなかった。


俺は酒を手に入れた。

大きな出費だったが、この酒が手元にあるだけで心が安らぐ。

推奨されたとおり、イベントなどで景品として利用しよう。

だが、酒場として考えた時、普通に売る酒がないことを思い出す。

今ある酒は、人気がない。祭りの酒を十とすると、今ある酒は一の魅力もない。せめて、一～三の魅力の酒が欲しい。

そこが大きな問題だったが、それもヨウコさまが解決してくれた。

「祭りの酒ほどではないが、そこそこの味の酒も用意した。試飲を許す。欲しい者はスタッフに申し出よ」

そこそこの酒。

なるほど、そこそこの味だ。

だが、これまでの酒とは比べものにならないほど美味い。

これまでの酒は料理にでも使うとしよう。

同時刻。
東側では、壮絶なクジ引きが始まっていた。
集まった者全員に販売は不可能とスタッフが判断したからだ。
クジを引いて当たった者だけが、小さなコップ一杯分をその場で飲める。しかも無料。
悲鳴と喜声が響く。

西側では、卸業者たちを相手に競《せ》りが始まっていた。
一樽単位で、凄い値段がつけられていく。
あー、ゴロウン商会が強い。
銀貨の入った袋で殴っているようなものだな。
しかし、あんな値段がつくと小売りとしてはなかなか仕入れられない。
外に向けて売るのだろう。
おっ、卸業者数人が結託して、高い値をつけて競り落とした。やるな。
だが、その値段じゃ俺の店じゃ買えない。大丈夫か？　あ、自分たちで飲む用ね。
ほくほく顔だから問題はないのか。

一方……。

俺は〝五ノ村〟で飲食店を経営している男。

俺の名はどうでもいい。それぐらいのピンチだ。

原因は明確、五ノ村祭だ。

あそこで振る舞われた料理が美味すぎた。

## 2 〝五ノ村〟の産業発展計画　第一弾

俺は〝五ノ村〟のヨウコ屋敷で行われる非公式の会議に出席した。

メンバーは、俺のほかに〝五ノ村〟村長代行のヨウコ、エルダードワーフのドノバン、ハイエルフのリア、獣人族のガット、文官娘衆が二人、〝五ノ村〟の文官筆頭のロク。

そこに、先代四天王の二人、エルフの樹王と弓王、マイケルさん、マイケルさんの息子のマーロン、現四天王のビーゼルを加えた十五人で行われる。

議題は、〝五ノ村〟の産業発展計画に関して。

初期はこれを俺とヨウコに文官娘衆だけで進めていたのだが、やはり色々と情報不足。特に現場の声が曖昧なのは困る。

皮算用では指示もしにくいと、関係者を増やしていった結果だ。

会議の度にマイケルさん、マーロン、ビーゼルが集まってくれるのは感謝しかない。


大きな円卓を囲み会議はスタート。

文官娘衆の一人が司会を担当し、会議を進めていく。

「以前より懸念されていたお酒の問題は、解決方向に向かっております。これにはマイケルさまのゴロウン商会にご協力いただきました。ありがとうございます」

「いや、私たちにも利益のあること。お気になさらずに」

マイケルさんが遠慮しながらお茶を飲む。

お酒の問題とは、〝大樹の村〟で造ったお酒を〝五ノ村〟でどう扱うかだった。

俺の管理下にある村であるなら、ほかの村と同じく自由に飲んでほしいのだが、いかんせん人数が多すぎる。

また、〝大樹の村〟の住人をはじめ、〝一ノ村〟、〝二ノ村〟、〝三ノ村〟、〝四ノ村〟の者から〝五ノ村〟は別扱いをするのが妥当ではないかという意見と空気。

個人的には無責任かもしれないけど、別扱いの方がありがたい。

うん、二万人近い村を背負えと言われても困る。ヨウコがいてくれてよかった。

脱線。

〝五ノ村〟でのお酒の扱いの前に、定められたのが〝大樹の村〟で造られるお酒の等級《ランク》。

ワイン、蒸留酒、果実酒、米酒、麦酒《ビール》……。

現在、多種多様な酒がドノバンの管理下で造られている。

同じ種類の酒でも、完成度が明らかに違ったり、原料の配分が違ったりと、まとめて同じ扱いにはできない。

なので俺は酒の種類ごとに等級をつけてほしいとお願いした。

「美味さで、つければよいのか？」

ドノバンの質問に俺は首を横に振る。

「それはあとだ。まずは入手のしやすさ……生産性で大まかな等級をつけてほしい」

生産性が高い、普通、低いの三段階。

《一等》《二等》《三等》と名付けると一等の方が美味いと勘違いする者が出るかもしれないので《山》《森》《木》と呼称する。

《山》が生産性が高く、《森》が普通、《木》が低い。

「なるほど」

後々、細分化したいとは考えているが、今はこれでいい。

「ああ、全ての酒に等級をつける必要はないぞ。販売用の酒だけでかまわない」

「承知した」

こうして販売用の酒に等級がつけられた。

〝五ノ村〟の酒の扱いに戻る。

〝五ノ村〟では酒を販売しようという方向になった。

問題となるのは値段。

現在、売買契約があるのはマイケルさんとビーゼル。

二人に売っている同じ値段で〝五ノ村〟に販売しても、なかなか買えるものではないだろうと。

では、値段を下げる？　その提案をマイケルさんとビーゼルにしたところ、困るとの返事。

〝大樹の村〟から購入している酒は、主に貴族への贈り物として活用しているので、価値が下がるのはあまり好ましくないと。以後、二人は会議に出席することになった。

二人の主張は、酒の価値を落とさないこと。

〝五ノ村〟で安く販売してもかまわないが、〝五ノ村〟で仕入れた業者がよそで売るのは困る。

俺は二人の主張が、ライバルが増えることで価値が下がることかと思ったけど、違った。

「絶対に、混ぜ物をして酒の質を下げます」

「混ぜ物を飲んで、その程度の味かと思われるのは困りますね」

なるほど、水増しか。

しかし、これはどうあっても避けられないだろう。

商売人は少しでも高く売りたい。量を誤魔化すのは第一歩だ。

対策できるのか？

俺の疑問に、ヨウコが回答をくれた。

「先にこちらで混ぜ物をし、名を変えて売ればよい」

その提案に俺はなるほどと思ったが、ドノバンがいい顔をしなかった。

ヨウコが訂正。

「混ぜ物という言葉が悪かった。酒に酒を混ぜるのだ」

「む」

「別に驚く方法ではなかろう。酒の味を均一にするため、各村で造られたワインを混ぜるのは普通に行われている」

そうなのかと俺がマイケルさんを見ると、頷《うなず》いた。ビーゼルも頷く。

その方法をとるので、造っている村にはワインの良し悪《あ》しではなく生産量で金が払われる。これが一般的だと。

なるほど。

〝大樹の村〟以外で、酒がそれほど美味いと言われないのはそのせいか。

美味しく造っても評価されないなら、誰も努力はしない。

〝大樹の村〟以外で美味い酒というのは、自家生産分か、ワインを造っている領地の貴族が保護して、ほかの酒と混ぜていない酒だと。

「それと比べても、〝大樹の村〟の酒は美味すぎます。なるほど、ヨウコさまの提案は、〝大樹の村〟の酒と〝魔王国〟で流通している酒を混ぜるのですね」

「量も増えて悪くなかろう」

「待て！」

ヨウコの提案に、ドノバンが明確に反対を示した。

「美味い酒と美味い酒を混ぜるのはかまわぬ。不味い酒と不味い酒を混ぜるのもかまわぬ。だが、美味い酒に不味い酒を混ぜるのは悪だ」

「では、どうする？」

「混ぜるのは〝大樹の村〟で作られた酒同士。ワシが管理する」

そうなった。

これが春先ぐらいの話。


《山》ランクの酒を中心に混ぜられ、生み出されたのが《五ノ村酒《ごのむらしゅ》》と《五ノ村酒改《ごのむらしゅかい》》。

共に酒の種類はワイン。

〝大樹の村〟で作っている作物から考えれば、自然にそうなる。

二種類あるのは、ドノバンが生産性と味で判断に悩んだからだ。

《五ノ村酒》は生産性が高く、味がイマイチ。

《五ノ村酒改》は生産性が普通、味も普通。

味がイマイチ、普通と言っているが、マイケルさん、ビーゼルは特に問題ない味と評価している。

この酒を、五ノ村祭で安く販売することとなった。

「酒の味を多くの者が知っていれば、さらなる混ぜ物はある程度、防げるであろう」

というドノバンの提案だ。

俺としては無料で配るつもりだったのだが、酒を無料で配ると全部飲まれるからと有料にすることを勧められた。

「ほかの酒を扱っている店の商売の邪魔にもなりますから」

納得。

小さなコップ一杯で、中銅貨一枚。配る量もある程度、制限された。

売られたのは《五ノ村酒改》。

これが〝五ノ村〟の酒問題解決の一歩目。


二歩目は、祭りのあとで《五ノ村酒改》を求める者が出るだろうから、その者たちに販売を開始する。

《五ノ村酒改》は少量販売。

同時に、《五ノ村酒》を販売する。

〝五ノ村〟での酒の流通量はこれで、なんとかなるだろう。

まあ、《五ノ村酒》《五ノ村酒改》以外にも、ほかから仕入れている酒もあることだし、酒不足で不満があがることはないと思いたい。

この時、マイケルさんの提案で小細工が一つ。

業者向けの販売は競り方式で。

そして、マイケルさんのゴロウン商会が一定値以上をつけて落札をする。

どういう事かと思ったが、つまり、酒の値段をゴロウン商会の落札価格を標準とする小細工だ。

それ以上の値でほかが競ってきたら、ゴロウン商会は手を引く。

そういう決め事。

俺は不正じゃないかと思ったが、ごく普通に行われているらしい。まあ、競りに参加する者全員が協調すれば、最低値で買えることになってしまうからな。

そのあたりの法整備が整っていないから、仕方がないか。うーむ。

これで終わると、ただの〝大樹の村〟の酒の販売になってしまう。

三歩目がある。

それが〝五ノ村〟での酒造り。

資金は、《五ノ村酒》《五ノ村酒改》を販売した金。

《五ノ村酒》《五ノ村酒改》で酒の味を周知させ、〝五ノ村〟での酒造りを推奨していく。

このあたりがあるから、ドノバンが協力してくれた面もある。

将来的には、〝大樹の村〟の酒と〝五ノ村〟の酒を混ぜた《真・五ノ村酒》を生み出すという野望。

〝五ノ村〟だけの生産量では、後々問題も出てくるだろうしな。

まあ、三歩目は未来の話。

とりあえず、二歩目までは順調に進行中。

## 閑話　北側会

俺の名はロガーボ。

〝五ノ村〟の北側を裏から取り仕切っている。

〝五ノ村〟は小山をそのまま街……じゃなくて村にしたような場所だから、北側は日当たりが悪くて人気がない。

「ならば、日当たりを気にせぬ店を集めればよかろう」

村長代行さまの指示で、〝五ノ村〟の北側には夜の店が集められた。おもに娼館、カジノだ。それらがあれば、周囲に飲食店や酒場、宿屋が出店してくる。

あっという間に賑《にぎ》やかになった。

以後、〝五ノ村〟では「北側に行く」は女の子と遊ぶという意味で使われている。


俺の店も、北側を構成する店の一つ。

酒場兼娼館をやっている。

もとはもっと西にある街で似たような店を持っていたのだが、人間との戦争によって店は焼かれてしまった。

そのあとは、俺と一緒に行動するしかない女たちと共に各地を移動巡業。

苦しい日々だった。

話を聞いて、〝五ノ村〟に来ることを決めて本当によかった。

また店を持てるようになるとは。

村長代行さまには頭が上がらない。いや、感謝もあるが物理的にも。あの人、めっちゃ怖いから。

これまで、各地の名主や村長、街長、領主、それに裏を取り仕切る怖い人たちと出会ったけど、彼らが子供に思えるほど怖い。

目を合わせちゃいけないタイプの人だ。

ただ頭を下げ、命令を待つ。それが一番と本能が囁《ささや》いている。


その態度が良かったのか悪かったのか、俺は〝五ノ村〟の北側を取り仕切る十人の北側会のメンバーの一人に選ばれた。

自身の店の利益のためではなく、〝五ノ村〟の北側を自主的に統治する組織だ。

村長代行さまは難しいことを言わない。

「村に迷惑をかけぬよう、取り締まれ」

それだけだ。


夜のお店というか、酒と女を扱っていれば当然ながらトラブルも多い。

酔っ払いの乱暴や客や女の取り合いでの喧嘩《けんか》、金銭問題などは微笑《ほほえ》ましいもの。

ぼったくりや詐欺、怪しい薬の売買、場合によっては違法品の取引などが行われたりする。

そういったトラブルが大きくならないように、各店は明朗《めいろう》会計。悪質な店には警告。

警告が無視された場合は、警備隊に連絡する手筈《てはず》となっている。

これまで、それでいくつもの店がつぶれた。

まっとうにやっていれば、それなりに儲《もう》かるのに馬鹿な連中だ。


ある時、北側会で一つの提案がされた。

代表者を決めようと。

これまでは合議制だった。ただ、北側会にいるメンバーは各自が店舗をもっているライバルでもある。

利益がぶつかると話し合いが進まないことが多々あった。

また、十人全員が集まるのも難しい。

そのため、北側会の代表者一人に権力を集中させ、残り九人はその代表者の監視役ということではどうだろうと。

悪くない考えだと思った。

正直、北側会の仕事は大変だ。自分の店だけを管理していればよかったのが、北側全体に目を向けなければいけない。気苦労も多い。

監視役だけですむならありがたい話だと思うが……村長代行さまはこの件は？　勝手に体制を決めて問題はないのか？　……すでに運営に関しては自由にせよとのお言葉をいただいている？　よし、問題クリア。

代表者を決めることに賛成。

ほかのメンバーも賛成している。やはり、大変だよな。


代表者はクジで決めることになった。

クジに不正はない。何度も何度も調べた。

なのに、なぜ俺が……頭を抱えずにはいられない。

隣にいるメンバーが優しく肩を叩《たた》いてくれた。

代わってくれるのか？

逃げられた。


とりあえず、お試しということで任期は一年。

ええい、こうなれば絶対に問題なく終わらせる。


現在、北側会では五十人ほどの人を雇っている。

トラブル解決や情報収集をしてもらうためだ。

ただこの五十人、各メンバーからの推薦なのだが……子供や結婚退職した女性が中心。

トラブル解決や、夜のお店の情報収集をするのに相応《ふさわ》しくない。いや、頑張ってはくれているけど力不足。物理的な。

なぜ応募に男性が来ない？　確かに大っぴらに募集しているわけじゃないけど……。

俺自身が暇な時に見回らないといけない状態になっている。大きなため息が出る。

仕方なく、自分でスカウトもする。

ほら、ちょうどよい男がいた。二十代ぐらいの男だ。

昼間で閉まっている店が多い中、うろうろと。

初めてこの辺りに来たのかな？　珍しくはない。

旅人や新しい住人は、北側の噂《うわさ》を聞けば一度は来るのだ。

つまり、まだこの辺りで顔を知られていないということ。

こういった男をスカウトし、部下として働いてもらいたい。

スカウトは簡単だ。

俺の店に招待し、ちょっとお願いするだけ。脅したりはしない。待遇面の話をするだけだ。

まあ、彼の左右に店のナンバーワンと、ナンバーツーを配置するがな。

ふふふ、逃さん。


スカウトした男性は、〝五ノ村〟の村長だった。

普通の農家の次男坊ぐらいにしか見えないけど村長だった。

あの村長代行さまが、村長に思いっきり頭を下げている。

……終わった。

そう思ったが、村長からはお褒めの言葉。

「これからも〝五ノ村〟の安全のためによろしく頼む」

おおっ、なんと寛大な。ありがとうございます。

しかし村長。どうしてあのような場所に一人で？　いえ、ご用命でしたらこちらに女性をお連れしますが？

あの時、左右に座っていた娘でしたらすぐに。ははは、遠慮されなくても……俺は村長を見る。

笑っておられるが、その瞳《ひとみ》には確固たる拒絶の意思。

これは無理、残念だが諦めよう。

余計な野心は身を焦がす。

お言葉をいただけただけで十分だ。


俺は村長代行屋敷を出……られなかった。

複数の女性に取り囲まれている。

え？　なに、これ？　色っぽい感じじゃないよね？　殺気が感じられるもん。

「村長をいかがわしい店に連れ込んだと？」

「ほほう。それで、村長はどんな娘に興味を示されたのかな？」

「詳細に話してください」

…………。

俺の名はロガーボ。

〃五ノ村〃の北側を裏から取り仕切っている。

早く一年の任期が過ぎてほしいと思う。

もしくは監視役からの辞任要求、待っています。

会議は続く。

「北側面に夜の店を集めたことで、治安がある程度回復しました。住人からの評判も上々です」

夜の店とは風俗店のことだ。ヨウコの指示で、北側斜面にまとめたらしい。いい考えだと思う。

「ただ、客引き禁止に店から不満の声が出ています」

むう。

客引き禁止は俺の提案だ。声をかけるだけならかまわないのだが、半分ぐらいは強引にお店に連れ込むのが実態だったからな。

さすがにそれは駄目と提案したのだが……そうか、不満か。

「客引きをしないと、どういったお店かわからないのが困ると」

…………納得。そういや、そうか。

夜のお店だからと、明確な外装のルールがあるわけじゃない。店の見た目から、女の子と遊べる店かどうかを判断するのは難しい。文字を読める人も少ない。だから客引きがいるのか。

うーむ、必要だったのか。

それは申し訳ないことを提案してしまった。

……待て待て。

看板は文字だけじゃないだろう？　絵を入れた看板や、彫刻した看板があるだろ？　あと、金属を加工した立体的な看板とか。

「絵師、彫刻師、鍛冶屋は多忙で、看板の完成が追いついていません」

はい、すみませんでした。

当面、〝五ノ村〟で用意した店種表示看板を配ることで、話がまとまった。

看板を作るのが追いついていないのに、誰がその店種表示看板を作るんだ？　俺ね。了解。

・酒場
・風俗
・酒場兼風俗
・カジノ

デザインも凝らないし、今の俺の技量と『万能農具』で作るなら、一枚を彫るのに五分もかからないだろう。

各種二十枚ぐらいあれば大丈夫かな？

…………。

予備を考えて、各種百枚は欲しいと。風俗にいたっては、二百枚あっても問題ないと。

〝五ノ村〟の住人の職業、偏っていないかな？　いや、まあ、そういった人が移動しやすかったのだろうけど。

ともかく、俺が看板を直接作るのは中止。

ガットに頼んで、焼きごてを作ってもらおう。

俺がやるのは、その焼きごてを押す板の用意。それなら、俺の作業は一時間もかからない。

注意すべきは、これは営業許可証ではなく、正式な看板が来るまでの代用品ということ。

これは徹底させてほしい。


北側面といえばロガーボがいたな。

ヨウコの紹介では、〝五ノ村〟の夜のお店を取り仕切らせている男とのことだったが、普通の商店のオヤジにしか見えなかった。

まあ、俺も一般人に間違われてスカウトされたし、お互いさまか。

あの時は大変だった。

〝五ノ村〟に納入に来た際に、ふと猫の鳴き声に引き寄せられて北側面に行ってしまった。

猫を愛《め》でるためではなく、村の子猫たちのパートナーにどうかと思ったのだ。残念ながら雌だったが。

そのあと、俺の護衛として一緒に来ていたハイエルフたちから丁寧な口調と笑顔で注意された。

怖かった。
そう言えば、あの日からなぜか〝大樹の村〟で猫耳を装備するのが流行《はや》ったんだよな。獣人族が複雑な顔をしていた。

「南側面には、商店を中心とした通りができ、賑わっています」
問題点は、物価が高騰《こうとう》気味なこと。
これは需要に対して供給が追いついていないからだ。
ゴロウン商会を中心に対策を行っているので、夏ぐらいには落ち着くだろうとのこと。
「それと、ファイブ君が人気です。商店から関連グッズが勝手に売り出されています」
ファイブ君。
俺が提案した、〝五ノ村〟のマスコットキャラだ。
カッコイイ系は個人によって好みが激しいから、万人に愛されるゆるキャラ系で。
ザブトンに説明して作ってもらうのが大変だった。
熊の毛皮をそのまま着る感じの試作一号から、現在の形になるまで長い道のりだった。
着ぐるみの機能は問題なかったが、デザインで揉《も》めた。
ハイエルフ、獣人族、鬼人族も参戦しての一大決戦。本当に大変だった。
ネーミングでも一揉めし、最終的にファイブ君に。

俺としては、ファイブ君でもファイブさんでも同じだと思うんだけどな。


〝五ノ村〟デビュー当初は、新手の魔物かと警戒されたけど時間と共に受け入れられた。

ファイブ君の認知活動に、ヒーローショーをやったのがよかったのかもしれない。

五ノ村祭の公演では、ウルザやグラル、アルフレートが大興奮していた。

大成功と満足していたが……まさか勝手にグッズ展開をされるとは。著作権とかの概念がないから当然といえば当然か。

「取り締まりますか？」

いや、放置で。

これも人気の証しだ。

ただ、明らかにできの悪いグッズや、ぼったくり価格の商品を取り扱うお店は口頭で注意するように。

「承知しました。それと、いくつかの商会からファイブ君の数を増やすことはできないかと要請が来ています」

現在、ファイブ君の着ぐるみは三体あるが、活動は一体だけ。

俺が決めたルールというか、ファイブ君は一人だ。数を増やすことは却下だ。

「ファイブ君の中の人なら、商店側で用意するとも言ってきていますが？」

中の人などいない！

あと、ファイブ君の偽者は許さない。出たら取り締まるように。

「村長。〝シャシャートの街〟にファイブ君を呼ぶことは？」

マイケルさんの質問。

将来的には行くかもしれないが、しばらくは〝五ノ村〟だけだな。

それと、〝シャシャートの街〟ならファイブ君に頼らずに、自分たちで何かキャラを作ればいいんじゃないか？

「代官がいらっしゃいますので、〝シャシャートの街〟のマスコットを勝手に作るわけには」

街にこだわらなくていいだろう。

ゴロウン商会のマスコットとして、ゴロ君とかゴロちゃんを作れば。

俺の意見に顔を見合わせるマイケルさんと、その横のマーロン。気付かなかったのかな？

ただ、マスコットは受け入れられるまでは大変だぞ。

人気のファイブ君も、子供たちから乱暴に扱われる時代があったのだ。

「最善を尽くします。それで、着ぐるみですが。それの製作をお願いしたいのですが……デザインも込みで」

…………。

製作は引き受けるけど、デザインはゴロウン商会で出してもらうことに。

一大決戦は、しばらく遠慮したい。

# 4 〝五ノ村〟の産業発展計画　第三弾

休憩を挟みながらも、会議は続く。

「〝五ノ村〟の農業ですが、農地の確保はできました。ただ、本格的な農業は来年以降です。今年は土作りに専念したいとのことです」

当然の手順、問題なし。

いや、問題はあるのか。

〝五ノ村〟の現在の農業自給率はかなり低い。

常に外部から食料を買わないといけないので、ゴロウン商会に頑張ってもらっている。

さすがにこのままではいけないとは思っているが、これぱかりはどうしようもない。

土作りは大事だからな。

……ダンジョンイモを使ってみるのはどうだ？　あれは枯れたあと、いい肥料になるのだろう？

あ、もうやっているのね。失礼しました。

「畜産は牛、羊、山羊《ヤギ》、豚、鶏が本格的に始動しています。現段階で飼育に問題はありませんが、〝五ノ村〟に供給されるまでにはまだ数年かかります」

これも当然、生き物だからな。

「当面は、外部からの仕入れと、冒険者たちが狩った魔物、魔獣の肉でまかなう予定です」

外部からの仕入れ……ここでもゴロウン商会に負担をかけるな。申し訳ない。

俺の謝罪に、マイケルさんが、儲《もう》けているので大丈夫です、と返事。助かる。

冒険者たちに問題は？

「〝五ノ村〟近隣から魔物、魔獣が姿を消しました。これは計画通りです。現在は北に六時間ほど移動した場所を中心に狩りを行ってもらっています」

北に六時間？　冒険者はそこから魔物、魔獣の肉を持って帰ってくるのか？　大変だな。

「いえ、臨時の出張買取所を設置しています。冒険者はそこに持ち込むだけなので負担軽減になっているかと」

なるほど。

「冒険者たちからは、出張買取所に食堂や酒場、宿を作ってほしいとの要望が来ています」

出張買取所は知らなかったが、冒険者たちが森の中で安全に食事や寝泊まりできる場所が欲しいとの要望は、俺も聞いている。おもにガルフ、ダガ、ピリカから。

一応、その解決策として俺が指示したのがキャンピング馬車。

食堂、酒場、宿の機能を一台に全てを詰め込むのは無理なので分割。

馬の数を減らすためにも、小型化を目指した。

調理設備を搭載した料理馬車。これに食料馬車、水馬車を追走させることで、食堂として活躍させる。

酒類の販売を中心とする酒場馬車。

これは馬車内で飲むのではなく、酒を運ぶことをメインに酒の落下防止対策を施した。飲むのは外でどうぞ。

最後に、一台で二人が宿泊できるように、ベッドを詰め込んだ個室馬車。

これはさすがに、一台では足りないだろうと十台用意した。

冒険者の数から、十台でも足りないのはわかっているが、大量に用意するわけにもいかない。

個室馬車からあぶれた者たち用に、野営用のテントや装備を満載した馬車。シャワー設備のあるシャワー馬車。

これで我慢してもらいたい。


食料馬車や水馬車が複数必要だったので、全部で二十台になってしまったが用意した。用意できてしまった。山エルフたち、頑張った。

いきなり魔物や魔獣のいる森で使って不具合が出ても困るので、今は〝五ノ村〟の頂上で試験的に展開している。

ガルフ、ダガ、ピリカ、それにピリカの弟子たちがあとで感想をくれる手筈だ。

その感想を基に改良したあと、正式に採用する。

これで冒険者たちが少しでも多く魔物や魔獣を退治し、肉の確保に繋《つな》がってくれればありがたい。

しかし、これでも食料確保はゴロウン商会に頼ることになる。

できたばかりの新しい村だから仕方がないといえば仕方がないが……。


そういえば、大丈夫なのか？

「なにがです？」

俺のふとした疑問に、マイケルさんが応えてくれる。

ほかの地域は、少し前まで食料難だったのだろう。

〝魔王国〟四天王の一人、ホウがダンジョンイモを使った農地改造を各地で行い、食料難からは脱した。

だが、少し前まで食料難で困っていたのだ。それだったら、売り渋るんじゃないのか？　値段的に無理させていないか？

「そんなことはありません。ダンジョンイモの効果を目にした農村や商人は、今年の収穫後の値崩れを心配して、今のうちにと売り込みをかけています」

なるほど、豊作だったら全員がハッピーというわけではないのか。考えさせられる。

「まあ、簡単に値崩れさせないように、〝魔王国〟も動いていますよ」

マイケルさんの視線に、ビーゼルが頷く。

「ランダンは胃を痛めているでしょうけど」

ははは。今度、ランダンに会ったら優しくしてやろう。

だが、そうなると……。

〝大樹の村〟の作物も、値が下がるか？

「いえいえ。〝大樹の村〟の作物は高級食材として価値を保《たも》っております。生活に余裕がある者が競って求め続けていますよ」

マイケルさんは、絶対に生産量を減らさないようにお願いします、と続けた。

「増やしていただいてもかまいません。全部、買い取りますから」

考えておこう。


「続いて、外交面ですが……これはエルフのお二人から」

樹王と弓王が同時に席を立ち、こちらに向けて頭を下げる。

「報告させていただきます。私は〝五ノ村〟の東側を担当しました。東側各地に点在していたエルフの集落十七、全て〝五ノ村〟に従うとの誓詞《せいし》を出しました。一部、戦闘が発生しましたが鎮圧しました。損害は負傷が六人、死者はいません」

「私は〝五ノ村〟の西側を担当しました。西側各地に点在していたエルフの集落二十二、全て〝五ノ村〟に従うとの誓詞を出しました。こちらでは戦闘は発生していません。事前にドワーフのファノ氏から連絡をしていただけましたので、その成果かと」

…………あれ？　外交だよな？　誓詞ってなんだ？　おかしいと思っているのは俺だけか？

俺が隣のヨウコを見ると、ヨウコは頷いて二人に確認してくれた。

「二人とも、よくやった。ほかにエルフで敵対する可能性のある場所は？」

…………ヨウコ、違う。そうじゃない。

外交って、仲良くしようってするやつだろ？　エルフは上下関係をキッチリしないと交渉できない？　基本、相手を下に見るって……ヨウコの説明に俺は樹王と弓王を見る。

「恥ずかしながら、その通りかと」

「格付けさえしてしまえば、従順ですので」

…………。

考えてみれば、リアのあとにほかのハイエルフたちが来た時も、そんな感じだったか？　うーむ。

「それで、敵対する可能性のある場所は？」

「はっ。ここよりかなり遠いので問題ないかと思いますが、有名所ではギグの森の槍王《やり》、ガウの森の風王、あとはエルフ帝国を名乗る勢力があります」

……エルフ帝国？

「大陸ではなく、一つの島にエルフが集まっている国です。それ以上は……申し訳ありません」

樹王の言葉に、ビーゼルが続けた。

「〝シャシャートの街〟から南西方向に、商船で十五～二十日ほどの場所にある大きな島です。そこで五千人ほどのエルフが生活していると聞いています。〝魔王国〟支配下ではなく、独立を保っているのですが、外部とはあまり関わろうとしません」

外部と関わろうとしないなら、放置で。うん、戦船を用意するとかの話はなしで。攻め込まないから。

ほかの二カ所は？

……〝ハウリン村〟の北東ね。

なるほど、確かに遠い。こっちも放置で。

…………あれ？　その辺りって、前にアンデッドが出た場所じゃなかったっけ？

関係あるのかな？　それとも無関係？　今度、始祖さんに聞いてみよう。

「最後になりますが、村の住人からの要望をいくつか」

聞こう。

「これだけ発展しているのだから、村じゃなくて街と呼びたいとの要望が。これは村に来た旅人や商人からも言われています。騙されたと」

騙したつもりはないけどな。

仮の名前の〝五ノ村〟が、そのまま採用され続けた結果だ。

村が街の規模になったのは、想定外だし。

まあ、問題があるなら変更しよう。

〝五ノ街《ごのまち》〟に名前を変えてもいいし、五にこだわる必要もない。街の名に案があるなら聞こう。

…………。

はい、誰も言いません。

あ、ヨウコが手を挙げた。どうぞ。

「前に村議会でそのあたりを話し合ったことがあるのだが…… 〝ヒラクの街〟というのが有力だった。それでよいか？」

却下だ。

さすがに自分の名の街など恥ずかしい。ヨウコは〝ヨウコの街〟と名付けられて平気なのか？

…………平気そうだな。気にしないと。大物だなぁ。


「あの、〝五ノ村〟の名が変わると、誓詞を全て書き直さねばならないのですが……」

樹王と弓王の意見。

「書類面での仕事も山のように増えます」

文官娘衆の意見。

俺は無難を選ぶ男。

「頂上を〝五ノ村〟とし、側面部や裾野を〝五ノ街〟とする」

対外的に、行政を示す場合は〝五ノ村〟。

「住人たちにはそう伝えてほしい」

あとは各自が好きな呼び方をするだろう。これで問題なし。なしだといいな。

そのあとも、なんだかんだと会議は続いた。

終わったのは夕方、疲れた。

## 閑話　偶然

どこにでも余計なことをする者はいる。

それは神の世界でも同じだ。

「退屈していた神が、分け身を地上に送り込んだと？」

どこの馬鹿だ、まったく。

いや、言わなくていい。

お父さまの意向を無視した行動をとったのだ。すでにお父さまの手で消滅処分となっているのだろう。当然の結末と言える。

そして、お父さまに逆らうなど私には理解できない行動だ。

私の名はオリオンセーヌ。

創造神であるお父さまに忠実な娘であると自負している。


さて、問題は地上に送り込まれた分け身だ。

もともとが小神なので、分け身の力はわずかではあろうが……世界を震えさせることは無理でも、国を滅ぼすぐらいはできる。

余計なことをしてくれる。

さっさと捜し出し、回収……は不可能だな。

私たち神は地上に降りてはいけないルール。分け身を回収するには……分け身が死ぬまで待たなければならない。

直接、殺す方法がないからだ。ええい、忌々《いまいま》しい。


焦《あせ》っても仕方がないが、とりあえず分け身を捜すことだけはしておこう。

なにがどうなるかわからないからな。

最悪、世界が滅んだ場合は、ほかの世界の運営の参考にさせてもらう。

お父さまはこの世界を気に入っているから心苦しいが、仕方がない。

私は部下を呼び、分け身の捜索を開始する。

お父さまが気に入っている世界に、こんな形で関わることになるとは。

そういえば、お父さまはこの世界のどこを気に入っているのだったかな？

分け身は時間をかけずに見つけることができた。

間違いはない。

ふむ、なにゆえそのような姿になったのか。

姿形では私たちの目を誤魔化すことはできないのは理解しているだろう。

なにかの作為か？　それともただの偶然か？　愛らしい姿をしていても、私は許さんぞ。

なにせ、分け身であっても周囲の者を消し飛ばせる神の力を持っているのだ。

邪悪にしか見えん。

…………あれ？

その邪悪な存在が捕まった。

なんだ？　なにがあった？

邪悪な存在の神の力が消えた？　いや、無効化したのか？

どうやって？　あの男は何者だ？　グライム？　農業神のお姉さまの？

それって小神の分け身レベルじゃない違反行為じゃ？　あ、いや、グライムは神具だからセーフか。ルールの微妙なところを！

誰だ！　送り込んだのは！

そして、それを軽々と扱う男……………………お父さまの加護がある!?

えーっと、どうしよう。

あ、見ているしかできない。もどかしい。サインが欲しいのに！

と、と、とりあえず、様子を見よう。

邪悪な存在を捕まえてなにをする気だ……股間を凝視？　性別を確認しているのか？　そして、大きなため息。

がっかりしている！

理由はわからないけど、望んでいた性別じゃなかったようだ！

邪悪な存在もショックを受けている！

ふふふはははははっ！

……私と同じ女性なのだけど、女性が嫌いなのかな？


邪悪な存在は猫の姿をしていた。

真っ白い雌猫だ。

なにを考えていたのか知る方法はないが……邪悪な存在は力を失い、ただの猫になっている。

あれではもう、なにもできまい。ただ猫としての生をまっとうするのみ。

封印したのはグライムの仕業のようだな。

邪悪な存在を許すほど甘くはないか。さすがお姉さまの神具。

そして、グライムを扱う男があの場にいるのはお父さまの策なのか？

さすがは、お父さまだ。

ともあれ、面倒なことになると思ったこの一件は無事に解決。
私は部下に撤収命令を出す。
…………。
お父さまの策とはいえ、解決に尽力したあの男には褒美《ほうび》を出さねばならないか。
わずかばかりではあるが私の加護を与え、武運を祈ろう。

私の名はオリオンセーヌ。
戦神《いくさがみ》の一柱《ひとはしら》である。

後日。
お姉さまに、私の加護が無用の長物《ちょうぶつ》と笑われた。ショック。
お父さままで笑うなんて酷《ひど》い！

Farming life
in another world.
Presented by Kinosuke Naito
Illustrated by Yasumo

07

# 登場人物辞典

Characters
Isekai Nonbiri Nouka

## ◉人間

【街尾火楽】
転移者であり〝大樹の村〟の村長。夢だった農作業を異世界で頑張っている。

NEW
【ピリカ＝ウィンアップ】
若くして剣聖の道場に入門。才覚をみせるも、道場のトラブルで道場主に。剣聖の称号に相応しい強さが欲しいため、現在は剣の修行中。

## ◉インフェルノウルフ族

【クロ】
村のインフェルノウルフの代表者であり、群れのボス。トマトが好き。

【ユキ】
クロのパートナー。トマト、イチゴ、サトウキビが好き。

【クロイチ／クロニ／クロサン／クロヨン 他】
クロとユキの子供たち。クロハチまでいる。

【アリス】
クロイチのパートナー。おしとやか。

【イリス】
クロニのパートナー。活発。

【ウノ】
クロサンのパートナー。強いはず。

【エリス】
クロヨンのパートナー。タマネギが好き。凶暴（？）

【フブキ】
クロヨンとエリスの子供。変異種であるコキュートスウルフ。全身、真っ白。

【マサユキ】
クロニとイリスの子供。パートナーが多い、ハーレム狼。

## ◉デーモンスパイダー族

【ザブトン】
村のデーモンスパイダーの代表者であり、衣装制作担当。ジャガイモが好き。

【子ザブトン】
ザブトンの子供たち。春に一部が旅立ち、残りがザブトンのそばに残る。

【マクラ】
ザブトンの子供。第一回、〝大樹の村〟武闘会の優勝者。

## ◉グノーシスビー種

【蜂】
村の被養蜂者。子ザブトンと共生（？）している。ハチミツを提供してくれる。

## ◉吸血鬼

**【ルールーシー＝ルー】**
村の吸血鬼の代表者。別名、「吸血姫」。魔法が得意。トマトが好き。

**【フローラ＝サクトゥ】**
ルーの従兄妹。薬学に通じる。味噌と醤油の研究を頑張っている。

**【ヴァルグライフ】**
ルーとフローラのおじいちゃん。コーリン教のトップ。「始祖さん」と呼ばれている。

## ◉鬼人族

**【アン】**
村の鬼人族の代表者でありメイド長。村の家事を担当している。

**【ラムリアス】**
鬼人族のメイドの一人。主に獣人族の世話係をしている。

## ◉天使族

**【ティア】**
村の天使族の代表者。別名、「殲滅天使」。魔法が得意。キュウリが好き。

**【グランマリア／クーデル／コローネ】**
ティアの部下。「皆殺し天使」として有名。村長を抱えて移動する。

**【キアービット】**
天使族の長の娘。

**【スアルリウ／スアルコウ】**
双子天使。

## ◉リザードマン

**【ダガ】**
村のリザードマンの代表者。右腕にスカーフをしている。力持ち。

**【ナーフ】**
リザードマンの一人。二ノ村にいるミノタウロス族の世話係をしている。

## ◉ハイエルフ

**【リア】**
村のハイエルフの代表者。二百年の旅で培った知識で村の建築関係を担当（？）。

**【リース／リリ／リーフ／リコット／リゼ／リタ】**
リアの血族。

**【ラファ／ラーサ／ラル／ラミ】**
リアたちに合流したハイエルフ。

**【ララーシャ】**
ラファたちの血族。樽作りが上手。

## ◉ガルガルド魔王国

**【魔王ガルガルド】**
魔王。超強いはず。

**【ビーゼル＝クライム＝クローム】**
魔王国の四天王、外交担当、伯爵。苦労人。転移魔法の使い手。

**【グラッツ＝ブリトア】**
魔王国の四天王、軍事担当、侯爵。軍略の天才だが前線に出たがる。種族はミノタウロス族。

**【フラウレム＝クローム】**
村の魔族、文官娘衆の代表者。愛称、フラウ。ビーゼルの娘。

**【ユーリ】**
魔王の娘。世間知らずな一面がある。村に数ヶ月滞在していた。

**【文官娘衆】**
ユーリ、フラウの学友または知り合いたち。村ではフラウの部下として活躍。

**【ラッシャーシ＝ドロワ】**
文官娘衆の一人。伯爵家令嬢。三ノ村にいるケンタウロス族の世話係をしている。

**【ホウ＝レグ】**
魔王国の四天王、財務担当。愛称、ホウ。

## ●竜

**【ドライム】**
南の山に巣を作った竜。別名、「門番竜」。リンゴが好き。

**【グラッファルーン】**
ドライムの妻。別名、「白竜姫」。

**【ラスティスムーン】**
村の竜の代表者。別名、「狂竜」。ドライム、グラッファルーンの娘。干柿が好き。

**【ドース】**
ドライムたちの父。別名、「竜王」。

**【ライメイレン】**
ドライムたちの母。別名、「台風竜」。

**【ハクレン】**
ドライムの姉（長女）。別名、「真竜」。

**【スイレン】**
ドライムの姉（次女）。別名、「魔竜」。

**【マークスベルガーク】**
スイレンの夫。別名、「悪竜」。

**【ヘルゼルナーク】**
スイレン、マークスベルガークの娘。別名、「暴竜」。

**【セキレン】**
ドライムの妹（三女）。別名、「火炎竜」。

**【ドマイム】**
ドライムの弟。

**【クォン】**
ドマイムの妻。父親がライメイレンの弟。

**【クォルン】**
セキレンの夫。クォンの弟。

**【グラル】**
暗黒竜ギラルの娘。

**【ヒイチロウ】**
火楽とハクレンの息子。人間と竜族のハーフ。

**【ギラル】**
暗黒竜。

## ●古悪魔族

**【グッチ】**
ドライムの従者であり知恵袋的な存在。

**【ブルガ／スティファノ】**
グッチの部下。現在はラスティスムーンの使用人をしている。

## ●悪魔族

**【クズデン】**
四ノ村の代表。村の悪魔族の代表。

## ●獣人族

**【ガルフ】**
ハウリン村からの使者。かなり強い戦士のはず。

【セナ】
村の獣人族の代表者。ハウリン村から移住してきた。

【マム】
獣人移住者の一人。一ノ村のニュニュダフネたちの世話係をしている。

## ◉エルダードワーフ

【ドノバン】
村のドワーフの代表者。最初に村に来たドワーフ。酒造りの達人。

【ウィルコックス／クロッス】
ドノバンの次に村に来たドワーフ。酒造りの達人。

## ◉シャシャートの街

【マイケル＝ゴロウン】
人間。シャシャートの街の商人。ゴロウン商会の会頭。常識人。

【マーロン】
マイケルの息子。次期会頭。

【ティト】
マーロンの従兄弟。ゴロウン商会の会計担当。

【ランディ】
マーロンの従兄弟。ゴロウン商会の仕入れ担当。

【ミルフォード】
ゴロウン商会の戦隊隊長。

## ◉？？？

【アルフレート】
火楽と吸血鬼ルーの息子。

【ティゼル】
火楽と天使族ティアの娘。

## ◉山エルフ

【ヤー】
村の山エルフの代表者。ハイエルフの亜種（？）で、工作が得意。

## ◉ラミア

【ジュネア】
南のダンジョンの主。下半身が蛇の種族。

【スーネア】
南のダンジョンの戦士長。

## ◉ミノタウロス

【ゴードン】
村のミノタウロスの代表者。大きな身体に、頭に牛のような角を持つ種族。

【ロナーナ】
駐在員。魔王国の四天王の一人であるグラッツに惚れられている。

## ◉ケンタウロス

【グルーワルド＝ラビー＝コール】
村のケンタウロスの代表者。下半身が馬の種族。速く走ることができる。

【フカ＝ポロ】
男爵だけど女の子。

## ◉ニュニュダフネ

【イグ】
村のニュニュダフネの代表者。切り株や人間の姿に変化できる種族。

## ◉その他

**【スライム】**
村で日々数と種を増やしている。

**【牛】**
牛乳を出す。しかしながら、元の世界の牛ほどは出さない。

**【鶏】**
卵を産む。しかしながら、元の世界の鶏ほどは産まない。

**【山羊】**
山羊乳を出す。当初はヤンチャだったが、おとなしくなった。

**【馬】**
村長の移動用にと購入された。グルーワルドに対抗心を抱いている。

**【酒スライム】**
村の癒し担当。

**【死霊騎士】**
鎧姿の骸骨で、良い剣を持っている。剣の達人。

**【土人形】**
ウルザの従士。ウルザの部屋の掃除を頑張っている。

**【猫】**
火楽に拾われた猫。謎多き存在。

## ◉大英雄

**【ウルブラーザ】**
愛称、ウルザ。元死霊王。

## ◉巨人族

**【ウオ】**
毛むくじゃらの巨人。性格は温厚。

## ◉マーキュリー種（人工生命体）

**【ゴウ＝フォーグマ】**
太陽城城主補佐。初老。

**【ベル＝フォーグマ】**
種族代表。太陽城城主補佐筆頭。メイド。

NEW
**【アサ＝フォーグマ】**
太陽城城主の執事。

NEW
**【フタ＝フォーグマ】**
太陽城の航海長。

NEW
**【ミヨ＝フォーグマ】**
太陽城の会計士。

## ◉九尾狐

**【ヨウコ】**
何百年も生きた大妖狐。竜並の戦闘力を有すると言われる。

**【ヒトエ】**
ヨウコの娘。生後百年以上だけど、まだ幼い。

Farming life
in another world.
Presented by Kinosuke Naito
Illustrated by Yasumo

# あとがき

インフルエンザを体験しました。死ぬ思いをしましたが、生きてます。

発病から五日ほどはまともに食事もできず、水分を取るだけでした。

しかし、普通に体が動きました。人間は意外と丈夫な生き物です。

ですが、体重は十分の一ほど減っていました。人間は何かを消費しなければ生きられないようです。

今回の私の場合は脂肪のようです。太っていてよかったと思います。


……あれ？　これってダイエットに使えるのでは？

冗談です。あの苦しさは、二度と体験したくありません。みなさん、外出から戻った際は手洗い、うがいをして風邪、インフルエンザの予防をしましょう。

私も忘れずにやっています。


昨年の末、マンションの一部屋を借りて引っ越しをしました。

私はそこそこいい年齢なのですが、これまで実家暮らしで、人生初の一人暮らしです。

そして、知りました。家を借りる大変さ、一人で生活する厳しさ、飛んでいくお金の速さを。

とくに最後の飛んでいくお金の速さには驚愕です。あれが足りない、これが足りないと右往左往していたら、事前に予想していた金額を遥かに超え、出ていく出ていくお金たち。

家電類を新しく買い揃えたので金銭感覚がマヒしたせいもあるでしょうが、お金は飛んでいきます。予想よりも速く、確実に。お金は大事、頑張らねば。

お金の話ばかりではあれなので、一人暮らしの良い点を紹介したいと思います。

トイレと風呂に順番待ちがない。以上です。

一人暮らしの悪い点は、料理、掃除、洗濯が全部セルフなことです。食材の購入なども自分でしなければいけません。トイレットペーパーもです。

最初に書いたインフルエンザのとき、救急車を何度か呼ぼうかと思ったのですが、借りたばかりの部屋を空けるのが心配で救急車を呼ぶのを断念しました。

結果、救急車を呼ばなくても助かっていますが、そうなっていたら……マンションオーナーに迷惑な住人になっていたことでしょう。

…………。


健康に気を使いつつ、次の巻も頑張ります。またお会いしましょう。

そうそう、減った体重は順調に戻っています。いかんなぁ。

内藤騎之介

Farming life
in another world.
Presented by Kinosuke Naito
Illustrated by Yasumo

# Post Script

イラストを担当させていただいた
やすもです。今回も楽しく
描かせていただきました！

著 内藤騎之介

*Kinosuke Naito*

こんにちは、内藤騎之介です。
エロゲ畑で収穫された丸々と太った芋野郎です。
誤字脱字の多い人生を送っています。
よろしくお願いします。

イラスト やすも

*Yasumo*

ゲームやったり絵描いたりしてる
イラストレーターです。
色々描けるようになっていきたいです。

# 異世界のんびり農家

2020年4月8日　初版発行
2022年12月10日　第3刷発行

著　内藤騎之介
イラスト　やすも

発行者　山下直久
編集長　藤田明子
担当　山口真孝

装丁　荒木恵里加（BALCOLONY.）

編集　ホビー書籍編集部

発行　株式会社KADOKAWA
〒102-8177
東京都千代田区富士見2-13-3
電話：0570-002-301（ナビダイヤル）

印刷・製本　図書印刷株式会社


ISBN 978-4-04-736018-1
C0093　Printed in Japan

# ヨウコ&ミエルの次号予告ト～ク

ヨウコである。我のビジュアルは表紙を見るがよい。

にゃ～。

この巻を簡単にまとめると【我、大活躍。エルフ余計なことをする】であったな。

にゃ～にゃ～。

うむうむ。我の活躍をそう褒めるでない。

にゃぁ、にゃぁにゃにゃにゃぁー。

わかっておる、わかっておる。ほんとうにエルフはろくなことをせん。

にゃにゃにゃにゃにゃにゃにゃぁ――！

どうした？　おお、そうか、この焼いた魚が欲しいのだな？　ほれ、食べるがよい。

もぐもぐ……。

08

**2020年夏頃発売予定!!**

*Next*
*Farming life*
*in another world.*

そのまま食べながら聞いてほしいのだが……なぜ活躍した我の相手はミエルなのであろうな？

表紙からメンバーを選出するなら、村長が相手でもよかろうに。

いや、別に村長に特別な想いがあるとか、そういうことではないぞ。うむ、違うからな。

おっと、そろそろ次の巻の予告をせねば。

次の巻では妖精女王が登場するぞ。

そして、獣人族の男の子らが魔王国の王都の学園に行くことになる。

もちろん、我の出番もある。次の巻を楽しみに待っておれ。

にゃー。

うむ、ミエルの出番もあるぞ。ふふ、お主ら姉妹には新しい妹たちが生まれるのだ。

コミックウォーカー&
ニコニコ静画(マンガ)&
月刊『ドラゴンエイジ』にて
好評連載中!
ISEKAI NONBIRI NOUKA

主人公最強×異世界転生×勘違いコメディ、爆誕!!

# 陰の実力者になりたくて！

The Eminence in Shadow

1〜4巻 好評発売中!!

著 逢沢大介
イラスト 東西

普段はモブとして力を隠しつつ、
陰ながら物語に介入して実力を見せつける
『陰の実力者』に憧れる少年・シド。
異世界に転生した彼は念願の『陰の実力者』設定を楽しむため、
妄想で作り上げた『闇の教団』を蹂躙すべく暗躍していたところ、
どうやら本当に、その教団が実在していて……？
ノリで配下にした少女たちに『勘違い』され、
シドは本人の知らぬところで真の『陰の実力者』になり、
そして彼ら『シャドウガーデン』は、
世界の闇を滅ぼしていく——!!

「我が名はシャドウ。陰に潜み、陰を狩る者……」
みたいな中二病設定を楽しんでいたら、
あれ？まさかの現実に!?

BULL BUSTER
ブルバスター
原作 中尾浩之
カバーイラスト 窪之内英策
NAMIDOME
❶〜❷巻 好評発売中!

燃料費、人件費、資金繰りetc
コストとせめぎあう怪獣退治!?

# “経済的に正しい”
# ロボットヒーロー物語、
# 開幕!!

にして
最強。
好評発売中!!

TVアニメ化決定!!
はじめて仲間に感謝された。斎藤さんは充実していた。
働きがいのある
異世界転生!!
ComicWalkerにて配信中!!